南方有昆仑

时空流中的我和你

张迈——著

清华大学出版社
北京

版权所有，侵权必究。举报：010-62782989，beiqinquan@tup.tsinghua.edu.cn。

图书在版编目（CIP）数据

南方有昆仑：时空流中的我和你 / 张迈著.

北京：清华大学出版社，2024.9. -- ISBN 978-7-302-67242-5

Ⅰ.I267.4

中国国家版本馆CIP数据核字第2024Y42V62号

责任编辑：宋丹青
封面设计：傅瑞学
责任校对：王荣静
责任印制：丛怀宇

出版发行：清华大学出版社
网　　址：https://www.tup.com.cn，https://www.wqxuetang.com
地　　址：北京清华大学学研大厦A座　　邮　编：100084
社 总 机：010-83470000　　　　　　　 邮　购：010-62786544
投稿与读者服务：010-62776969，c-service@tup.tsinghua.edu.cn
质量反馈：010-62772015，zhiliang@tup.tsinghua.edu.cn

印 装 者：河北鹏润印刷有限公司
经　　销：全国新华书店
开　　本：170mm×240mm　　印　张：20　　字　数：282千字
版　　次：2024年11月第1版　　　　　　 印　次：2024年11月第1次印刷
定　　价：75.00元

产品编号：097130-01

自序：从宇宙到元宇宙——跨越时空的和平之游

本书是我继《平路易行》《张迈评球》《C 罗 PDF》之后的第四本书，将《平路易行》第一个系列的名字"南方有昆仑"作为书名，选取《张迈评球》腰封上的题字"从世界到世界杯，从宇宙到元宇宙"中的后半部分作为自序的标题，是自然的融合。我也是写到这里才发现，原来这几本书早已经存在。蒙蒂尼奥索山上的大理石，米开朗基罗拿走一块，把不需要的部分凿去，成就了大卫。我把半个多世纪以来的成长故事、学习经验、和平之游的枝蔓剪去，做成本书两个系列："灵境山水"和"无忌之城"，希望在本书中呈现一个时空旅行者的足迹，与有缘人分享。

2021 年被称为元宇宙元年，2023 年可能会被后世称为 AI 元年，我用围绕这两个"元年"的三年多时间写完了"人类极简史"中第一部元宇宙风格的散文集《南方有昆仑》。2022 年，我策划并成功实施了第八任联合国秘书长、国际奥委会道德委员会主席潘基文先生的书法老师周斌教授关于冬奥会题材的书法 NFT 项目。在张家口与潘基文先生题写的"和平"二字交相辉映的碑刻"和平之游"的作者、上海交通大学博士生导师、上海市民俗文化学会会长周斌教授欣然为本书题写书名，《南方有昆仑》是我二十多年来多次跨越时空的和平之游的合集汇报。

《平路易行——人类极简史　地理小发现》开创了时空流的写法，反映了现实宇宙中时空折叠与地理穿梭的特性。《南方有昆仑——时空流中的我和你》则从普陀山、龙虎山到雁荡山、龙归湖,由堪舆望佛与道;从上海、北京、杭州、温州、赣州……由道看足下路。"灵境山水"系列收录了18座名山,"无忌之城"系列收录了27座华夏名城,其中较大篇幅写了上海、温州、北京和赣州定南。在写山水名城和吾国吾民时,于体育、教育和文旅的交融方面做了一些探索。2024年8月,首届"世一组"运动季在赣州定南举办,得到了社会各界的广泛关注,自8月3日正式官宣宣传片开始,至8月31日,全网相关话题总发文量为1.04万条;全网覆盖人群为2.4亿;本次赛事报道媒体数量共计140家。"世一组"是我创立的IP,寓意世界第一运动足球和世界第一个人综合运动铁人三项的组合,和跟着赛事去旅行的体育联盟。本书中的山水名城,和下一部《缤纷多维的星球》中所及的世界大城,都是未来"世一组"可以无限亲近的地方。

近二十年来,我带家人走遍了七大洲和四大洋,有着满满的回忆和体会。本书整理了国内的名山名城部分,既是人生缤纷旅程的记录,也是再回首的感悟。这些旅程中,有多次是扶老携幼三代人同行,沿着中国的海岸线把重要城市全部自驾去了一遍,国外足迹所至有北美洲、欧洲、非洲和日本。本书写到的北京、天津、大连、丹东、沈阳、葫芦岛、景德镇、三亚、泰山、恒山、五台山、庐山、龙虎山、雁荡山、楠溪江、千岛湖……都是三代同行,全程自驾。第一次去庐山是2012年龙年正月,我们兄妹三家人带父母一起两辆车齐上庐山,自己动手安装了防滑链,雪中抵牯岭。冰雪花径纵览云飞,终生难忘。甲辰龙年是父母亲结婚55周年,椿萱并茂,棠棣同馨。本书也是献给父母亲最好的翡翠婚纪念礼物。

"灵境"系1990年钱学森先生借用古汉语固有词语赋予Virtual Reality技术一个充满元宇宙风格的翻译。本书中《龙归湖:与女足环球杯同一天生日,就是天作之合》《景德镇记:宋代便有'三胎政策'了》《张家界:问过阿凡达,再问元宇宙》《三亚记:文昌链与九色鹿》《五台山:触摸到整个宇宙》《峨眉山:民众用各自的幸福报国》《九华山:灵镜中的岁月》《抚顺记:清王朝的龙兴之地》等十几篇文章更是直接连通了元宇宙。

"南方有昆仑"是鄙公众号的名字,取意于南极昆仑站这一大国重器,本书所录文章大都以日记形式先发于"南方有昆仑",故用于本书之名。《平路易行》开篇"南极洲的五星布局"中写道:"昆仑站探测宇宙的窗口是全部打开的,这里也是地表最强的探知暗物质和暗能量的窗口。"昆仑站可以从物质看到暗物质,从能量感触到暗能量;《南方有昆仑》则从宇宙看到元宇宙,从壮丽山河看到体教融合。

感恩我的师长和家人,感谢和平之游中的各路朋友。我从过去来,要到未来去,我们一起向未来。

2024 年 5 月 4 日于里斯本
2024 年 8 月 28 日修订于上海

目录

◎ **灵境山水** …………………………………………… 001
　普陀山：跑步中的"信条" …………………………… 002
　天马山：云间九峰，天马为尊 ……………………… 005
　庐山记：白云深处有桃源 …………………………… 008
　庐山记：古道国士观音桥 …………………………… 011
　庐山记：中庸中的宇宙 ……………………………… 014
　庐山记：纵览云飞，豁然贯通 ……………………… 017
　黄山记：乌金千秋炫地球 …………………………… 020
　黄山记：年华似水，星月无痕 ……………………… 023
　黄山记：养怡之福，可得永年 ……………………… 026
　井冈山：星星之火犹如杜鹃 ………………………… 029
　井冈山：世上无难事 ………………………………… 032
　长白山：中国没有一寸土地是多余的 ……………… 034
　长白山：从天象境到陆地神仙 ……………………… 036
　长白山：天地有大美 ………………………………… 039

九华山：灵境中的岁月 ………………………………… 041

峨眉山：宇宙神猴，一夜成名的黑神话悟空 ………… 044

峨眉山：民众用各自的幸福报国 ……………………… 047

峨眉山：行者无疆 ……………………………………… 050

五台山：触摸到整个宇宙 ……………………………… 053

五台山：生命一直在爆发奇迹 ………………………… 056

崂山记：从牛郎织女到逍遥的石头 …………………… 059

三清山：从和平之游到大好河山 ……………………… 064

张家界：问过阿凡达，再问元宇宙 …………………… 067

龙虎山：元宇宙发源地 ………………………………… 071

千岛湖：巨网捕鱼，水大鱼大 ………………………… 075

泰山记：太极拳好 ……………………………………… 078

嵩山记：1982年的少林 ………………………………… 081

嵩山记：耕田放牧打豺狼，风雨一肩挑 ……………… 083

华山记：4.1维的莲华世界 ……………………………… 085

雁荡山：AI时代需要怎样的移步换景？ ……………… 087

龙归湖：与女足环球杯同一天生日，就是天作之合 … 089

◎ 无忌之城 ……………………………………………… 093

上海记：昨天、今天、明天 …………………………… 094

上海记：山海关路历史的旋转门 ……………………… 096

上海记：中南银行迈九万里之鹏搏 …………………… 098

上海记：金山卫之瀛海有浮槎 ………………………… 101

上海记：玉佛寺哲学之府 ……………………………… 103

上海记:吴淞捍卫者……………………………………… 106

上海记:绿地申花足球俱乐部……………………………… 109

上海记:诺曼底上空的鸟…………………………………… 112

上海记:工部局宰牲场与元宇宙…………………………… 115

上海记:圣约翰之吾国吾民………………………………… 118

上海记:健步走过北外滩
　　　　——温州中学上海校友会记…………………… 122

上海记:长风宇宙…………………………………………… 126

上海记:流浪地球…………………………………………… 129

上海记:邬达克设计的浙江电影院………………………… 132

上海记:时空流中的黄老前辈……………………………… 134

上海记:时空流中的华山路………………………………… 137

上海记:时光里的声与影…………………………………… 141

上海记:时空流中的信托…………………………………… 144

上海记:时空流中的新民晚报……………………………… 148

上海记:临港,年轻人的城………………………………… 152

威海记:夜宿刘公岛………………………………………… 155

天津记:边缘化中盼奇迹…………………………………… 158

北京记:从五道口到红螺寺………………………………… 161

北京记:元大都以来地球最远的军团……………………… 164

北京记:颐和园中的宇宙…………………………………… 167

北京记:北大红楼的觉醒年代之旅………………………… 170

北京记:燕舞,燕舞,一曲歌来一片情…………………… 173

北京记:奥运神仙…………………………………………… 176

杭州记:又见山外山 …………………………………… 180

温州记:消失的信托业 ………………………………… 183

温州记:数学家之乡 …………………………………… 186

温州记:开满山茶花的云中城 ………………………… 189

温州记:芙蓉村记 ……………………………………… 191

温州记:时空流中的军民足球赛 ……………………… 195

温州记:人生如南戏,现象级爱情故事 ……………… 198

温州记:瓯江的风吹来,糖霜一般 …………………… 202

温州记:诚意满满乡情酽酽的刘伯温 ………………… 204

温州记:公元422年,永嘉郡迎来流量明星谢太守 …… 207

温州记:春许冬还愿若何,家家齐唱太平歌 ………… 210

温州记:艾叶香满堂,龙舟争水上 …………………… 212

温州记:猪脏粉,你才是天生要强 …………………… 214

温州记:划一根火柴,可以照亮整个星空 …………… 216

温州记:敢为人先微芒成炬,四千精神滋润你我 …… 219

乐山记:神秘的大佛 …………………………………… 222

嘉兴记:百炼成钢坎坷终成平路 ……………………… 225

大连记:夏天在渤海的船上,秋天在大连的岸 ……… 227

丹东记:边城,总有那么些东西待你跨界探索 ……… 229

葫芦岛记:时空流中的温泉汤与兴城攻略 …………… 231

抚顺记:清王朝的龙兴之地 …………………………… 234

重庆记:火锅英雄大桥江湖 …………………………… 237

昆明记:一万年不曾迟暮的美人 ……………………… 240

成都记:开门见雪山　闭户自读书 …………………… 245

成都记:纳达尔的青铜神树 …………………………… 249

三亚记:文昌链与九色鹿 ……………………………… 252

三亚记:阳光知道中国男足为何输给越南 …………… 257

张家口:千万里河山,大好的冰雪 …………………… 261

长沙记:恰同学少年 …………………………………… 264

南京记:金陵雪花也大如席 …………………………… 267

景德镇记:宋代便有"三胎政策"了 ………………… 270

聊城记:《水浒传》与《金瓶梅》的平行世界 ……… 273

济南记:冬天的人们面庞是含笑的 …………………… 276

呼和浩特记:海棠花儿不会自己开 …………………… 279

安吉记:160年前出发的少年 ………………………… 281

台北记:"平路易行"的起点,小变形金刚和小巨蛋 … 284

赣州记:赣州与巴黎,每个城市都有自己的骄傲 …… 288

赣州记:郁孤台边的蒋先生 …………………………… 290

定南记:环球杯也有PIN ……………………………… 292

定南记:赖布衣与刘伯温的学术交流 ………………… 295

定南记:一会激荡三十年 ……………………………… 297

定南记:舌尖上的"世一组",跟着赛事去旅行 …… 300

定南记:世一橙 ………………………………………… 302

◎ 后记 ………………………………………………… 305

灵境山水
LING JING SHAN SHUI

普陀山：跑步中的"信条"

看过诺兰的《信条》，简单地总结那么几条，与朋友分享自己的思考。

总体来说，诺兰一直在进步，成名之后，他的电影一方面有了"烧脑"的标签，另一方面还要寻找突破，所以不可避免地硬刚大部分观众的认知水平。一个明显的做法是和《盗梦空间》相比，《信条》不再系统地阐述影片的内在逻辑和科学原理，而是将原理分散在一些场景和对话的碎片里，让观众一边看貌似《碟中谍》的片子，一边又像看《黑客帝国》一样耗尽自己对物理、宇宙时空以及所谓算法的认知。

《信条》还顺手放了一些恐怖活动史（他在 30 多岁时目睹"9·11"事件、俄罗斯歌剧院人质事件形成的回忆很自然地投射到影片之中）、艺术史、自贸区、帆船竞技、核物理的概念和情节进去，所以观众既需要在枪战的噪声和肉搏的视觉刺激中拼命自我搭建《信条》的理论体系，又要竭尽常识应用，同时还焦虑一下自己的智商，就这么纠结之中，150 分钟过去了。以消遣娱乐的状态对付诺兰蓄谋已久的时空架构，直面经过物理界大咖问过的"熵增熵减"，力不从心是难免的。如果诺兰因此推动了业余物理在中国的普及，也是有功德的。

不过我也有我的方法来解构他，我们把世界看成一篇大家共同参与编辑的云文档，那么所谓的"逆转门"就非常简单，相当于打开电脑，用 PageUp

键往后翻，这时候鼠标是逆行的，你只是一个逆行中的观测者，你做的事情是溯源看文件，也就是逆行看历史。但当你要修改文档也就是改变历史之时，因为这个文档已经被无数人的共同记忆存档了，实际上你改变不了这个，但你还是可以修改存档，这个修改时间存档的版本其实就是一个瞬间产生的平行宇宙，一个新的文档，与所有人存盘的文档是共存的。片中多次提到的"祖父悖论"，有两个关键点：第一是你能不能回到过去杀死自己的祖父，第二是杀死祖父之后，后面怎么还会出生当杀手的你？

从平行宇宙的观点看，一是你既然可以回到文档中写祖父的那一段，那就挡不住你进行修改的行为，二是修改以后祖父不在了，那篇新存档的文章后面就没有你了，文档会在算法的指引下相应修改。但是，那篇写你祖父正常生活的文章依然在，而且还在不断被共同撰写下去。电影中说的"我们干了拯救世界的事，其实也没有人会知道（大意）"，就是一个隐喻，你将自己或者小团体改的文章存档，别人又怎么会知道？在复制粘贴修订之下，有无数个版本的世界存在，也就是无数个平行宇宙存在。

有很多人包括马斯克都认为人类可能生活在更高文明模拟的矩阵游戏之中，我认为这是一种觉醒。人类发明的电脑游戏中的时间概念和人类社会的时间概念是不同的，虽然它也是游戏中的一个维度，但对于人类来说，修改它、逆转它都非常简单。那么，你又能如何确定你不是生活在一个计算机构建的矩阵模拟（Matrix-style simulation）之中？2016年，孵化器 Y Combinator 总裁 Sam Altman 在《纽约客》上表示，整个硅谷，包括他本人在内，都十分痴迷于计算机模拟这一概念。他说，硅谷中很多人都十分痴迷于这种模拟假设，他们认为我们所体验的现实是计算机生成的。两位科技界的亿万富翁已经在偷偷招募科学家，希望能将我们从模拟中解放出来。诺兰无疑也会受到这些启发。

至于熵增和熵减问题和影片中那些在爆炸中重新聚合的大楼和弹孔，以及花了罕见篇幅通过女科学家口中阐述的逆物质，倒是给了我一些对神秘现象的判断依据，比如说普陀山的磐陀石，从力学角度当然也可以勉强解释为什么悬而不倒？但是如果它在熵增的同时也在熵减，在正向要倒的瞬间也在逆向要不倒，那它就可以永远保持在平衡态。

回想起我在《平路易行》"跑步"系列中描写普陀山的一段："一圈走下来，和十四年前的路径一致，只是方向相反，想起一些画面，回忆浮现脑海，像是与 2006 年的自己擦肩而过"，所幸我和 2006 年的自己没有直接接触，不然按照《信条》的理论，就都消失了。

2020 年 9 月 12 日

天马山：云间九峰，天马为尊

跑步已经火了，无锡马拉松叫锡马，绍兴的叫越马，北京叫北马、上海叫上马、天津叫天马……世界马拉松大满贯包括六个年度城市马拉松以及两年一次的世界田径锦标赛和四年一次的奥运会，2016 年世界马拉松大满贯组织推出六星勋章，颁给完成大满贯提出申请经过核实的跑友，我认识的人里面，晒马拉松的朋友很多，有企业高管、公务员、老师、铁人三项选手，也有千亿市值上市公司的老板，还有许多二代的年轻朋友，有人的梦想是得到六星勋章，有人为了收集完赛纪念牌，有人喜欢这种全程有人安排护驾的"旅游"，也有人纯粹为了跑步……我跑过六个大满贯城市中的五个：波士顿、伦敦、芝加哥、纽约和东京，去过北京奥运会，按说离大满贯不远……

开个玩笑，我只是慢慢在查尔斯河、泰晤士河、芝加哥河、哈德逊河和江户川边小跑，北京奥运会我也只是一名观众。我参加过最正经的赛事是 2018 年上海少儿迷你马拉松，作为孩子的陪跑，获得过一件上马的运动服，孩子们成绩不错，其中一个获得第七名。遗憾的是参赛后没几天，不慎左腿根骨骨折，虽然有了后面的轮椅出行，因此酝酿出《平路易行》，但刚刚燃起的马拉松念想从此不再。经过两年多的康复，到目前我只敢跑 5 公里，再长的距离只能在椭圆机上。前几天，在岳阳路 168 号起跑，跑了大半个北徐汇，没忍住跑了七八公里，足踝便有感觉，歇了几天。好在现在各路机构组织的跑步赛非常注重大众参与,都有5公里这个品种,而且因时而变,发展出线上跑,就是自己管自己跑,将符合要求的轨迹图上传就可以得到纪念章。10月31日,我从汉口路110号中南银行旧址出发,沿四川路经天潼路、大名路、外白渡桥到外滩,再经汉口路、四川路、丽水路、人民路、新开河路、外滩回到汉口路,总共5.65公里,同时上传给2020金融马拉松和2020浙大校友秋季毅行公众号。大大方方晒出5公里40多分钟足够贻笑大方的"佳绩",不亦乐乎。

回到正题,秋跑天马。松江有九峰,称云间九峰,其中天马山最高,海拔98.2米,松江乃上海发源地,有上海之根之誉。天马山为上海自然海拔最高点,卓立于平原,亦可称上海之巅。天马山上有护珠宝光塔一座,斜度大于比萨斜塔;另有银杏一株,树龄超过700年;还有铜观音一尊,重3000斤。得秋日晴好,风清气爽,便去垂直跑。山不在高,有仙则名。登天马方知云间果然有仙。天马山古称干山,传说春秋吴国干将铸剑于此而得名。此处既是宋代望族周氏祖地,周氏兄弟周镛、周镐藏书之所,元代宣抚使周显故居,也是晋代文学巨子陆机、陆云兄弟读书的所在,上海进入现代社会以前的大部分名士皆出于此地,书法泰斗董其昌也是松江人。

山腰有三高士墓,元代著名文人杨维桢、钱惟善、陆居仁曾集体隐居于此,死后墓亦相邻,堪称佳话。杨维桢诸暨人,元末明初诗坛的领袖人物;钱惟善钱塘人,博学多才,通诗词史志及医道,分别有"文章巨公""一代名手""曲江居士"之称;陆居仁为华亭人,才华倾动朝野,著有《松云野褐集》等。说实在的,中华文明如星汉灿烂,名人多如星星,对这三位确实不太熟悉,但他们诗文唱和,纵情山水,畅游云间,让诸公佩服。而这种最古老的精神层面相互滋养的现代养老方式着实令人羡慕。若古有天马跑,他们必会齐齐到场,耐久者全马,自足者半马,重在参与者5公里,真名士自风流。

天马山的地标是护珠宝光塔,建于1079年,高18.82米,塔底塌去一角,仍然绝世而独立,只是由于地基变动,塔身逐步向东南方向倾斜。一千年中,塔向东偏离了2.28米,倾斜7.1度。相传宋高宗曾赐舍利藏于塔内,时常光芒万丈，是为护珠之塔。塔东面的古银杏树，枝杈现龙爪之状，有扑抱塔身之感。有塔之后三百年方有树，而后树塔相濡以沫，相互陪伴700年。南方的秋来得略晚，银杏刚刚转黄，半树翡半树翠，很特别。树下两只小猫在阳光下怡然自得，半身黑半身白，相映成趣。

天马山最高峰上峰寺遗址内，供奉着一座饰金铜铸铜观音。上峰寺已经不在，抗日战争期间原铜像被运往日本，上峰寺被一把火烧了。现供奉的铜像是重新铸造的，2000年3月开的光。秋跑天马是农历九月十八，翌日就是观音成道日。秋跑天马，瞻仰佛光，松江与普陀倒也是相通的。

2020年11月10日

庐山记：白云深处有桃源

《和你一起爬溶洞》发出后，好友来信问为什么你会那么孜孜不倦地写这些看起来跟你的行业、专业，甚至爱好毫不相干的东西呢？他列举了有过游历行走（真正的研学）从而变得更为睿智更为强大的人，失恋后的歌德、苦闷中的三岛由纪夫、被批判的周而复，还有他喜爱的浙江老乡"数学诗人"蔡天新，等等。没错，文章憎命达，徐霞客也是在崎岖不平中完成他真实的独步天下，我为何在平路中易行还配有那么多感悟？既不文化，也不苦旅，我到底想干什么？

我知道再这么写下去，可能会成为时空穿梭流派的创始人了，简称"时空流"，这个公众号不知天高地厚却企图通天接地，非中文系、历史系科班出身却指望贯连古今，南方有昆仑，矩阵搭长弓，兀自一厢情愿不亦乐乎。我回了朋友一句："朝碧海而暮苍梧——最早是菩提老祖对孙悟空说的。"既然徐霞客以此为志，我何不以量子纠缠之原理完成朝碧海而暮苍梧，小灵通漫游上下五千年直达未来世界呢？我在谁的界中，谁又在我的界中？不识庐山真面目，只缘身在此山中。

接上文，先报告一下庐山之南，此处有桃源，去的人还不多。我第二次到庐山去了庐山南，也是从温州出发，与龙年正月冰雪天自驾不同，世间已经有了高铁。我在12306的App上订好温州南至庐山站，六个小时后，已经站在庐山站外。

令人诧异的是用高德地图方知，庐山站与我要去庐山地标之一的温泉镇竟还有40公里之遥。我非常不解地拦下一辆出租车，和司机谈好收费模式后出发，开聊第一个问题就是：这是个假的庐山站吗？回答是这里原来是九江县，现升级为柴桑区，庐山站的意思可能是离庐山最近的高铁站，以后真的庐山站建好了，这个名字应该会让出来。我们的车在105国道整列排队的大货车旁穿行，奔庐山南而去。这伸手不见五指的春夜里，我第二次听到柴桑之名时，便从105国道进入"归去来兮辞"的地界了。

陶渊明，浔阳柴桑人。第一次见浔阳，因为《琵琶行》；第一次知柴桑，因为陶渊明。第二天我在庐山市的山南公路上，遇到了陶渊明，在这条已经规划建环庐山旅游轨道交通线路的一个交汇点，有高大的陶渊明塑像。而两周后，我第三次到庐山时，在庐山东门看到刻在地上的《饮酒其五》。

庐山不但升龙霸，也升学霸。有关庐山这一个地方的诗有七首上了中小学课本，这在中国教育史上绝无仅有，其中最脍炙人口的两首刻于东门大地，在苏东坡的《题西林壁》之下，就是浔阳最佳、柴桑第一陶渊明的作品《饮酒其五》：

结庐在人境，而无车马喧。问君何能尔？心远地自偏。采菊东篱下，悠然见南山。山气日夕佳，飞鸟相与还。此中有真意，欲辨已忘言。

同行的工程大拿也是诗词专家，反复咀嚼最后一句"欲辨已忘言"，认为按常规应是仄仄平平仄，"欲辨已无言"似乎更妥，旁边一设计界的才俊说：饮酒后想必不会欲辨无言，只是酒喝多了妄言！众笑。我们不光是来打卡，还是来挺渊明的。

陶渊明的重磅作品是公元421年写成的《桃花源记》，以前我以为桃花源在湖南常德，想不到这次初探第一泉，"误入"桃花源。庐山市旅游局领导陪同我们勘察规划中的环庐山空中轨道旅游线路时，带我们去看"天下第一泉"，车缘溪行，过回马石，进康王谷，竟忘路之远近。问司机我们是否开了有十里？答曰二十里！只见两边土地平旷，屋舍俨然，有良田美池桑竹之属。

阡陌交通,鸡犬相闻。导游说此处有一"恩桃庵",不拜神佛只拜桃子。相传秦灭六国时,秦国大将带兵追杀楚康王,康王避难于谷中,忽雷雨大作,追兵到回马石而回,康王才得以逃脱,从此深居谷中,感恩落难时以桃子充饥而建"恩桃庵",此幽谷亦得名为"康王谷"。康王谷内有康王城,城内一条瀑布悬空数十米,蔚为壮观,我们时间不够,只能在几公里外遥看瀑布挂前川,此虽非李白之望庐山瀑布,但背景也很深,名"谷帘泉"瀑布,茶圣陆羽在《茶经》中记载:谷帘泉为天下第一。可见庐山不但升学霸,连泉霸也是一并升的。

此处幽谷,以庐山主峰汉阳峰为屏障,绵延二十里,古道必窄,楚康王借以遁世。

自云先世避秦时乱,率妻子邑人来此绝境,不复出焉,遂与外人间隔。问今是何世,乃不知有汉,无论魏晋。

得以成局。后世陶渊明以故土桃源为模板写出《桃花源记》,为免柴桑桃源沦为网红打卡之地引官府来征税,开篇:

晋太元中,武陵人……

来个时空挪移也未可知,这种套路不难理解。徐霞客游记有云:

越岭东向二里,至仰天坪,因谋尽汉阳之胜。汉阳为庐山最高顶,此坪则为僧庐之最高者。坪之阴,水俱北流从九江;其阳南,水俱南下属南康。余疑坪去汉阳当不远,僧言中隔桃花峰,尚有十里遥。出寺,雾渐解。从山坞西南行,循桃花峰东转,过晒谷石,越岭南下,复上则汉阳峰也。

便是此处了。

2021 年 5 月 21 日

庐山记:古道国士观音桥

庐山位于江西省九江市,九江古称浔阳,曾是江州的治所,相当于省会,江州的面积比现在的江西还大,包括了福建,白居易当过江州司马,《琵琶行》就在浔阳成诗,最后一句"座中泣下谁最多?江州司马青衫湿",说的便是对付催泪剧时餐巾纸没带够的白乐天自己。

在陆地交通不发达的时候,九江比南昌更有优势,九江南靠鄱阳湖,过湖即达南昌滕王阁,北枕滔滔长江,往西溯长江而上可达湖广巴蜀,往东顺流而下直抵安庆(曾为安徽省会)、南京、上海,假京杭大运河更可苏杭畅游;明永乐之后,一条水路可无缝连接到京城。长江上的船,唐时载过李白、白居易,宋时载过苏轼、黄庭坚,明时载过唐寅、王阳明,清时载过曾国藩、李鸿章,民国时载过赵朴初、袁兴烈,新中国成立后更是载过无数英雄豪杰,而庐山就耸峙于长江中下游平原与鄱阳湖畔,静看历史云卷云舒,笑问客从何处渡来?

但凡从水路进庐山,必是从庐山之南而来,山南有一匡庐古道,古道上有天下第六泉,在观音桥边,泉水微甜,沁人心脾,过了观音桥,便可上山。观音桥是由江州的造桥匠人陈智福、陈智汪、陈智洪兄弟三人设计建造的单拱石桥。观音桥的桥拱是七行独立的石拱并联而成,桥上每个石拱中的石块上下立都呈公母卯榫相连,而构成全桥的七组单石拱的上部相连处,陈氏兄弟采用呈 X 字形铁卡子紧紧卡在相邻的石拱券上,让全桥变成了坚固的一体。

灵境山水

观音桥建于宋代，古称三峡桥，桥面铺以大石，桥孔内圈由七行107块长方形石首尾相衔，凹凸榫结，渐弯呈弓形，榫结内灌铁水制燕尾铁加固，辅之糯米红糖石灰黏合，历经一千多年仍稳固得没朋友。桥孔正中石块上刻有祈福国泰君安之金句及当年募资造桥的（普通合伙人）建州僧文秀、福州僧德朗之名；边上刻有做（工程项目总承包）的江洲匠陈智福、弟智汪、智洪的名字，把一座疑似神工的梵桥备案到天荒地老、明明白白。千年古桥的基座是两三百万年前的第四纪冰川石，是老还是少？完全看心情。

这是2019年3月30日，我第一次去观音桥时兴致所至之描述。

正好当时与桥梁专家，"林同棪国际工程咨询（中国）有限公司"的总经理杨进先生同行。"林同棪国际"设计了重庆大多数的桥梁，已在长江、黄河、珠江、嘉陵江等江面上承揽完成了近50座各类跨江大桥设计，其中重庆菜园坝长江大桥、重庆石坂坡大桥复线桥双双荣获2009年度第九届詹天佑奖。2016年，林同棪国际工程咨询（中国）有限公司董事长邓文中院士赠我《造桥构思》一书，邓院士所著图文并茂、深入浅出，成了我业余看桥的工具书。

观音桥建在庐岳古道上，苏辙赞过、苏轼咏过、唐寅画过。唐寅的画"匡庐图"现存安徽博物馆，画中题字：匡庐山前三峡桥、悬流溅扑鱼龙跳。话说当年明宁王朱宸濠造反，造反都要有借口，宁王慕唐寅之才，希望唐伯虎出手写篇檄文说明造反有理。唐伯虎被宁王诓去南昌得知其野心大失所望，装疯卖傻方才脱身，回苏州时经鄱阳湖见庐山，想想胸闷就从山南上山去了。唐伯虎在五老峰下陆羽泉边灵感大发，于是成就了安徽博物馆镇馆之宝《匡庐图》，图的核心就是观音桥。而宁王之乱被赣南巡抚王守仁平定，王守仁功绩碑现存庐山秀峰，先表大战鄱阳湖生擒朱宸濠之功，后诚惶诚恐归功于皇威神武，平叛又平猜忌，文治武功并举，遂成阳明心学。阳明先生曾在白鹿洞讲学。

杂交水稻之父、中国工程院院士、"共和国勋章"获得者袁隆平的父亲，袁兴烈，江西九江人，生于1905年，家住德安县颐园，毕业于南京的东南大学,民国时自然是在九江码头上船去的南京。袁兴烈大学毕业后担任过德安县高等小学的校长和督学,后在平汉铁路局工作,在铁路上做了很多为抗日战争运送军火和战略物资的工作,再后任西北军爱国将领孙连仲的秘书。袁公隆平1930年生于北平,2021年仙逝于长沙,2004年曾携全家回九江省亲,登庐山;从德安到庐山的大巴,会经过袁公的故里。

2021年5月23日

庐山记：中庸中的宇宙

2019年腿伤痊愈，全球太平，正是我行走自由的一年，丝路行和南极行都在当年完成，因工作关系还完成了多次庐山行。3月30日，第一次到访白鹿洞书院，因为书院在南线，通常来庐山一两日游的朋友还顾不上来这里打卡。春天的白鹿洞清幽无比，有点像开学前的校园。虽还有七八分冷清，但已经生机盎然，一只小蜜蜂在朱熹像前的花丛中尽情采蜜，鸟语花香。进教室，"博学之，审问之，慎思之，明辨之，笃行之"在堂中主位，相当于我们小学教室写白话文标语"好好学习，天天向上"的位置，其实意思也差不多。《中庸》中的句子更具体一些，连路径、步骤都写给你看了。明伦堂前有王阳明雕像，平定宁王叛乱后，阳明先生登上了白鹿洞的讲坛，他的心学传播从此扬帆起航。《王阳明年谱》记载，正德十六年，阳明先生"始揭致良知之教"。

31日下了庐山便去了日本。清明那天，住在有马温泉古镇，见一墙上书"天下和顺、日月清明……"更衣室外的小品"山是山水是水""松风一味禅"亦是不俗的汉字书法。那一日正是蒋介石逝世四十四年周年纪念日，蒋年轻时曾留学日本，时名蒋志清。1908年，蒋志清在日记中写他的日本见闻：

不论在火车上、电车上或渡轮上，凡是旅行的时候，总看到许多日本人在阅读王阳明《传习录》，许多人读了之后，就闭目静坐，似乎是在聚精会神、思索精义。

蒋介石认为中日两国的差距就在于一个王阳明：

儒道中最得力的，就是中国王阳明知行合一"致良知"的哲学。日本窃取"致良知"哲学的唾余，便改造了衰弱萎靡的日本，统一了支离破碎的封建国家，竟成功了一个今日称霸的民族。

日本明治维新的很多重要人物都研究过阳明学，他们十分看重阳明学中强调人的精神力量和意志、强调实践的说法，要求以实际行动变革社会。1905年创造近代东方黄种人打败西方白种人先例的东乡平八郎大胜俄国波罗的海舰队回国，在天皇宴会上展示了他随身佩戴的腰牌，上面只有七个大字：一生俯首拜阳明。从此，更多的日本人如同间接地走入白鹿洞书院，大兴阳明心学。明治维新时代是日本的觉醒年代，比中国新民主主义革命早来了半个世纪。日本觉醒年代的启蒙者就是王阳明。日本阳明学对日本的近现代历史进程影响很大，曾是日本现代化的主流思想之一，不但影响了倒幕运动、明治维新等重大事件，甚至还影响了日本武士道的发展。

阳明先生是尚武之人，十岁诗咏金山寺："金山一点大如拳，打破维扬水底天。"分明就是一位有恢宏宇宙观和元宇宙想象力的天才，一位有深厚文化素养的未来武林人。他后来成为精通儒释道各家学说而且能够统军作战的全能大儒，在学术影响力上全面超越状元父亲。他的书法亦美不胜收，有限接近书圣远祖（王羲之）。他是在立德、立言、立功上皆取得超凡成就的国际化的圣贤。在日本发展的阳明学被称为日本阳明学（日语：陽明学、ようめいがく），从白鹿洞出发，传播至日本列岛。日本人在阳明学的指导下，真正做到了与时俱进知行合一。虽然个体成绩都不怎么样，但不妨碍整体国民素质全球领先。

对王阳明的崇拜，致使蒋志清改名，他以王阳明的名言"大中至正"，改名为蒋中正。奉化雪窦山上的"妙高台"为蒋中正所题，出自阳明先生十岁咏金山寺诗之后两句"醉倚妙高台上月，玉箫吹彻洞龙眠"。第二次去白鹿洞是2019年7月31日，正值暑假，满院都是穿汉服的小朋友，人声鼎沸。两个小朋友在正学之门前掐上了,摔跤角力,难舍难分,大概也是十岁的样子。十岁的王阳明还做过一首元宇宙风格的诗:"山近月远觉月小,便道此山大于月。若人有眼大如天,当见山高月更阔。"带队的老师应该让小朋友抄在"采蜜本"上。

2021 年 5 月 27 日

庐山记：纵览云飞，豁然贯通

庐山牯岭镇，面积有两个普陀区大，悬于庐山山腰1100多米海拔之处，常住人口不到3万，是典型的山城、慢城。2019年酷暑之时，我在夜间乘坐索道上庐山，出站时凉风习习，站外广场上还有一群人在跳交谊舞。在此天上的街市，远眺万家灯火的九江，繁星点点，亦如天上的街市，像两个星球之间的对望。从1886年冬天，英国基督教教士李德立上山买地开始，"Cooling"这个避暑用词就伴随着这个区域时隐时现，最后安排它的谐音"牯岭"成为这个国际化区域的名字，对接了李白、苏轼、陶渊明的古典庐山，这是"三山五岳"之中绝无仅有的。李德立时代高度自治的牯岭一度还被以讹传讹称为"租界"，合了"山高皇帝远"的老话，几乎成了一个云中的"十里洋场"。

我第一次上山是2012年冬天，离李德立初次上山那年已经过去了126年，中国经历了晚清和北洋的统治以及新文化运动催生的"觉醒年代"，经历了中国共产党的建立、抗日战争、解放战争直到成立新中国，牯岭在历史风云变幻之中曾改名为"云中公社""东方红公社"，又回到了最初的名字"牯岭"。出发那天是壬辰年大年初三，温州下了第一场雪，在雪中，温州一家人分坐两辆车从瓯江边出发，经过衢州、上饶直抵鹰潭；第二日，做"麒麟殿上神仙客"，拜"龙虎山中宰相家"天师府，沿洪太尉线路上龙虎山，漂流泸溪河;第三日,景德镇,古窑博物馆、浮梁红塔、原味县衙;第四日,庐山。

不知道庐山已经下了几场雪,我们在山脚下遇到了车辆须安装防滑链方可上山的规定,防滑链200元一条,南方人很少有雪地行车的经验,但很快我们学会了安装防滑链的技能。我们印象中的庐山是《庐山恋》中夏天的庐山,苏东坡言之"不识庐山真面目"或是一日之得,于我们老幼,却是跨季的呈现。这满山的玉树琼枝,古道上的冻土,待问的斜阳,轮胎铁链压过冰雪时的嘎嘎之声,构成的冬魅庐山让人陶醉。当我们到达山中之城时,那一声"牯岭"直接兑换成1886年冬天李德立的冒险之旅完成后长吁一声的"Cooling"。

李白的瀑布真的挂在了前川,冻住了。白居易的草堂有了三顾茅庐之雪的神韵,花径白了头。大林寺桃花在人间芳菲未启之时开在了我们的心头。我们走到了锦绣谷,传说摆渡了朱元璋的天桥已然崩塌了630多年,仍有寻梦之人攀到了断桥那里。仙人洞打理得干干净净,点好香一回头便是无限风光。那块刻有"纵览云飞"的蟾蜍石被雪覆盖过,雪后初霁,石背上雪融,余下躺平的"豁然贯通"四字满"雪"复活。

名山大川之妙用就是与古人对话,平行世界喜相逢。相传明代开国皇帝朱元璋,在和陈友谅打仗的初期,屡战屡败,率着众将士逃到庐山,在锦绣谷迷路,前有悬崖峭壁不知深浅,后有追兵步步逼近,千钧一发之际,有一道金光闪过,一条金龙从天上飞腾而下,并且化作了彩虹桥,将悬崖两端"豁然贯通"。朱元璋立刻带着众将士跃马扬鞭,过了天桥顺利逃走,顺便还纵览了一下云飞。再后,朱元璋取得了鄱阳湖大战的重大胜利,消灭了陈友谅,打下了明王朝的基本盘。

国共两党先后在庐山召开重要会议,各自纵览云飞,似乎没有交集,但游到美庐之时,历史豁然贯通了。这里先后住过国共两党的最高领导人,有很多历史遗尘。近现代以来,庐山逐渐成为政治名山,美庐是国共两党领导人都住过的别墅,更是成为牯岭必到之地。《庐山恋》男女主角的父辈为黄埔军校同学,分属不同的政治阵营,各自纵览云飞,但第二代豁然贯通,可谓渡尽劫波兄弟在,子女相逢泯恩仇。这部恋爱片每天都在牯岭镇的庐山恋电影院上映,日复一日年复一年,创下没有办法被超越的"放映场次最多"吉尼斯世界纪录。这部电影是上影厂1980年的作品,2018年被评为改革开放40周年中国十大优秀爱情电影。

2021年6月6日

黄山记：乌金千秋炫地球

第一次登黄山是 1994 年 10 月，和三个同事跟了中旅社的一个团，坐了 22 小时的车才到屯溪，正宗的硬座，连个高靠都没有。从温州西站出发，没有空调，车窗半开着，尘土飞扬，硬生生地坐了一天一夜，到了屯溪，光鼻孔就洗了半天。

那时的中国还没有通互联网，所以事先没有半点攻略和心理准备，是在酒店房间里的地图上发现有一条屯溪老街离得很近，就叫了辆人力车踩到了那里。这条距离改革开放前沿的故乡 22 小时车程的原汁原味的古街里竟然藏着一个以文房四宝为主打歌的文化中国，让我颇感意外和振奋。对于当时以万元户为小目标的我们也是一种迥异于市侩之风的中华文化的再教育。于是在街上买了歙砚、徽墨，还有黄山松的根雕（就是没买宣纸，以为宣纸不是本地的特产，其实宣城离黄山不远，也是徽墨的产地），装在耐克赞助的包里，第二天就扛着上山去了。徽墨比较袖珍，重量在歙砚上。

我们是走着上山的，而且第一天就爬了 12 个小时，连爬了天都峰和莲花峰，夜宿光明顶气象站招待所格子铺，第二天还一早起来看日出。那时没有垂直越野一说，从来没听说过失温之类的户外知识，景区管理也是很佛系的，初出茅庐的小导游带我们走过山下的徐霞客雕像时说了一句光明顶气象站招待所见，大家就各自跑路了，和越野赛真差不多，唯一的区别我们是负重越野。我带着全部行李包括在屯溪老街上买的一堆"文化中国",大马金刀地走过那个在风光片中奇险的鲫鱼背,还回头拍了张胶卷照片,就像在端午时节的故乡走过一条平常的雨巷。

黄山"越野"15年后,我和朋友闻武到黄山市美术馆(就是以前的屯溪)参加施昌秀老师的画展开幕式。闻武是第一次到黄山市,自然要上黄山,我们到黄山脚下时有点晚,他飞奔而去,赶上最后一班索道,在夜色中登顶黄山,完成一次借助机械的垂直飞升,据回忆是投宿在北海的狮林大酒店。闻武下山多年后成为铁人三项选手,开始硬刚名山大川的业余生活。第二天他下山来喜滋滋地秀山上下雪的照片给我们看,着实让人惊叹。我带着一家子人夜宿黄山温泉,明明当晚月光如水,真是十里不同天啊。傍晚时分,我带孩子在徐霞客雕像前拍照,看着那条15年前无知无畏跑过的古道,不由暗笑。再回首往事如梦,那无尽的长路又在眼前,只是华发将生,我不再少年。

那块1994年买来的徽墨,上面印有"黄山"二字,有一次差点被我心血来潮用掉。最后可能是找不到宣纸,想想只是在废报纸上涂鸦,墨汁就够了,这块"乌金"才得以保全。"乌金"一说得自徐汇艺术馆2019年办的"长三角文化艺术项目及文化和自然遗产日特展:乌金千秋照——徽墨专题展"。盖因徽墨落纸如漆,色泽黑润,经久不褪,纸笔不胶,香味浓郁,丰肌腻理等特点,所以被世人称作"乌金"。"乌金"从春秋战国走来,一直到"觉醒年代",都是文人必备之居家旅行文化消费之上品。徽墨素有拈来轻、磨来清、嗅来馨、坚如玉、纹如犀,研至尽而香不衰,一点如漆、万载存真、一螺值万钱的美誉,更是坐实了"乌金"一说。

在特展上看到了黄山18峰,烫金印在18块徽墨之上。特展通过多媒体手段展示了根据武英殿版《四库全书》中《墨法集要》《墨谱法式》所记载的油烟墨、松烟墨制作工艺,以及与御园图集锦墨密切相关的《乾隆御制诗圆明园四十景图咏》,还有"独占鳌头""二十八星宿"等夺人眼球的奇墨实物,可谓方寸之地,小小宇宙。北魏贾思勰著《齐民要术》记述制墨的方法,明代宋应星著的《天工开物》一书卷十六《丹青》篇的《墨》章,对用油烟、松烟制墨的方法有详细的叙述。宋代赵彦卫《云麓漫钞》引苏东坡诗《欧阳季默以油烟墨二丸见饷各长寸许戏作小诗》"书窗拾轻煤，佛帐扫余馥。辛勤破千夜，收此一寸玉"，解说是扫灯烟制墨。

墨烟的原料包括桐油、菜油、豆油、猪油和松木，其中以松木占 9/10，其余占 1/10。黄山山麓盆地与平原谷地多砂壤土、溪河两岸多冲积土，适宜制墨材料松木、桐籽树的生长。唐代北方墨工南迁，明代中期以后，在整个徽州地区，出现了"徽人家传户习"的制墨景象，使得徽州成为全国制墨业的中心。最有名的"胡开文"字号就开在屯溪老街上，从清代乾隆四十七年（1782 年）由绩溪人胡天注创始以来，传了 200 多年的历史，更独占一时之秀。1915 年胡开文送去巴拿马万国博览会参展名为《地球墨》的徽墨获得金奖，茅台的获奖还有争议，《地球墨》史料详尽，无可置疑。可谓方寸乌金炫地球，万水千山宇宙情。

只要汉字在，书法就在，徽墨也就在，我得找一下 1994 年收来的"黄山"，大概率是胡开文的。屯溪街上，黄山之下，确实藏着一个"文化中国"。我搬来搬去的家中也有一块这两天努力在寻的"文化中国"。黄山有世界文化和自然双遗产之尊，在世界文化遗产日到来之际，启动黄山记也算是一种纪念吧。

2021 年 6 月 11 日

黄山记：年华似水，星月无痕

写了《黄山记：乌金秧炫地球》后，忙于《平路易行》的出版发行，写了 11 篇导读、13 篇分享记，就把黄山搁下了，黄山因传说中华民族的始祖轩辕黄帝曾在此修炼升仙而得名。我在有关"人类极简史，地理小发现"的分享会上也多次提到黄帝的团队发明了汉字、音律和算盘，并留下了《黄帝内经》这样的神著。黄山可算中华文明的发源地之一，至少能写得不比井冈山少。

我想起来要把黄山补上了，第一次登黄山是 1994 年，按现在 Web3.0 时代的说法，是古典互联网时代尚未展开的上古时期，一切都还很老旧。第二次去的时候屯溪已经很现代化了，老街外有条街，一溜儿是卖运动鞋的店，有 PUMA、NIKE、ANTA、SHOESBOX 一大堆的品牌，试穿的时候，店里的小姑娘关切地问：明天登黄山是吧？明天天气好。

我一瞟店外，漫天的春雨。那是 2007 年谷雨时分。次日五一，在徽州区华商山庄的商场买了雨衣、地图、水，往黄山方向而去，在不远的加油站加油，才知道安徽和苏北一样，用的都是乙醇汽油，而且 97 号油非常少，我很庆幸只是开马六过来，既省油又灵活，停在黄山脚下也比较放心。

天果然晴了，三天没用到墨镜了，赶紧拿出来戴上，沿着山路蜿蜒上黄山，路过两个换乘中心，我都不理会，既然没人挡，就只管往山上开。在黄山南大门缴了 15 块钱通行费，山道弯弯直到路书上说可以停车的桃源宾馆，我也没停，一路上了慈光阁的停车场。收费的保安问我们住哪里，一听是住北海宾馆，就想了一下，说：那你们应该走云谷站啊。我说我们就想从这坐索道上玉屏楼，走到北海宾馆。他怔了一怔，说：哦，那应该也是赶得到的。结果这句话把同行的一位女伴吓到了，她连连问：应该赶得到是什么意思？如果我爬得慢的话，不会晚上都到不了北海吧？

我心想怎么可能到不了呢？当年我这个时候从黄山南大门爬起，经立马峰、金鸡叫天门和三个一线天到鲫鱼背，翻过天都峰到玉屏峰，再翻过莲花峰到光明顶，也能在晚上八九点到达气象台招待所，还企图第二天看日出呢，只是天公不作美最终没看成日出而已。当年全靠"11路"步行，现在看来堪称豪举了。2007年当然不如1994年那么猛，也不至于太不济，但日落之前也赶到了北海！

丹霞峰在北海西约2公里处，绝壁千仞。光明顶预报是18点45分日落，我们18点左右到达，心里对日落的渴望早已被北海门口的两株樱花点燃，像是赴一个不见不散的约会。

丹霞峰上已经有不少人，但峰顶人不多，大多藏身于石头和台阶之后，最不济的也找棵大树躲着，因为风实在太大了，而日落盛宴要三刻钟以后才开始。西方，有一片高深莫测的云。

18点15分，我顶着风冲上峰顶的高地，坐在松下，看着太阳，太阳已经不再晃眼。看过了很多日出，从来没有这么正经地看日落，日出是在一片空茫之中等待王者出世，那是对力量和恩泽的期待；而日落则是看万物之神渐渐地淡出我们的视线，是话别，体会一种壮阔的迟暮之美。

太阳由金色渐渐地变得血红，披着霞光，凤冠霞帔，至阳向至阴而去，竟然像出阁的新娘。丹霞峰的另一边还有一条山路，正对着我。18点10分，上来一个独行的老外，没有包，双手插在黑色的夹克兜里，戴一副黑客帝国式的墨镜。我身旁有个女孩和同伴嘀咕着：你看你看，那个人像不像史密斯？"史密斯"对着一棵黄山松看了半天，推了推树，然后背着夕阳上到峰顶，没有停留，从我上来的那条路下去了。每个人都有自己的价值观，"史密斯"

与在我看来如此值得期待的日落擦身而过,一言不发,够酷啊。

估计"史密斯"还没到峰下,太阳开始往云海里沉去,先是底部入海,再过了腰线,慢慢地变得像上弦月了,最后淡得像一弯蛾眉,终于沉没在西方的一片云海中,七分钟,不见了。下山,刚走到西海,一轮圆月升起,高悬于顶,这一天是三月十五,月相格外的美。年华似水,星月无痕。

回到北海的时候,篮球广场上的帐篷已经都亮灯了,有一片歌声传来,年轻而充满期待。

2021 年 12 月 4 日

黄山记：养怡之福，可得永年

最近因为《平路易行》做了几场分享会，引发了大家对于鄙人"非虚构写作个性化创新"（交大、温大分享会上彭师姐语）之文笔的溯源与回忆。当康汉秘书长让报社将我 29 年前的文字《难圆的飞行之梦》与《捕风的汉子》找出来投屏之时，对于我太太来说那还是两篇陌生的文章。她看了半天，说："你那时写得不比现在差啊。"我一下没明白这是表扬我当年肆意飞扬的青春力量，还是鼓励当下老骥伏枥依旧志在千里。

文笔如神龟虽寿，犹有竟时；青春若腾蛇乘雾，终为土灰。但我昨日看到 36 岁的老将 C 罗依然壮心不已，在这一年里完成 45 个进球和 6 次助攻，斩获意甲金靴、欧洲杯金靴、欧冠历史射手王，IG 粉丝人数达到 3 亿人，成为首位除 IG 官号以外粉丝最多的用户，人类足球极简史上第一个职业生涯达到 800 进球的球员时，不禁朗诵了一句："盈缩之期，不但在天；养怡之福，可得永年。"老人是可以在少年时光中穿梭的。

老朋友都知道 20 世纪 90 年代风靡斗城的"张迈评球"，但很多朋友特别是女性朋友不看球，听人介绍一位 30 年前的球评家和体育评论员，免不了一头雾水。我便说，财经、散文我都写的，企图以正视听。结果往往还是介绍人说：那还是"球评"比较有名。我想既然写到黄山，何不把 1994 年写的《登黄山记》拿出来作为黄山记的终结篇？索性把"你那时写得不比现在差啊"这句话做实算了,既可以显示"巨额"文笔流传有序,又能免去新朋友对于一个金融业者突然成了作家的不明觉疑。

踌躇良久,还是套上了三百多年前大旅行家徐霞客用过的题目。徐霞客曾言:"登黄山天下无山",我原本不以为然,从现代的角度去看,此句更像带有溢美性质的广告语。

广告的作用使黄山在"奇松、怪石、云海、温泉"四绝之外,又平添一绝——人海。寓意为"天子的都会"之天都峰上,竟然因为人多而路阻!几个素不相识但同样对塞车颇有心得的温州人和香港人因这道"堵缘"而谈得甚是投机。登山的队伍在极其险峻的山道上挪移。停了,不停也得停;走了,不走也得走。在群体攀登的氛围里,很难再保留"山登绝顶我为峰"的孤独与豪迈,天都峰成为平民的都会,人们几乎是簇拥着经过试胆壁和三个一线天,手脚并用"咚、咚、咚"地越过85度左右的垂直陡壁,动作稍慢便有人催,形成一股向上的洪流,融入登山流的不管胆子大小,连畏高的都齐上绝顶!

绝顶之絮掩危岩、金辉普照自不必我多言,我只是为现代旅行家担忧,当年徐霞客描述了"万峰无不可伏,独莲花与抗耳"便可交差,而如今连"险至不可思议,奇亦不可思议"的"鲫鱼背"上都有人乐呵呵地拍照,他们要怎样才能给世人下一个满意的论断呢?霞客若无恙,当惊世界殊!

从天都峰下来,过了玉屏楼,就是莲花峰。莲花峰为黄山主峰,海拔1864米,名气之大,如雷贯耳。据说徐霞客经历了"四面岩壁环耸,遇朝阳雾色,鲜映层发,令人狂叫欲舞"的境界,我们却没有,我们在夜幕中大口地喘息,腿肚发软,不知道爬了多高。那晚没有星星,勉勉强强地以莲花夜景自慰,并小心翼翼地拿其与雁荡灵峰夜景作了比较,失望又不无自豪地发现夜景还是灵峰好!

夜行莲花峰是旅途中比较艰难的一段。有同伴咬牙说——"这一天总会过去!"足见其中甘苦。

而这一天过去以后的那个深秋的黎明,却下起了萧瑟的秋雨,使气势磅礴的黄山日出在我们几乎可以领略之处又回到了明信片上。我沮丧地在山谷中游荡，发现许多裹着军大衣风餐露宿一样不遇日出的游客。导游小姐说，因住宿紧张，那晚这样的游客有两千多，夜里几点下过雨他们都一清二楚，真是可敬的"追景一族"！

没有红日，一样得去光明顶，即使冲着这样一个名字。偌大的山坡被黄色和绿色占领着，嫩黄、淡黄、赭黄、金黄夹杂着几棵大红、紫红、深红的三角枫，不似春光，胜似春光。在光明顶上远眺，可见绵延几十华里的天都、莲花诸峰，秋风拂面，回想昨日背负行囊踏遍青山，还有谁不会有光明的感觉呢？

这种感觉在始信峰上达到了极致。我们沿途看到很多奇松，但还不足以心悦诚服。而当卧龙松、龙爪松、黑虎松、接引松、连理松等松中名流一起在始信峰上示现时，我们觉得始信峰简直是锦绣豪门！有一种松居然盘根错节、亭亭如盖，像极了家乡的大榕树，不由叹服。我知道黄山松的祖先靠鸟类和风力的帮助来到黄山，其刚毅苍劲、耐瘠薄酸土、不畏冰欺雪压的典型个性是由第四纪冰川期严酷的环境和大自然的伟力雕琢而成，我终于看到了黄山松由此而产生的人格魅力，开始相信黄山松的传说，这不就是"始信峰"的含义吗？

含义不止于此。我们见始信峰突兀撑穹，镇定从容、巧石争妍、狂飙阵阵，几乎可集黄山奇景之大成，不由大呼"原来如此！"上得几步，竟发现有"原来如此"字样的摩崖石刻，如觅到上古知音、激动不已。

不错，登黄山天下无山。

文笔可能确实没进步多少，但天增岁月人增寿，阅历肯定是长了。还有一个多月，便是春满乾坤福满门的春节了。年少时以"朝碧海而暮苍梧，睹青天而攀白日"为志，如今以"挥斥八极，神气不变"为愿。书中自有黄金屋，笔下自有元宇宙，宇宙级的爆款也要出来了。

2021 年 12 月 5 日

井冈山：星星之火犹如杜鹃

2009年3月，春暖花开的时节，从浙赣线自驾向南，走完建得很好的泰井高速，出了收费口，是一个大广场，井冈山！和井冈山标志合个影，然后上山。

通往景区的隧道，闪耀着革命圣地迷幻的光。大雾突然就来了，能见度10米不到，进入井冈山最山道弯弯的区域，三部车跟着，双闪灯一起闪着，前面两部还是警车，貌似在为我们开路，感觉好得不得了。对面来车发出日冕一样的光，在雾夜中很特别。

到了井冈山干部学院附近，看到一处商业比较繁荣的所在，就安排晚饭。井冈山的晚餐，红米饭、南瓜汤，还有一些山珍野味，别有特色，当地的酒就叫"井冈会师"酒。似乎喝上几口，大家就都有几分红军战士的气概。不到黄洋界就不算到井冈山，这是井冈山锦江饭店的服务生告诉我的。我问："到过锦江饭店都不算啊？"她腼腆地笑了，说："不算。"所以在井冈山锦江饭店住了一晚，想想还不算到过井冈山，第二天早起就去黄洋界了。看黄洋界要买206元的通票，井冈山的景点分散得很，一般的车又不让进景区，很多人哪怕就看一个黄洋界也得掏206元。我们从杭州到广州，只是路过井冈山，就安排看一个黄洋界也是这个价。

黄洋界哨口保留了一条浅浅的战壕，我看来看去觉得太浅，难以想象当年一个营的兵力是如何击退国民党军队四个团的,看历史记载,是在地方武装和人民群众的配合下成功的,就明白了。红四军正规军一个营,民兵和预备役若干,和湖南江西两省的敌军战斗,国民党军队装备好,人又多,这个山头都拿不下,估计要么是军头吞了粮饷下面没积极性不玩命,要么就是湖南的看江西,江西的看湖南,都不愿干垫背的活儿。

毛泽东是20世纪中国革命最伟大的创业者,他在宣传群众、组织群众、武装群众方面那时已经无人能及,尽管朱毛会师时,朱德的兵多一些,但他还是愿意听毛泽东的。红四军的战斗力显然比国民党军队高出太多。黄洋界三个字是朱德手书的,朱德私塾出身,从描红起步,字写得工工整整,字如其人,忠厚大义。

黄洋界营房看起来很井冈山,而茨坪黄色调的革命故居被杜鹃花一衬托更加井冈山了。杜鹃花,又称映山红,浙南叫山茶花,清明时节,漫山遍野。井冈山的十里杜鹃比较有名,但山上的温度低,一般四月下旬才能开起来,本来没指望看到杜鹃花,没想到参观茨坪革命旧居时见到院子里盛放的几支杜鹃。这花的样子最熟悉不过,小时候每次清明扫墓完毕,总要摘一捧回来。一花一世界,一瓶一宇宙。"在井冈山艰苦斗争的年代,毛主席住在茅坪村的八角楼。每当夜幕降临的时候,八角楼的灯就亮了……"——据说现在的小学课本还有《八角楼上》这篇文章,我小学时读这篇课文印象太深,"每当夜幕降临的时候"几乎成了心中的一个句式,看到这院子里的山茶花,便接通了被八角楼的灯光照耀的童年。茅坪村位于黄洋界西面,距茨坪32公里,是井冈山斗争时期党、政、军最高领导机关所在地,因为时间关系我们没有去,八角楼就一直还在梦里。

井冈山上的创业者类似我们现在的合伙人,为了一个宏大的事业走到了一起。最大的创新是颠覆,革命是彻底的颠覆,毛主席高瞻远瞩,以空前气魄获得了创业团队的拥戴。参观了这许多革命领导人的旧居,只有毛主席的房子墙上挂了全国形势图。旧居的风水也最好,前山后水,门前一个水池,似曾相识。

在黄洋界的秀美之处，看到了龙飞凤舞的"星星之火、可以燎原"八个大字。我查了井冈山红色培训网：从陈毅1929年9月1日《关于朱毛军的历史及其状况的报告》中可知，红四军主要是由朱德率领之叶挺、贺龙旧部与毛泽东率领的卢德铭团及袁文才、王佐所部以及湘南五县暴动农军三股力量组成。1928年4月底，朱部2000余人，湘南农军8000余人，毛部1000余人，袁文才、王佐各300人，共计约万余人，2000余支枪，在龙市会师后改编为中国工农革命军第四军。

2021年11月29日

井冈山：世上无难事

1965 年 5 月，毛主席写了《水调歌头·重上井冈山》，手稿的照片在黄洋界景区的营房里还看得到。

久有凌云志，重上井冈山。千里来寻故地，旧貌变新颜。到处莺歌燕舞，更有潺潺流水，高路入云端。过了黄洋界，险处不须看。风雷动，旌旗奋，是人寰。三十八年过去，弹指一挥间。可上九天揽月，可下五洋捉鳖，谈笑凯歌还。世上无难事，只要肯登攀。

2021 年 11 月的最后一天，我再读这首诗，仍受激励。

毛主席的字和词都有一个特点，拆散了看都平平常常，组合好则气势磅礴，一个洞察 20 世纪中前期中华民族特性的诗人，发动了革命打下了江山，的确是世上无难事，只要肯登攀。

井冈山的导游（包括野导）都能背《水调歌头·重上井冈山》。2009 年 3 月，在井冈山干部学院的门口遇到一个发名片拉客吃饭的"导吃员"，一口气背下来都不打磕巴，当然诗歌也不是白朗诵的，饭店下手不轻，几个小菜加点野味用去千儿八百。

一年之后又是 3 月，机缘巧合，我也重上井冈山。井冈山天气晴好，漫山遍野开了杜鹃，我重温了一遍一个营击退四个团，三发炮弹两发受潮，一发打出竟然打中国民党军队指挥所（简称"一炮打响"）的故事。

2009年的愚人节,博客上挂的井冈山景区的瀑布照片很多人以为真是庐山瀑布,我虽然看过《庐山恋》,但那时没有去过庐山,假的《观庐山瀑布》一发把大家都忽悠了。当时的画配文也相当老卯:有谁在这样的角度看过庐山瀑布？人在九天之上,银河在下,第一叠。鸟与第二叠。亭与第三叠。瀑布的双子门。横看成岭侧成峰。

其实拍的是龙潭,龙潭在小井红军医院东南的山谷里,是井冈山最自然的一面,最素面朝天的山谷。虽然也留下了董必武等人的字,也有生意人在仙女潭中放张竹排安个藤椅说毛主席当年就坐在这个位置,现在大家可以坐这里拍照,但龙潭无疑还是最本色的,它告诉你一个地理意义的井冈山,而地理意义的井冈山也有庐山的秀色,庐山抛去地理意义时或许比井冈山更有人文气息,但仅就地理而言,我认为这个山寨版的三叠泉一点都不差的,她甚至就是我想象中的庐山。十年后我五上庐山,还常常会想起龙潭。

井冈山最横看成岭侧成峰的地方是主峰五指峰,海拔1597米,在茨坪井冈山干部学院正南10公里处。因为老版百元人民币的背后用的就是井冈山主峰的图案,所以被生意人称为发财山,大家都会在这里兴致勃勃地照相,算是很世俗地沾了革命圣地的光。1928年红军会师要革命,2010年百姓要多一些财产性收入,国家要在G20上争取一些利益,都是天经地义的事。2021年要鼓励三胎防止人口老龄化,要搞碳达峰、碳中和,要搞共同富裕,也都是客观地看待这个世界使然。

2010年之后,再没上过井冈山,这一篇是井冈山之终结篇了,将毛主席的诗词改一字做个纪念:一十一年过去,弹指一挥间。可上九天揽月,可下五洋捉鳖,谈笑凯歌还。

2021年11月30日

长白山：中国没有一寸土地是多余的

抚顺启运山为长白山余脉，长白山的尾巴能甩出一个王朝，那主山呢？一如岳麓山是衡山余脉，祝融峰下便有了一个惟楚有才于斯为盛的千年书院。中国人的风水学中透着的文化自信常常被时空流中的王朝与书院加持，读书人在壮丽秀美之山河陶冶世俗，与时沉浮；亦论王霸之余策，览倚伏之要害。方有青年毛泽东那一句清脆的"怅寥廓，问苍茫大地，谁主沉浮？"

2014年秋，"万类霜天竞自由"之际，我第一次上了长白山。我们一行考察了图们江口岸，顺便去了趟朝鲜，中朝边界在图们江上的一座桥的中间，来个一步跨亦算是去过了。这界桥，是日本帝国主义强暴占领东三省时建的，有一年发大水，周围后面建的桥全冲垮了，这桥一点没事。可见那些年，日本人真把这儿当成自己的土地，做着"千秋大梦"。

延吉是延边朝鲜族自治州的首府，风景秀丽，有一所211大学——延边大学，离中朝边境只有10公里，离日本海只有80公里，离中俄边境只有60公里，靠近长白山北坡，可谓边城名校。延边自治州东部珲春城以南约70公里处的敬信镇防川村距图们江入海口仅15公里，与日本海隔海相望。这里是俄罗斯、朝鲜、中国的特殊三角洲之地，是一眼看三国的地方，有着重要的战略意义。图们江作为中国进入日本海的唯一通道，于1858—1860年，在沙皇俄国武力威胁下，通过《瑷珲条约》《北京条约》，图们江口沿海地区划归俄国，图们江出海口离开了祖国母亲的怀抱，中国也失去了日本海出海权。中国东北，被日俄轮番掠夺，丧失了大片领土和事权。

  到了边界，我想起我是去过海参崴的。2001 年，参加上海企业家协会组织的考察活动，从哈尔滨出境经停西伯利亚飞莫斯科，回来时不知道什么原因又飞到海参崴短暂停留了一下。

  2001 年的我从飞机上看下去，海参崴一片草木葱茏，多么好的名城和避暑胜地啊，这里的冬天一定比雪国还要好看。可惜她的名字在俄罗斯已经叫做"符拉迪沃斯托克"了。这些旅行经历在心里封印了 20 年，被"南方有昆仑"唤醒，你会发现东北之美和俄、朝、日的地缘关系之错综复杂。《悬崖之上》为什么好看，不是因为导演也是冬奥会开闭幕式的导演，而是东北风光哪哪都像是冬奥会生出来的场景，即便看夏天的大兴安岭，看着看着也就进入了《悬崖之上》的林海雪原。看着冬奥会冠军苏翊鸣曾在《智取威虎山》中演滑雪小高手——韩庚的爷爷，我不由一笑。中国历史上只有周、唐、元、清四个朝代控制东北全境，其他时间边城常不宁，大美长白山常被贼惦记。中华民族积弱的 1904—1905 年，大日本帝国和俄罗斯帝国为争夺朝鲜半岛和中国东北还在东北打了场战，可谓奇耻大辱。

  长白山是鸭绿江、松花江和图们江的发源地。是中国满族的发祥地和满族文化圣山。1616 年正月初一，努尔哈赤建立后金，定都的赫图阿拉就是一座位于长白山腹地的城市，后皇太极改国号为清，入关后第一个清帝顺治即下令封禁长白山，一封封了 216 年，据说还用篱笆把长白山圈了起来，倒也没什么边境纠纷了。

2022 年 1 月 12 日
2022 年 2 月 20 日修订

长白山：从天象境到陆地神仙

长白山是一座活火山，最早喷发是在 200 万~300 万年前，之后依次在 946 年、1597 年、1668 年和 1702 年又喷发过 4 次。明末清初是长白山的活跃期，不知道这和朝代的更替有无联系。最近两次喷发时，长白山已经封禁。应该就是这两次的喷发，在前浪几十万年贡献的基础上，更进一步形成了天池，并构建了如今的火山地貌。在一处火山温泉处遥看，一条从天池下来的瀑布挂前川，20 亿方的水唯此出口，瀑布是松花江的源头，一路润泽奔腾到海。和青山林海中孕育出的鸭绿江、图们江一起，浇灌了黑土地，把东北变成金山银山。

长白山脉是亚欧大陆东缘的最高山系，1961 年建立的长白山国家自然保护区就有 2150 平方公里。整个黑吉辽东部山地的总称都叫长白山脉，北起完达山脉北麓，南延至大连附近的千山山脉老铁山，面积约 28 万平方公里。与东邻日本同为火山地貌的小而高的貌似天象境的白头富士山相比，横亘东北的长白山脉堪称陆地神仙。将最精华的神仙头部长白山划出一半去，连主峰白头峰都给了朝鲜，即被改名为将军峰。

大部分的游客都在北坡登顶，北坡有很好的温泉。1 元 2 个的鸡蛋，挑到火山温泉煮一下，就变成 10 元 3 个，凸显特许专营权的价值，这是 7 年前的价格，现在不知道涨到多少了。将可以煮鸡蛋的火山温泉引入度假村，用冷水兑成体感可欣然接受的温泉汤，是长白山尚品生活中的待客之道。秋天的延吉，虽没有大雪泡汤的反差仪式感，综合舒适度却是满分的。在北坡下的露天温泉中，看出去满天的星斗，想起箱根、威海、珠海、海南、九寨、黄山、峨眉、青城、稻城、久留米、有马……这些时空流中地质活跃之处的温泉连成的个人温泉简史也可算是私人的地理小发现。

北坡之所以受欢迎，是因为可以乘坐景区的中巴直达峰顶，特别适合不愿动腿又要观胜景的游人。我们到达前一周，以景区客运为主营业务的长白山旅游股份有限公司刚刚上市，我看了看资料中有游客统计，2013 年长白山的游客约 140 万人次，北坡占了 74%。上市公司简称"长白山"，股票代码选得也不错：603099，就凭拥有 20 年的特许线路经营权上市了。盘山公路上上下下川流不息的中巴车，像竖起来的织布机，金梭和银梭，日日在穿梭，看谁织出最美的生活。而募资用途就是建温泉度假村。

"长白山"上市以后表现不错，5 年时间收入翻了一番。2020 年游客骤降，变为亏损，于是 2019 年成为业绩的白头峰。旅游业是疫情中损失最大的行业之一，金梭银梭停摆，自由生活断供。长白山宇宙被无形的篱笆围了起来，人与自然合力而成的封闭比清廷的封禁更具不可预见性。

长白山有一个传说，只有人品好的才能看到天池……导游说长白山一年中能看到天池的日子不超过 60 天，而一天中看到天池真面目的可能也就几个小时的时间，同比算算可能只有 4 个小时吧？长白山天池湖面海拔 2194 米，水深 373 米，面积 10 平方公里。高程 2000 多米的火山口，带着这么大且深的湖，大雾水汽即散即笼，没有一定的规律，所以想看到天池确实要看缘分和运气，至于延伸出要看人品，可能是民间对于人心不古的社会现状含蓄的反击吧？天空中还有些乌云，人已到北坡游客中心。激动的心，颤抖的腿，上了"长白山"公司的"金梭"大巴。导游说不用紧张，前几天有位将军上山，长白山也不给面子，到了山顶就是一阵冰雹招呼，人家也就呵呵一乐，将军肚里能撑船。我们都乐了，想想也是，比如组织搞团建，大家一样登山，必是看到一样的景观，不见得都是人品好或人品差吧？

正胡思乱想之际,环保车之来之去已到天池北坡。乌云犹在,心凉半截。现在不说人品一事,排队默默下车。不料刚一下车,一阵风吹来了,云开了,太阳公公露出半张脸,天池已然可见。我们相互看了一下,均觉自己的人品好像没有这么好,到底是沾了哪一位陆地神仙的光呢？因为这阵风,我们看到了天池,自然是感谢天感谢地感谢命运让我们相遇,感谢风感谢雨感谢阳光照射着大地。你要问了,为什么还要感谢雨？第一歌词是这么写的,第二早上下过雨了,这会儿才没有雨。风很大,吹得大家说不上话。好在有阳光,我们在风中摒牢（上海话:忍住）,倒也看到了不二的风景。此时能见度一流,远眺南坡,还能够看到一条长长的管道伸到了天池里,感觉鼻腔被棉签捅了两下,虽然也没什么,但总不是滋味。

2022 年 1 月 14 日

长白山：天地有大美

长白山秋天的游客占到全年的六七成，美在大数据——秋末冬初是长白山最美的季节。一年好景君须记，最是橙黄橘绿时。2014年的秋天，从长白山归来，感觉意犹未尽，过了两个月，看到有航司新开了上海直飞长白山的线路，比延吉过去更方便，就又去了。长白山机场靠近西坡，西坡当年的游客还只有全部游客的二成多一点，算是小众的坡，万达刚刚在那里建了度假村，正好也是考察对象。万达已经开了两家五星级的酒店，规划建设有43条雪道的滑雪场、高尔夫球场、温泉、剧院和购物街，看上去将会成为世界级的旅游度假区。

这个事普通公司干不了，估计现时的腾讯也做不到。在广义的长白山脉最南端的大连起家的万达，是当时东北最牛的企业之一，在长白山干文旅比恒大到东北干冰泉要更靠谱一些。万达还有点名副其实的"白头山"血统，度假村建得不错，看上去水土很服。万达小镇，号称北纬41°~46°黄金圈上的度假明珠，光上山滑雪的索道就有六七条。我们住在宜必思（IBIS）酒店，这本是一个法国人管理的经济型酒店品牌，这里却房间大、服务好，几乎可以与欧洲的五星级酒店媲美。感觉万达在最好的时候遇见了长白山。我们坐缆车上到万达小镇的制高点，有点像五台山的黛螺顶，居然可以与长白山主峰对望。远山、近雪、枯树、夕照，既有世外桃源风，又有王家卫电影的腔调，雪胜金沙。东邪西毒，立冬寒露。

灵境山水

当时公开资料显示，长白山高尔夫球场总占地 3.93 平方公里，由 3 个标准杆为 72 杆的球场（共 54 洞）、两个会所和两个练习场组成。高尔夫球场属于山地森林风格，球道嵌于长白山原始森林之中。高尔夫球会定位为世界顶尖森林高尔夫度假地，采用会员制高尔夫球会经营模式。我对万达长白山度假村将"白色鸦片"（滑雪）与"绿色鸦片"（高尔夫）集于一身的豪举很钦佩。

当年最喜悦的是上西坡又见天池。那一次完全是自由行，在机场包了一辆出租车，200 元一天到处走，很随机，尝到了很地道的东北大锅炖和农家菜。三岁的儿子开心得不要不要的，给大家唱《粉红色的回忆》，展现了唱歌和记词的天赋，队员们皆平安喜乐。但是上天池就没数了，既没看攻略，也没做什么精心的准备，完全碰运气，四个大人带一个小孩就到了西坡游客中心。我记得我们买票时，售票员说山上下雪了，一会儿上到一半上不去回来不退票，让我们保证不要求退票，想必历史上发生过很多次不见天池要求退票的事件，景区也怕了。我看了那么多"灵境山水"，也是第一次碰到这种情况，上个山像玩轮盘赌一样，面对巨大的不确定性，我押的是很小概率的雪停出太阳，愿赌服输。

西坡也要坐环保车上去，也是上市公司"长白山"主营的业务，但西坡停车场比北坡停车场离天池要远，要走 1442 级台阶的木梯。这通往天池的木梯，使西坡平添一份攀登的乐趣，车子直达的北坡顶，在健步走方面就弱了。当我们下车时，天蓝雪白，押中数字一般，赚大发了。我们是第一波登顶的游客，木梯上厚厚一层积雪，都不忍心踩下脚去。孩子拉着妈妈的手深一脚浅一脚踏雪独立走到了 2470 米海拔的高度，之前他的纪录是 1306 米，半岁时在九华山天台峰创造。天池给了我们极大的回报，太阳出来了，我们看到了最俊朗冰酷的天池，小风吹来，飞起一阵雪尘。天池上空有鹰。有一种叫海东青的鸟类穿梭天地之大美，被称为万鹰之神。传说十万神鹰出一只海东青，我极目天地，希望我看到的就是这神鹰中的"内卷之王"。

2022 年 1 月 15 日

九华山：灵境中的岁月

行文至此，我已将现实中的天柱山、雁荡山、普陀山、黄山、庐山、井冈山、长白山等祖国大好河山都做了深度解读。在长达二三十年的时间流中多次探访的经历提炼后置身于数字化的未来，让中国山水走进元宇宙，助力在全球疫情背景下开展神游"灵境"的虚拟旅行，是我的出发点之一。

九华山在现实宇宙中亦可以担当"灵境"之名。其位于安徽省池州市青阳县境内，传说因唐朝李白《望九华赠青阳韦仲堪》诗："昔在九江上，遥望九华峰。天河挂绿水，秀出九芙蓉。"而命名为"九华山"。韦仲堪是唐天宝和上元年间的青阳县令，可能是九华山旅游最早的推动者。李白应邀与他同游数次，留下名垂千古的"我欲一挥手，谁人可相从？"的"带货者"的召唤。最后一句"君为东道主，于此卧云松"即便放到当下，也是答谢金句。

我第一次上九华山是 2007 年 5 月，黄山归来上九华。其实黄山与九华山就隔了一个太平湖，各擅其长，黄山以自然景观闻名，有"黄山归来不看岳"之说。九华山除了唐诗眷顾之外，相传为地藏菩萨应化的道场，佛教认为地藏菩萨是"大孝"和"大愿"的象征，而工程类的项目业主往往因为"接地"的想象踊跃前往九华山进香。据传地藏菩萨早已成佛，只是出于"地狱不空，誓不成佛"的初心与宏愿依然用菩萨的名义来点化众生。而他的经案下伏着的通灵神兽谛听，可以通过听来辨认世间万物，尤其善于听人的心。在《西游记》中有说到谛听辨别真假美猴王的故事，而在2013年出版的奇书《齐天传》中，地藏的修为和胆气都让我佩服得五体投地，从2007年开始的三次九华山游确实给打下了基础。

第一次去主要就在九华街逛逛，感受一下佛教名山的氛围。炉香乍爇，法界蒙熏，也已经被震撼；在聚龙山庄喝了一锅汤，口嚼黄精分外香。第二次去是2009年，先在湖州长兴火车站接了温州来的朋友，然后沿着全线开通不久的申苏浙皖高速一口气开到九华街。游了钦赐百岁宫护国万年寺，再上到凤凰松，那时车子尚可直达凤凰松，然后去了黄山。第三次去是2011年，一手抱一个小孩，在凤凰松刻有"南无大愿地藏王菩萨"的巨石前留影后坐索道上了天台。抱着小孩一路游观音峰、大鹏停经、梦笔生花，直到高程1306米天台顶，看了神迹大脚印。拜经台建于清代，寺内有块长方形条石，上有凹下的脚印，被玻璃罩起来了。相传是金地藏跪拜时的垫脚石，日长年久而留下足印。三登九华总算把九华山看了个七七八八。

九华山并不算高，是典型的有仙则名。护国月身宝殿是必到之处，被尊为地藏菩萨现身的新罗高僧金乔觉的肉身便供在此处，只不过肉身供在三级石塔内，石塔外还有七级木塔加以巩固，木塔外又建护国月身宝殿，所以今天我们到月身宝殿，决然见不到金乔觉的肉身，见到的只是传说。传说已远，但月身宝殿下方的地藏禅寺内，一位1991年圆寂的雅号"八百斤"的慈明和尚的肉身却栩栩如生。我第一次来拜山的时候，见到慈明和尚的肉身还是黑色，有点像木乃伊，第二次看，已经是金光灿灿。旁边带了一拨人来瞻仰慈明和尚的导游说慈明和尚的肉身历17年修成正果，于2008年镀了金身。金身大概就是金刚不坏之身了。

慈明和尚的金身四周围上了玻璃，在地藏大殿的左边，通常在大雄宝殿里，这个位置是文殊菩萨的，所以慈明虽仅有和尚之名，却已有菩萨之实。我一个人看的时候，光线很暗，有团队到的时候，灯才点亮，很节能。借着灯光，看一张贴在玻璃上的纸介绍慈明法师的生平。慈明和尚，俗名陈万超，字福如，法名道参，江苏高邮人，光绪三十年（1904年）生，诞生之日，满屋异香，法云缥缈,足有三日,方渐渐散去,六岁独自走进本县菩提寺,因母意不肯,乃又返家住守三年,三年之后,重返菩提寺,恳求了庆禅师剃度出家,法名慈明,1934年于南京龙潭宝华山隆昌律寺受具足戒;1937年依扬州高旻寺来果老和尚名下参学,其间十几年中潜心钻研禅宗,戒行过人;某年江苏邗江县瓜州镇组织众人兴修水利,慈明一次担土八百斤,瓜州镇为他颁赠奖旗。旗上绣有"八百斤"之字,并另外赠送一根特制的桑树扁担,从此他便有了"八百斤"的绰号;1981年回到九华山,只身住东崖幽冥钟亭,每日撞钟念佛不止;1986年转到九华山上禅堂禅修,严守戒律,常手执方便铲。1990年10月慈明预知即将西归,传行脚僧大弟子德贵和尚从祁门来山,11月26日与爱徒交代后事,并留一偈:"忘我戒生灵,是如不变迁。真持亦放下,谁住叹空也。"话音刚落,含笑西归,世寿86岁。其弟子按所嘱装缸保存遗体,农历乙亥年浴佛节四月初八,开缸启视,跏趺端坐,肉身未腐,毛发无损,须眉可见,果呈瑞相,异香扑鼻,遂供奉于九华山月身宝殿北侧地藏禅寺内。

  从兴修水利到东崖撞钟,红尘净土一路走来,慈明和尚就像我们见过的很多老者,经历了生活的千般磨炼,终大彻大悟入大境界。时间是一切的君王,时间对谁都有生杀予夺的权利,但九华山的奇迹似乎告诉我们,当名利淡泊、心意高远之后,即便岁月无情,亦还有些不朽的例外。三登九华回来,时间又过去了七年,戊戌腊月高铁已通,我四上九华,雪中登临天台,天台下来去瞻仰了世界最大的露天地藏王菩萨铜像。九华山有99座山峰,金地藏享年99岁,故而铜像建99米高。岁末严寒,只有寥寥数位游客,虽说"命由己造,相由心生,世间万物皆是化相",但菩萨立于狮子峰前,天地之间,微带笑意,亦含威严,尤有诸佛海会悉遥闻,随处结祥云之感。我去找神兽谛听合了张影,据说天下事,没有它不知道的。

2022年1月16日

峨眉山：宇宙神猴，一夜成名的黑神话悟空

与九华山一样，峨眉山我也去过四次。阴晴雨雪各一次，各有风光不同。其中三次上了金顶，可以说与"山之领袖，佛之长子"缘分不浅。第一次去是 1996 年，因德国队第三次夺得欧洲杯的年份，虽然年隔久远，用足球纪年，也不会搞错。

1996 年秋，从武汉上船，黄鹤楼前挥挥手，沿长江逆流而上。在船上开全国信托业的会计电算化会议，这样的安排一般的行业想不到，信托业总是可以与人类的想象力媲美的。四天后到达重庆，会也开好了。重庆国投的朋友安排了一部车把我和同事老金，还有汇理公司的解总和小王这个船上临时组建的峨眉四人组送到成都。在成渝高速上，车子爆了胎，有些惊险，好在经过三峡风浪的 F4 还比较淡定，入了成都，方才找一火锅压了压惊。

那时候成都的旅游业已经很蓬勃，但也很无序，旅游集散中心肯定是没有的，随机性特别大，一说去峨眉，许多人围上来，你站的地方立刻变为宇宙中心。我们遇到一个小鬼头，叫什么名字我忘了，只记得收了 1000 元开了辆小面包过来帮我们安排了四人两天乐山和峨眉山的私人定制旅程。那时候 1000 元不是个小数，估计差不多可买下那辆老破小的面包车了。小伙子劲头大，司机兼导游的活一起干了，还给了收据以示正规，收据上盖着"阿坝州雄鹰旅行社"的大章。5·12 地震，阿坝州也是灾区，一听到阿坝州的名字，

我一下就想起这件事来,那时已经12年过去了,因为要写峨眉,我再触及这段往事时,时间又过去了14年。要问时间都去哪儿了?就去了从初见峨眉到写峨眉这一时光弄堂了。

我记得在成都的旅社里,老金问了我一个问题:旅游的目的是什么?我说是看人文、历史、地理,结果他说都不是,他说旅游的目的是炫耀。当时我觉得这回答既肤浅又深刻,好摇滚风啊,在当时江湖自个儿闷的大环境中,崔健唱"我要从南走到北,我还要从白走到黑"时还不忘加了一句"我要人们都看到我,但不知道我是谁。"——可见那时的人对于凡尔赛还是很有羞耻感的。不过那时也没有几个人能让人们都看到,我等生活在"较大城市"温州的人连广州的《足球报》和上海的《新民晚报》都要三天后才看到,在互联网有但只用来干会计电算化,大部分人还不知道有啥子用(四川话)的90年代,要让人们都看到,实在太难了。

26年过去,当我从逼仄的时光弄堂里出来时,把4次峨眉行都用11维空间到弦理论想了一遍,又想起老金与我的成都对话。其实搁到现在就是关于人生要不要凡尔赛的讨论,旅游要不要发朋友圈的考量和发小红书的图需不需要P那么狠的思考,是很有现实意义的。崔老师还在唱:"假如你看我有点累,就请你给我倒碗水。假如你已经爱上我,就请你吻我的嘴。"——这不还是在求关注吗?"我有这双脚,我有这双腿;我有这千山和万水,我要这所有的所有,但不要恨和悔……"差点就唱出我的心声了,我要上峨眉。

车子先到乐山,大雨。我们穿着雨衣从大佛旁边上下,镜头上都是水,三江汇流处的渡船上风刮得人直晃。又冷又饿,找了一个地方吃鱼,端上来一脸盆黄腊丁,汤鲜肉嫩辣妹子一般地辣,真是人间美味。这盆黄腊丁从此进入了我的元宇宙,时空流美食排行榜一直稳居前三。然后就上了海拔3077米的金顶,到达我人生前所未有的高度,几乎将之前的黄山高度拉高了将近一倍。12年后汶川地震把峨眉山拉高了两米,2009年我第二次上金顶时,此处标志已改写为3079米。世界多变化,山盟海誓都有调整,峨眉还好,你看那汤加岛国火山爆发,说失联就失联了,阿弥陀佛。我记得当年我们住在

2400多米高的雷洞坪，满天星光。第二天一早摸黑坐索道上山，然后步行一段路到金顶，走着走着天就亮了。

沿路遇到很多猴子，会抢游客的东西，会捡女孩子或者看上去比较弱的人下手，然后聚在一个平台上玩耍，像一个低配版的人类社会。猴子在中国文化中很特殊，因为《西游记》的原因，人们将所有人心所困的欲望与想象赋予神猴，让神猴上天入地横行无忌，演绎出混世四猴和七大神猿之传说。现在回想峨眉见猴是一段深刻的记忆，可能是平路易行社会学的开篇。2024年8月，黑神话悟空一夜之间红遍全世界，那是因为中国人心中早就有一个神猴。

《西游记》中有如来道："周天之内有五仙，乃天地神人鬼；有五虫，乃蠃鳞毛羽昆……又有四猴混世，不入十类之种。"菩萨道："敢问是哪四猴？"如来道："第一是灵明石猴，通变化，识天时，知地利，移星换斗。第二是赤尻马猴……第三通臂猿猴……第四六耳猕猴……"奇书《齐天传》中还有灵明神猿孙悟空、通臂神猿袁洪、聪明神猿六耳猕猴、兴水神猿无支祁、阴阳神猿唐玄奘、通风神猿猿猴王和驱神圣猿禹狨王等七大神猿之分。连高僧玄奘都是神猿转世，齐天元宇宙脑洞有点大。

金顶飘雪，让我兴奋莫名。雪满华藏寺，我进去礼佛，心中方澄明起来。出来到处转了转，遇到三只训练有素的"神猴"，我手臂一张，左臂上一，右臂上俩，如千年有约今朝相会一般。我想想要做个纪念，就用掉一张胶卷，让人帮忙拍了张照片。又拿出摩托罗拉9900手机，翻盖拉天线，给我妈打了个电话报平安："妈，我在峨眉山顶呢，这儿下雪了。"我妈说："好的好的，注意安全。"3099米金顶版的儿行千里母担忧，顿时在时空流里被铸成NFT了。

2022年1月19日

2024年8月28日修订

峨眉山：民众用各自的幸福报国

汶川地震之后去重庆对一家房产公司借壳上市的事做尽职调查，那时房地产还是支柱产业，属于尚可投资的对象。事毕，就去趟了峨眉，路线和12年前的江湖行走一样，重庆—成都—峨眉。2008年6月12日那天，地震刚刚过去一个月，我到了乐山。新闻报道15点38分的时候，四川发生5.0级的余震，成都有持续10秒钟的震感，那时我刚刚走进大佛景区。

因为多年的修缮，大佛比以前更具神采，加上天气晴好，阳光明媚，在大佛脚下仰头看去，阳光下的整个大佛给人光芒四射的感觉，倒是让我有了持续10秒钟的"震感"。因为四川震后游人稀少，大佛前只有十来个游人，凌云栈道原来有严格的左下右上之分，以防止上下人流冲突，这回我体验了一把右下左上，难得际遇。

神秘的弥勒大佛通高71米，宝相庄严、雍容肃穆，脚踏三江、背负九峰，远眺峨眉，近瞰乐山。山是一尊佛，佛是一座山。凌云栈道望下去，佛足前有一个祈福的孩子。上到《峨眉山：宇宙神猴》中与佛头合影的高处，大渡河、岷江和青衣江的清风合力吹来，有雄霸天下的即视感。

佛像于唐玄宗开元初年（713年）开始动工，由高僧海通发动，经三代工匠的努力和坚持，至唐德宗贞元十九年（803年），前后历经90年时间完工。1296年，乔凡尼·美第奇出资建造百花大教堂，花了175年时间才最终建成。1882年，高迪启动巴塞罗那圣家族大教堂的设计，而后教堂造了139年完工。宗教之光照耀人心，那份坚持温暖世界，东西方皆是如此。

乐山大佛开工时武则天已经去世八年，武周归唐，但武周的神都明堂美学依然引领潮流。弥勒是则天皇帝的最爱，《古董局中局》中的武则天明堂佛头是马土腊风格佛头。马土腊风格是一种从印度传入中国的佛教雕刻风格，佛像的脸型比较肉，耳垂到肩，五官也没有犍陀罗那么立体，最大特点就是一粒粒的肉髻。乐山大佛佛头宽10米、肉髻1051个、耳长6.2米、鼻长5.6米。应该是受了马土腊风格的影响，既有李唐古风，也有国际范。

没有文化真可怕，纵然在苏东坡的故乡，既中国又国际的神秘的大佛也曾被列为破四旧的对象，红卫兵一度要炸掉佛头。曾有一个穿着胶鞋在佛头上跳跃表示破四旧决心的大学生，因为佛头上肉髻雨后很滑，结果失足从佛头上掉下来，完蛋了。料理后事时人们发现他是一个叫作"完蛋就完蛋"的学生广播电台的。这些荒唐事和"现世报"的警示，是我在峨眉山下的红珠山温泉宾馆里看一部关于大佛历史的片子时得知的。

这是第二次上峨眉，仍去了山脚的报国寺，和12年前"一剑倾尽六千里"的第一次远行不同，从红珠山宾馆出来，散步就到了报国寺。再上峨眉山中报国寺是我坚持要去的，当时不知什么情况差点就被忽略了，我和导游拍了桌子，他问为什么非要去报国寺，我的回答让他无地自容——邮票上有。导游天不怕地不怕，就怕游客有文化。90年代的邮票堪比现在的NFT艺术，报国寺相当于公链认证过的峨眉山IP。

报国寺为峨眉山"名山起点"的第一大寺，山门外只有一个人，而这个人还是检票员，游客少，检票员索性坐着了。因为地震，虽然过去一个月了，但峨眉山每天上山的人仍是寥寥可数。留出了一个让我很从容地找镜头的空间。进了山门，依次是弥勒殿、大雄殿、七佛殿、观音殿和普贤殿，周围还有客舍僧寮数百间。高高的台阶通向最高一层普贤殿，骑象的普贤菩萨和观音菩萨对望，我亦走在行与悲的路上。

佛教里有四大菩萨，象征四种理想的人格，即：悲、智、行、愿。象征愿力的是地藏王菩萨,象征实践的是普贤菩萨,象征智慧的是文殊菩萨,象征慈悲的是观世音菩萨。普贤是抓落实的,是象征执行力的菩萨。报国寺里还有蒋介石亲笔题写的"精忠报国"四字,也许是表达了对执行力的崇仰和对一众队友无比悲伤的期待。

报国寺里有一张峨眉山全景图,普贤道场全境揭秘。寺内一朵绽放的白花,我相信它是有灵的。十多年后,我多次引用"人们宁愿相信一个简陋的草棚是人类智慧的创造,却认为一朵精美的花朵是完全的随机行为"这句话时,便是想到这朵花。这花告诉我:造物主是存在的。

报国寺外,有一对新人在拍婚纱。那时是穿越了地震灾情的幸福。如今,不管有几多风雨,历史的经验告诉我们:民众用各自的幸福报国,国才是强国。

2022 年 1 月 20 日

峨眉山：行者无疆

　　第三次去峨眉，是自驾。2010年五一黄金周，上海飞到成都，在机场租了一辆车往峨眉山开，扶老携幼三代同行。报社的朋友闻武那时还没开始从事铁人三项运动，更不知道未来还会当上铁人三项协会的主席，那几年流行博客，他看我写的全球自驾游不错，就报名参加我的境内自驾游活动。先是在2009年十一黄金周去了黄山、九华，又参加了2010年的峨眉山之行。我很羡慕他手里的记者证，去景区都免费，如果我有这么一本，那些年都能省好多钱了。

　　2006年我结束了在金融机构打工的高薪生活，踏上了"颠沛流离"的创业之旅。走出舒适区最大的回报就是自由。第一波自由行高峰是2005年10月到2006年8月，上海到北京，来回2400公里，上海到三亚来回6000多公里，上海到威海来回2200公里，从旧金山到温哥华1500公里，这11个月自驾里程就有12000多公里。连在一起往东可以开到洛杉矶，往西可以开到伦敦，向南可以到惠灵顿，向北可以到北冰洋再回到上海。上海到伦敦9350公里，到洛杉矶10550公里，到惠灵顿9450公里，到北冰洋6250公里。2006年7月，我在金茂大厦的顶上，看到观光厅里标着的这些数字，在浩渺的云端中感受现实的里程。心想：所谓行者无疆，也无不到哪里去。地球很小，真的要面向星辰大海。

2009年又自驾了上海到鹰潭龙虎山,井冈山再到广州,北京到丹东,上海到黄山九华山等地。年终盘点三年来携家人朋友且多次三代同行自驾游了几万公里,连一寸油漆都不曾刮到,颇为自豪。第三次峨眉山之行处于自驾游第二波峰阶段,已是经验丰富,阅历爆棚了。我在博客中无不感慨地写道,我们已经失去了险恶的江湖,不能再失去自由的旅程了。上峨眉那天下雨,我担心看不到金顶,中国人的三大旅行焦虑"上长白山怕看不到天池,上峨眉山怕看不到金顶,上黄山怕看不到日出"我都集齐了。山门收费口的川妹子说了一句话"山下下雨山上可能就是晴天",其时的峨眉山,瞠瞠人看天都是漫天的雨,我将信将疑地开车盘山而上。

峨眉山山形庞大,在四大佛教名山中海拔最高,处于四川盆地的西南边缘,靠近藏区。山上的万佛顶最高,海拔3099米,高出峨眉平原2700多米,确实形成了十里不同天的垂直气候。我第一次来就领教了,当时秋天,我在1020米高的万年寺摸著名的铜象大腿时还穿T恤衫加休闲西服,到了3077米高的金顶已然飘雪,穿棉大衣了。这一路逶迤而上,一直开到2200米高的雷洞坪,吃午饭时,已是艳阳高照,遥见天边一朵祥云,蓝天相衬,金茂银盛。据传此地高声呼喊则风雷动,谓之雷洞。咱也不敢喊,咱也不敢问,恐惊天上人。

那一次车子开到了接引殿,殿侧为上至金顶的客运索道。第四次去时,自驾车都只能停在零公里停车场了,当时不经意的停靠,已成时空流中的记号。自驾到此如今难如登天了,所以旅行也要趁早,不要以为山就在那儿,安稳不动等你,海枯石烂不变的。你得主动过去,而且这一次,金顶已经长高了两米,抱着快满一周岁的女儿站在3079米高处,再也回不到3077米的金顶了。

最难忘3079米高处那一片云海,极目万里长天,依稀可见贡嘎神山、瓦屋山,转头便是成都平原的苍茫大地。此地高出五岳,秀甲九州,晴天怒海,云鬓凝翠,鬓黛遥妆,叫我如何不心花怒放?《峨眉郡志》云:"真如蝾首蛾眉,细而长,美而艳也,故名峨眉山。"峨眉天下秀,金顶向下1000米是集大成者。此前，我到过4000多米高的雪山梁，但那只是自然的高度，而峨眉金顶，有更近天上的感觉。传说要是与佛有缘，清晨就会见到佛陀骑神象与太阳一同从金顶升起。这里有佛学的高度。1900年前，一位修行者在峨眉山修建了长江流域的第一座禅院后，峨眉山便成了长江流域的佛教发源地。

华藏寺已于2002年开始恢复改造，与我1996年第一次来时大不相同，中轴线上由低到高分布着三重殿堂。第一殿是弥勒殿，第二殿是大雄宝殿，最高层是普贤殿，即金殿和狭义的金顶，是峨眉山最高的殿堂。殿门的匾额有"金顶""行愿无尽""普贤愿海""华藏庄严"等，为赵朴初等人题写。殿门两侧有香港宝莲寺圣一法师题写的对联："华藏长子，七处九会，辅助毗卢阐大教；金顶真人，四方八面，来朝遍吉出迷津。"

我第一次见到2006年建成的高48米的"十方普贤"铜像，在长长的阶梯尽头，宝相庄严、金光闪闪，阶梯两旁分列驮着法轮与如意的十头神象，与平常的大象不同，这十头象都是六牙白象，一边三根象牙排一起，像个"王"字，象有虎威，如见大吉祥。据说六牙代表菩萨六度：布施、持戒、忍辱、精进、禅定、般若。也称六波罗蜜，是一切功德之本，菩萨英明，坐骑亦灵。"清晨就会见到佛陀骑神象与太阳一同从金顶升起"已经不是一种传说，而成了峨眉日出时的必然了。

2022年1月22日

五台山：触摸到整个宇宙

五台山我只去过一次，2012年的国庆，终于打卡成功，成就了四大名山的大满贯。同时也是第一次踏足山西，把这个对唐宋都很有地理意义的省份整了个明白。10月1日先去了课本中读过的晋祠，2日去看了蒙山大佛。蒙山大佛世界排名第二，但比排第一的乐山大佛还要早162年建成，大佛开凿于北齐天保年间，唐高祖李渊、唐高宗李治和皇后武则天都曾来此礼佛。元朝末年被毁。1980年太原市地名普查，发现有个"寺底村"无寺，查史得知"寺"为蒙山开化寺，开化寺原有大佛，于是蒙山大佛被发现，佛头已经不知去向，佛身埋在土中，还找到开化寺大阁遗迹和一些重要碑刻。2007年太原市对蒙山大佛进行了保护和开发，加固了佛身，并参考太原出土的北齐佛头新修了高12米的佛头。2008年10月，蒙山大佛向公众开放，我们到的时候，也还是一个开放才四年的新景区，不是很有名，属于意外收获，可算是五台山佛学之旅的预热。

我们顺路去了西河头地道战纪念馆、阎锡山故居，然后到了五台山，先去了塔院寺、显通寺。太阳照在五台山上，是深秋的温暖，沐浴在佛国的阳光里，见一群吉祥鸟飞过绿树与红墙。塔院寺前有一个水塘，几丛小花，触摸一下花朵，便似触摸到太阳，然而自己却不会被灼伤。"当我触摸这朵花的时候，我同时感受到了我的心、你的心以及那颗大行星地球的存在。如果你真正深入地来感触一朵花的话,你将触摸到整个宇宙。"多年以后,我在时空流里看到一行禅师的这段话时,刚好改好了两个孩子写的《我的航天梦》,我想起了五台山的阳光,当年在"咔嚓鱼"出的那本画册名字就叫作《太阳照在五台山上》,五台山给我的宇宙观是现实而丰满的。

2019年的敦煌,我见到一幅五台山全域图,在61窟,亲眼所见莫高窟中最大的一幅壁画,图上的建筑有200多处,所画人物500多位,可谓"一壁看尽众生相"。整幅图分为上、中、下三部分,上部是各种菩萨化现的宇宙景象;中部描绘五台山五个主要山峰及大寺院的宗教胜景;下部表现通往五台山的道路,包括从山西太原到河北镇州沿途的地理情况,是充满生活气息的世俗场景。在五台山周围数百里的山川景色中,有百姓割草、饮畜、推磨、舂米,以及开设客舍、店铺等现实生活情景,堪称清明上河图只当附录用,让人叹为观止。画师用超写实手法让人物在图中三五成群结队而行,经山城、拜寺塔,到处都有人物的生活与行走,这画师是集齐物理、佛学、地理、历史、艺术五脉的人才啊!

这幅图把艺术想象和现实生活结合在一起,把宗教神灵和世俗人物绘于一壁。印证了一行禅师说的:"如果我们在觉照中过日常生活,如果我们慈悲、小心、专注地行走,我们就能够创造奇迹,把我们的世界变成一个适合居住的奇妙的地方。"我在黑暗的窟中,借着导游专享的手电筒的光快速复刻这张五台山化现图,就是这么一个宇宙洪荒人间乐土的感觉。颇为传奇的是,据梁思成的弟子莫宗江先生回忆,1937年,梁思成、林徽因夫妇就是凭借着这幅敦煌壁画的指引,带着中国营造学社的助手在五台山找到佛光寺,该寺东大殿自此成为国内最早被发现的唐代木构建筑。这座建于857年的唐代木结构建筑,其内还有唐代塑像、壁画和墨书题记,集四大唐代遗物于一身,因此被梁思成称为"中国第一国宝"。黑神话悟空游戏预告开头的"你,欲成前人未竟之业",画面中的莲花柱身构成的经幢,其建筑原型便是佛光寺东大殿前的唐经幢。发现中国第一国宝此壁画贡献甚大,壁画的作者不详,但他在时空流中构建的五台山元宇宙,终于等来了千年后的知音,岁月从不败美人，岁月又何尝败营造？

　　五爷庙因有求必应而得名，传说东海龙王的第五子是文殊菩萨的化身之一，民间尊称五爷。五爷喜欢看戏，在五爷庙安排一出戏是很隆重的还愿方式。这里的戏班是常驻的。在塔院寺的大悲楼上鸟瞰五爷庙的戏台，咿咿呀呀的热闹，像大户人家的堂会，充满了人间的烟火气。塔院寺白塔是五台山的地标，塔上挂有252个铃铛，象征佛教252条戒律，每当铃声响起，既是警惕僧人恪守清规，也可驱赶鸟类防止鸟粪落塔污染塔身，可谓集信仰与实用于一塔。绕塔一周，一边转经筒，一边有唱戏声传来，深刻体会与繁重的工作一起修行，平和喜乐地成就事业之妙。

　　初见五台山就让我感觉有一股不可思议的力量，这种力量可能来自五台山作为文殊菩萨道场的暗示。佛教传说文殊菩萨专司智慧，尤其适合读书人朝圣。据说此地祈福特别助力读书高考、评高工教授等等知识提升类事宜。孩子们都要好好学习，就入乡随俗地在五爷庙领香敬佛，在殊像寺点灯供养。文殊菩萨顶结五髻，以代表大日五智，手中持剑，表示以智慧为利剑，驾狮子以表示智慧之威猛。以智慧为利剑便是以科技兴国，孩子们好好读书将来自可以有雄狮般的威猛。如果人体是个宇宙，每个人心中自有一个文殊，只是你要记得礼敬和供养。而努力不懈便是香酥与灯油。种子再饱满，也需要大地的滋养。

2022年1月24日
2024年8月29日修订

五台山：生命一直在爆发奇迹

四大佛教名山中，五台山是唯一的北方名山，靠近大同。大同从北魏前身代国开始到北魏都是首都，到辽、金、元三朝，都当过陪都。少数民族建立陪都是由大同所处的特殊区位和地形所决定的。大同三面环山，易守难攻，处于游牧文明与农耕文明的交汇处，是少数民族皇帝与太后守国门的地方，是中国九大古都中唯一的纯少数民族古都。

当少数民族国家强盛之时，其文化兼容并蓄的程度也是非常厉害的。2012年10月4日从五台山出来，我开车在雨中穿越奇险的雁门关十八盘，便到了古之辽国。离雁门关70公里的应县木塔就是辽代的建筑精品，由辽兴宗萧皇后（是与北宋达成后澶渊之盟的萧绰萧太后的孙媳妇，后亦称萧太后）倡建，记录家族功绩，彰显威仪。全木结构，屹立雁门关外竟然千年不倒，抗战中曾多处被炮弹命中，都扛了下来。应县木塔气势磅礴工艺精湛而且汉学造诣不凡，可以睥睨中原六千里。

大同担负着两种不同文明冲突的战略防御重任，故游牧民族强盛时，需要南下中原，就需要有这样一个大本营作为跳板，来当作游牧民族和农耕民族的重要桥梁和社交平台。在地理意义上，与冬奥会之城张家口很相似，张家口亦是游牧民族和农耕民族的重要桥梁和社交平台，不同的是归中原管辖。五台山离张家口才350多公里，离北京还要近一点，离大同不到200公里,这就有意思了,地缘关系让五台山成了演义名山,从《水浒传》《杨家将》到《鹿鼎记》,五台山号称"华北屋脊",是一座连接宇宙与世俗的大山。

鲁智深三拳打死镇关西之后在文殊院剃度,杨五郎金沙滩战败在显通寺出家(四郎则到大同辽都做了驸马),顺治突破情关在清凉寺皈依……这些事情我以为只有我这种从小胡读海看古书演义和金庸小说的人才会八卦,不承想踏入塔院寺方丈院中的毛主席路居旧址,看到1948年4月11日毛泽东、周恩来、任弼时等人夜宿五台山时的照片和陈列,原来主席与老和尚对话时也是聊这些。毛泽东兴致勃勃地询问鲁智深和杨五郎在哪座寺庙里当和尚。老方丈告知,鲁智深在菩萨顶当了7个月和尚,后因偷吃狗肉、醉打和尚而被放逐开封相国寺;而杨五郎就在五台山显通寺出家,杨五郎的大铁棍如今为镇山之宝。在塔院寺的铜钟前,毛泽东先看看老方丈,老方丈随即合掌施礼道:"施主远道而来,撞击铜钟,必能声震寰宇,为敝寺增辉。"毛泽东这才抬起手对周恩来说:"我们两人一起来吧!"二人一起推击木用力撞响铜钟,那浑厚洪亮的声音传响五台山——史称"春到五台"。4月12日下午,未来的新中国领袖在五台山留下了墨宝——"从建立山西的五台山到建立全中国的五台山,争取最后的胜利",然后起程过龙泉关、沿长城岭,向西柏坡挺进,在西柏坡指挥次第展开的三大战役。在历史的时空流中,一个新中国诞生了。(《山西晚报》,2014-10-29)

颇具历史深意的是,1949年春节前夕,大势已去的蒋介石再次回到故乡,恶意返乡是不存在的,但他在家乡一口气拜了许多庙,希望仍有卷土重来的机会。除夕,胜负尚未定判,但传来"太平轮"在前往台湾途中遇难的消息。这艘船上超载的公文、史料以及大批财物,都沉入舟山群岛海底。这对笃信命运常常问卦的蒋介石而言,无疑是一则不祥的预兆。更不祥的预兆出现在10天后。毛泽东以胜利者的姿态第一次登上美国《时代周刊》封面,他的背后印着四个手写体的汉字——"民主统一"。春节后蒋介石冒雨为外公外婆扫墓,他告诉两个舅舅,如果战败,以后想去五台山修行。他可能并不知道,作为政治对手决战前最后一处的视察地的五台山已经不可能接纳他，那个老山西的五台山将成为新中国的五台山，而他最终的宿命地只能是台湾。

　　3日下午，坐缆车上了五台山的黛螺顶，黛螺顶供奉五座台顶的文殊菩萨，所以来此朝拜称为"小朝台"。黛螺顶上阳光出奇的好。太阳照在我们这颗大行星上，像我们轻轻地触碰僧舍墙边的南瓜。和一行禅师说的一样：在我们周围，生命一直在爆发着奇迹。一杯水，一缕阳光，一片树叶，一只毛毛虫，一朵花，一声笑，几颗雨滴，几个南瓜。如果你生活在正念当中，你就会很容易到处看到这样的奇迹。每一个南瓜都是一团复杂的奇迹。

2022年1月25日

崂山记：从牛郎织女到逍遥的石头

1. 立春

今日立春。

在我国古代是使用天干地支来记录年、月、日的。十二生肖的说法，包括十二时辰的概念，是天干地支纪年法中才有的，是一套和农历不一样的系统。干支纪年法是以太阳为参照，天干地支的交替以每年的立春为开始，比如牛年是辛丑年，而虎年是壬寅年，而且按照干支纪年法，每一年的长度都在365.25 天左右。

生肖以立春为标准的方法起始于商周时代，当前民间使用的皇历和传统的命理学、占卜学等民俗学，也均以"立春"节气作为生肖计算的依据，命理学要看一个人的生辰八字，是严格地从立春日算起的。中国的道教将五行八卦、天干地支发扬光大，以设元辰殿拜太岁等形式流传下来。许多年前我在山东接触道家文化时也才知晓生肖年从立春开始算起。所以大年初一男足输了个北斗朝南不打紧，立春来前，女足绝平加点球赢了日本进了亚洲杯决赛才是新年的好兆头，我们可以说是以胜利打开了虎年之门。中国三大球全凭巾帼已经成了光荣传统，感谢这些铿锵玫瑰们，每每在新中国铁人都快撑不下去时扶大家一把。

崂山就是道家的。最近一次去崂山是2019年7月,三上崂山,才去了可观山海的仰口景区。仰口有不少嶙峋怪石,也有许多摩崖石刻,像泰山的小局部,但因为直面黄海,亦有不凡的气势。有记载元朝著名道士丘处机的咏崂山景物诗21首的白龙洞和寿字群刻。经过一个垂直十层的觅天洞,竟然还有"天上的街市"这样的现代诗石刻。"远远的街灯明了,好像闪着无数的明星。天上的明星现了,好像点着无数的街灯……"1921年时的郭沫若还很有情怀。觉得这诗很新,其实也已有百年之远。

"你看,那浅浅的天河,定然是不甚宽广。那隔着河的牛郎织女,定能够骑着牛儿来往。我想他们此刻,定然在天街闲游。不信,请看那朵流星,是他们提着灯笼在走。"——牛郎织女这个流传千年的故事基本定调了阴盛阳衰的历史格局,男足就是个破落的牛郎,而女足才是下凡的织女。

2. 逍遥的石头

2006年7月,烟威高速出来,两路标,向左走"青岛、潍坊",向右走"烟台",我去青岛,自然就向左,走到前面见一收费口,一问,答曰:那个"青岛、潍坊"指的是走国道去青岛,如果要走高速去青岛,那得看那个"烟台"牌走绕城。吃药了吧,不愿走回头路,问:国道路况如何?山东小伙微笑而自信地说:好!和高速一样!

确实和高速差不多,除了得穿过莱阳市区,有车勇敢地在路上掉头、不时有车穿过马路,两边加油站多过高速之外,青烟国道的路况可谓国道中的国道。而且国道直插胶州湾以东,去崂山的话实际上比高速要近不少,何况国道收费也低,虽说是吃药,倒也是良药。

走国道到了青岛,进去以后再走308国道往崂山,这些都不见路牌提示,都是在公路收费处问来的,青岛和烟台一样,好像从来没想过为开车来的游客提供方便,更奇怪的是崂山并没有用那种通用的棕色的风景区标志,只见到 308 国道上一个蓝色的不大的崂山旅游区的路牌,当你沿着路牌拐进去之后,又不管了,继续指示都没有,我们没法像韦小宝找到天地会一样找到崂山,只好一边走一边问。估摸着到了景区附近了,只见北九水、仰口之类的二级地名的招牌,凭感觉往北九水方向就上了。

那个山道弯弯啊,开车难度不小,狭窄处只有一车能过,如有来车,须让行。一直往上走,沿路有很多村庄,青石头的房子,红色的对联,酽酽的胶东味道。很多路边的人家打出停车吃饭的牌子,有牌子写"山鸡、山鸡蛋"的,一路好多个。有对夫妻在路旁张罗着,拿了些桃子放在路旁卖,倒有几分世外桃源风光。路上有车下来,大多是"鲁 B"和"鲁 U"的车牌。半个小时,到达北九水景区售票处,买了门票和停车票,再走 5 分钟的下坡路,到了观崂停车场。

停好车,步行过一条两旁皆卖 5 元 4 斤的桃子和崂山茶叶的山道,过一铁索桥,再过一村,检了票,已到内三水。眼前一潭,名唤无极。无隅潭、自取潭、俱化潭、崂泉铭、中虚潭、有间潭、得意潭、无已潭、餐霞潭、饮露潭,直到靛缸湾、潮音瀑。路边有石,上刻逍遥。这一路皆是山水,没有道士。这一路是有生命的无秩序的崂山,是可以听大地的箫声的崂山。风本无声,不过是风再起时,所有的石头和洞穴一起发出声音,因为他们形状不同,声也有异,有的像激流、像羽箭,有的像叫骂、像呼吸,有的粗,有的细,有的深远,有的急切,所有的石头和孔穴像在唱和一样。海边有石,突垒万仞,便是崂山;水自天来,一泻十里,便是九水。如果说泰山是孔子的山,那崂山必是庄子的。

我那女儿,我亦正亦邪的旅伴,牙牙学语便伴我穿越美国大陆,这一年来更是随我南巡北游数万里的孩童,虽看不懂石头上写的字,但绝对心无旁骛,与时俱进。一路玩耍,在得鱼潭欢笑玩水,她倒是不以近为近,不以远为远,不以大为多,不以小为少,无心无象,道法自然,真个是孩童最逍遥。人越长,名利心越重,便越不逍遥。到老,悟道了,才又逍遥。这一天的崂山,还发生了件事,一个导游带着 80 人的团队穿过逍遥的石头和多狗的山路,为的是逃掉 4000 多块钱的门票,看到第二天报纸上的新闻,笑,逍遥的石头变成了疯狂的石头。

3. 太清宫套路

崂山太清宫乃全真第二福地,我第一次上崂山的时候,没找到去太清宫的路,误打误撞上了北九水,好在北九水也不错,唯一遗憾的是没见到崂山道士。2007年春节二上崂山,这次目标主要是太清宫。

太清宫就都是道士了。那天正值十五烧香的日子,从青岛海景花园酒店出去,沿海边弯弯曲曲地走,只要半小时就到太清宫。路标不明显,估计是外地自驾车去崂山的较少,青岛还没这个服务意识。出门的时候天还有雨,走着走着就放晴了。雨后崂山的石头给人仙境的感觉,有座小桥上面有个小路标:上清宫,我晕了,我不明白上清宫和太清宫的区别,我以为走错路了。折回到崂山海上第一名山石刻前的停车场问,人家说没事的,太清宫就那方向。崂山回来后上网查资料,有人抱怨崂山有黑导带他们去上清宫,还说太清宫是新建的,要看就看上清宫,这是后话。太清宫被国务院公布为全国重点宫观保护单位;也是全国21座重点道观之一,虽也称下清宫,但宗教地位比上清宫高许多。

经过一条只容一部车通过的桥,就到了太清宫的停车场,感觉道士真会选地方,那停车场都是左青龙,右白虎,前朱雀,后玄武的模样。大海碧波万顷,就在太清宫的前面,宫后是山,果然风水绝佳之处,是真宫。车还没停稳,一班子小姑娘导游拥上来,不依不饶地要给我做导游。我想想道学知识可能真不够用,也才刚知道立春为新年始,怕看不明白太清宫,就答应了。

于是一个戴眼镜的姓姜的小姑娘做了我的导游。各景点"规定动作"门当户对之类的说完,太清宫"自选动作"开始:汉柏、唐榆、宋银杏、白茶花、绛雪等奇花异木,历经千年风霜,今犹华茂葱郁。三大殿为三清殿(祀玉清、上清、太清天尊)、三皇殿(祀伏羲、神农、轩辕)、三官殿(天、地、水三官),四陪殿为东华殿(祀东华帝君)、西王母殿(祀西王母)、救苦殿(祀吕祖)、关帝祠,道学知识大运用。走完烧了十炷香(导游还管导香),看了崂山道士穿墙术的那道白墙,天又下起雨来。

小姜说今天是十五,太清宫主持白道长出关,便带我去结缘,求签、捐款,请了一对貔貅回家。当时"套路"二字还未流行,但从貔貅的价格看,肯定是被套路了。不过我等在万丈红尘中行走总有迷途避不开,安慰、寄托、转念、提示都是需要的。求佛求道,相当于喝一碗心灵鸡蛋汤(鸡汤可能不行,属荤,鸡蛋汤勉强),只是鸡蛋汤如今也不便宜。道可道,非常道。

2022年2月4日

三清山：从和平之游到大好河山

2月4日本人参与策划的有关冬奥会的NFT藏品在Ferlive平台成功发行。上海交通大学文创学院周斌教授书写的冬奥会举办地、开幕式场馆名字和"和平之游""大好河山"八个字通过区块链进入了元宇宙。交大同时在FB、INS、推特、油管上发布周斌教授冬奥会题材书法作品NFT发行的视频。——一起向未来！周教授题词"和平之游"石刻落成于北京冬奥会张家口崇礼赛区。应邀题字的还有第八任联合国秘书长、现为世界奥林匹克委员会道德委员会主席的潘基文先生，前中国书法家协会主席沈鹏先生等著名国际与业内人士。所谓和平之游，我想有三个方面要搞清楚：一是人与人之间的和平；二是人与自然（我认为自然是"神工智能"）的和平；三是人与人工智能的和平。我想从三清山说起。

三清山，1997年即闻其名，一直未有机会游玩。直到把庐山登了、龙虎山、井冈山、黄山、九华通通看遍，赣皖名山圈子独余三清，才坐火车去了。

2014年，到上饶的高铁还未开通。一家老小乘坐K833次车，从上海南站赶到上饶，已是下午。当地朋友来接站，赶紧坐缆车上山。缆车走了一会，翻过一座山峰，看见国画一样的层峦叠嶂，我们将进入三清宇宙，住在国画之中。三清山因玉京、玉虚、玉华三峰宛如道教玉清、上清、太清三位尊神列坐山巅而得名。我之前去过稻城三神山"贡嘎日松贡布"，在呈"品"字形排列的雪峰下头痛一晚。三座雪山佛名三怙主雪山。在世界佛教二十四圣地中排名第十一位。"属众生供奉朝神积德之圣地"。公元8世纪,莲花生大师为三座雪峰开光,并以佛教中三怙主:观音(仙乃日)、文殊(央迈勇)和金刚手(夏诺多吉)命名加持,因此称为三怙主雪山。稻城三神山方圆千余平方公里,北峰仙乃日6032米,南峰央迈勇5958米,东峰夏诺多吉5958米。三座雪峰洁白,峭拔,似利剑直插云霄。雪峰周围角峰林立,大大小小共30多座,千姿百态,蔚为壮观。雪山只可远观不可亵玩,而朋友安排我们在可以进入的三清宇宙住到山上去,让我不由想起稻城美丽星空下的夜晚,因为高原反应,那夜无人入眠,只是看了宇宙中的大把流星。佛亦是道,想到今夜可在中国最美的五大峰林之一,中美地质学家公认的"西太平洋边缘最美丽的花岗岩"上酣睡一晚,不由心醉。

下午5点15分,在日上山庄住下,即开始攀登西海岸。高程1526米处有一圈栈道,路过西霞港,奇松相伴,不似黄山,胜似黄山。天上云间,何称霞港?想必是那晚霞朝露,在此入港。短短两个小时,雨雾阴晴,晚霞夜色,外加农历八月十二的将满之月,尽在途中呈现了。下来的时候,天色尽墨,用iPhone手电的光照着脚下的路,阿全被爸爸和周伯伯交换着抱着,迅速下降了200米,回到日上山庄。路上见一蛇、两山鸡,世界自然遗产,果然名不虚传。说是去去寒气,晚宴就上茅台了。山巅一寺一壶酒。儿乐,我三壶不够吃。

第二天一早,去东海岸。三清山大气,像一个空中的美国,还分东西海岸。东海岸,就像是神仙的都会。所谓天下第一仙山,也可见几分端倪。在群山之中的一个平台之上,俩孩子更是将群山当作舞台的布景,出将入相般地戏耍。京剧唱罢,攀登一线天299级台阶。五岁的女儿表现出惊人的独自登山能力,率先穿越一线天。三岁的弟弟在"特勤队"的层层保护下也出色地完成了任务。所以给他俩每人发了一块"金牌",刻了名字、日期,他们精神抖擞,和颁奖的爸爸合影留念,再一路攀登。三清山有张家界之奇、黄山之绝,即使在旅游界鼎足而三也不奇怪。三清山作为道教名山,更有极其厚重的风水文化。震撼每个人的东方女神,在须臾间呈现,消失,再呈现。山间突如其来的云雾,似乎是造物主亲手制成的女神面纱。这位端坐的女神实在太过逼真和庞大,我在一个转角处见到她,心潮澎湃,如卡拉夫初见图兰朵,谜之勇敢提出"一起向未来"。

更加无比猛烈的视觉冲击,来自大雾之中的巨蟒出山。东海岸云蒸霞蔚之中,在高程约 1200 米的深山幽谷里打转,听人惊呼"快看快看,巨蟒出山!"我在迷雾中抬头,一瘦奇石峰横空出世,如擎天玉柱破地出山,昂然挺拔,扶摇直上,耸入云端。昂首见蟒,人如坠侏罗纪公园,只是空中此物乃自然神力而成,非人工智能也。这峰足有四五十层楼高,峰端略粗形似蟒头,峰腰纤细有若蛇身,此时斜风细雨,蟒头窜动,蛇身微摇,形似一条巨大蟒龙,吞云吐雾,撼天动地,隐隐雷鸣,直欲腾空冲天而去。见如此灵境,心中一道闪电,竟有一些哀伤,差点看哭了。

这由风化和重力崩解作用而形成的巨型花岗岩石柱,峰身上有数道横断裂痕,但经过亿万年风雨,依然屹立不倒。巨蟒顶部扁平,颈部稍细,最细处直径约 7 米,状极突兀。3 年后 3 个好事者以电钻打孔、打岩钉等破坏性方式攀爬此峰,在峰体打入 26 个岩钉。被判连带赔偿环境资源损失 600 万元。破坏无可挽回,罚款也只是警示后人而已。闻讯怒,面对天地造化、神工智能,人怎可造次?有鉴于此,在元宇宙中建一个巨蟒峰让大家玩玩可能还不错,元宇宙归根结底是人工智能,人类可以做主。那么,收起你的无人机,到元宇宙中用上帝视角看三清山。不过书还是要读的,至少要听吧?不然,纵然是和平之游,也浪费了大好河山。

2022 年 2 月 5 日

张家界：问过阿凡达，再问元宇宙

初五，迎财神。发了一张 NFT 财神恭喜发财。这张财神是 288 个 NFT 中的第九个，Kung Hei Fat Choy！我第一次请来自元宇宙的数字化财神祝福朋友，感觉到进入了一个史上最大变迁的时代。九号财神上链信息：Polygon-ERC-1155，Polygon 是当今全球最热门的以太坊扩展项目之一。作为以太坊基础设施开发者在去中心化博弈领域占主导地位，其创造了一个能吸引开发者和投资者进入其 NFT 生态系统的品牌，被定位为向 web3.0 过渡的最佳平台。

有同学问：你发的这个图和你 NFT 购买的有什么区别呢？我答：就是我买的这个，通过区块链确定了版权。截图没有版权，也没有转让的价值，仅此而已。问：如果单就你这个图来说你认为以后会有转让流通的空间吗？我答：呵呵，你当这是 29 岁以下年轻人的邮票，或者泡泡玛特。29 岁以下的年轻人，中国有 2 亿多，比美国全国人口还多，这是中方在 Web3.0 主导地位争夺战中最大的优势。

在我写的"灵境山水"系列中，张家界是首个设立元宇宙研究中心的景区。2021 年 11 月 18 日上午，张家界元宇宙研究融合发展研讨会暨张家界元宇宙研究中心挂牌仪式在武陵源区大数据中心吴家峪门票站举行。这是张家界"重启"魅力湘西和天子山的重大举措。张家界元宇宙研究中心相关负责人介绍,成立张家界元宇宙研究中心的初衷是以数字化技术赋能旅游产业,培育旅游新兴业态,为旅游业的数字化转型奠定基础。

万物皆可 NFT,张家界是最有 NFT 基因的灵境山水。张家界将当年问过"阿凡达"的话又问了"元宇宙"一遍:用我的旧船票能否登上你新的客船?《阿凡达》2009 年首映后,曾因"哈利路亚悬浮山"原型取景于张家界武陵源而惊艳全球,稳坐全球票房榜冠军宝座 10 年,不少海内外观众由此开启赴张家界探寻真实潘多拉仙境的热潮。《阿凡达》电影就在武陵源袁家界、天子山、黄石寨、金鞭溪、十里画廊、宝峰湖等景点拍摄原型,时长达 30 分钟,占电影总时长近 1/5。另悉《阿凡达 2》初步定于 2022 年 12 月 16 日上映。

2010 年张家界将南天一柱山改名为哈利路亚山,还举行了更名仪式。当时我有感而发:虽然张家界早已经是世界自然遗产,但现在显然不如《阿凡达》有名,南天一柱山毅然决然地傍了票房逾 20 亿美元的大款,号称归来不看岳的黄山晚来一步,望眼欲穿。卡梅隆似乎说过哈利路亚山取材于中国黄山,但张家界有《阿凡达》摄制组在张家界待了 4 个月的明确说法,一时间,考现比考古还振奋人心,激动不下于考证曹操墓的真伪,考现的结果是张家界手持一张世界自然遗产的旧船票登上了阿凡达这艘新 3D 的客船。

我 2007 年在张家界拍到一张四个山峰像向左望的四人头像的照片,当地人称人民币山。估计卡梅隆没来得及消化"财神概念",不然一定也用到阿凡达里去了。"自己的钱自己的地,种啥都长人民币",张家界似乎离与数字人民币发生关系也不远了。有鉴于卡梅隆领先世界的想象力和强大的虚拟兑现力,电影史不得不被划分为阿凡达之前的时代和阿凡达之后的时代。万幸的是,2009 年我第一时间和所有去看电影的人一起都纵观了阿凡达前后的时代。我在 2010 年一次讨论项目如何够炫的会议上,听到资深的、资浅的都说到《阿凡达》,其中一位在全世界倒腾了很多奇幻建筑的马设计师,一个对世界自然遗产很不放在眼里的人,说起 IMAX 大制作《阿凡达》,马上放下了我行我素的专家姿态,虔诚得像个小孩。

阿凡达在梵语里面是化身的意思，潘多拉星也有原型，距离地球4光年，所以不要说美国没文化，人家文化大到让世界自然遗产来投靠，让你的文化遗产没票房，这几年火起来的潘多拉首饰不也是蹭了阿凡达的热度？

2007年11月，看完天子山和袁家界回到张家界市的蓝天宾馆吃晚饭，当地的朋友笑着说起张家界先建景区再建市的豪情。景区建得像欧洲，市区依然像非洲。听完看着窗外与埃及颇有几分相似的落后的城市建设景观，认为这个归纳是很贴切的。从市区到天子山要一个小时，越接近景区，基础设施越好。要经过一条3000多米长但建得很好的隧道，景区的道路更是修得纸平。张家界市当年的财政收入有70多亿元，163万人口直接、间接吃旅游饭的占半数以上，也难怪，一切以景区为重，把所有的家当都先拿来开发景区和提高服务水平了。张家界获得世界自然遗产的称号，又是第一批拿了5A景区的名胜，张家界人"我拿石头换明天"的精神从修路的投入上可以看得清清楚楚。

导游说是当年插队的上海知青发现了张家界石头的旅游价值，回去和著名画家吴冠中说起，吴大师当年进山就走了一整天，作品出来后，张家界的名头就打开了。幸福的旅游区很相似，就像陈逸飞和周庄的故事一样。据吴大师回忆：

70年代末，湖南省委为在人民大会堂湖南厅布置巨幅湘绣韶山，邀我到长沙用油画作绣稿。画毕巨幅油画韶山，省委为酬谢我，征求我的需求。我婉谢一切酬谢，提出愿借一辆小车在湖南境内探寻风景。就是这一次，无意中撞进了大庸县的林场张家界，隐于荒山深处的奇峰之壮观令我吃惊，我便挤在伐木工人们的木棚里住下了，天寒，用木头烤火取暖。翌晨，我决定要作大幅写生，无大画板，借用工人们伙房用的擀面案子，厚且重，几个热心人帮我抬到山间作写生用板，整日之工，画了幅两米多宽的《马鬃岭》……当年在张家界只住了两夜，作了两幅画，意未尽，写了篇《养在深闺人未识——失落的风景明珠》，发表在1980年元旦的《湖南日报》上，从此，张家界渐为人知，今天则誉满遐迩了。感谢张家界市政府多次邀我重游，他们不忘旧情，对张家界的出阁,认为我起过最早的作用。

吴大师2010年6月与世长辞,不知他是否看过《阿凡达》?

张家界最酷的地方是天门洞,公元263年,嵩梁山千米峭壁轰然洞开,玄朗如门,成为天下罕见奇景,嵩梁山由此改名为天门山。1999年,世界特技飞行大师驾机穿越天门洞,天门洞名声大震。天门洞南北对穿,门高131.5米,宽57米,深60米,拔地倚天,宛若一道通天的门户。最好走的地方也是天门洞。先坐索道再坐景区旅游车可直达天门下,拾级999阶便可步行穿越。天门山索道是世界最长的高山客运索道,轿厢98个,支架57个,全长7455米,高差1279米,最大斜度37度。通天大道共计99弯,180度急弯回峦盘绕,直达上天梯。大道通天。那山、那索、那里面的人啊。感慨登天变得如此简单。索道下方的榆叶子,在风中摇摆,那树,便是摇钱树了。

2022年2月10日

龙虎山：元宇宙发源地

2021年12月8日，红杉资本将公司简介变更为"从想法到落地。我们帮助有胆识的人缔造传奇DAO，从创意到代币空投。让我们一起冲吧！"掀起了轩然大波，在新年即将到来之际，红杉资本家要学道？要白相一下龙虎山吗？

12月9日，红杉资本官方简介删除DAO相关内容，目前简介内容已改回此前古典互联网时代逻辑下的内容，"帮助有冒险精神的人创建伟大的公司，从想法到IPO"。红杉资本合伙人Shaun Maguire疑似对此做出了解释，他表示玩得很开心，"这是一个罗夏测试，而且这不会是我们的最后一次实验。"（注：罗夏测试是一种著名的心理投射测验。）

虽然红杉资本账号已将简介改回原先内容，但红杉印度的账号却仍未改回。红杉印度将所在定位改到了Metaverse元宇宙，简介内容为将帮助印度和东南亚潜在的超级程序员创建传奇的DAO，从discord到metaverse以及更远的地方。

红杉简介中提到的DAO指Decentralized Autonomous Organization，指分布式自治组织，是基于区块链技术所发展出来的组织结构。意指没有中心化的领导人，将组织规则写入代码中，由智能合约执行，并由组织成员共同治理，在决定组织发展方向时是以投票的方式决定，有别于传统的公司组织。

DAO 被许多媒体和社群誉为 NFT、GameFi 之后最有潜力的区块链概念。这个简称刚巧与道的拼音一样，我也是看呆了。

吴承恩《西游记》有说：三清由元始、灵宝、道德三位天尊组成，其中位于"三清"之首的元始天尊拥有至高无上的法力和自然之气，存在于宇宙万物的开端；《庄子·齐物论》有云："昔者庄周梦为蝴蝶，栩栩然蝴蝶也，自喻适志与，不知周也。俄然觉，则蘧蘧然周也。不知周之梦为蝴蝶与，蝴蝶之梦为周与？周与蝴蝶，则必有分矣。此之谓物化"；加上老子《道德经》的终极概括"天地万物生于有，有生于无。"——基本上就是古典的元宇宙的概念。龙虎山创始天师张道陵的名句："道者，天下万物之本也。"翻译成"Dao can dao, Uncommon Dao"放在当下的元宇宙中，也没有丝毫的违和感。

明代评论家李卓吾曾说过宇宙内有五大部文章：汉有司马子长《史记》，唐有杜子美集，宋有苏子瞻集，元有施耐庵《水浒传》，明有李献吉集。可见元明就有宇宙的说法，天地万物之概念则更早。《三国演义》中亦有诗曰："一夜北风寒，万里彤云厚。长空雪乱飘，改尽江山旧。仰面观火虚，疑是玉龙斗。纷纷鳞甲飞，顷刻遍宇宙。骑驴过小桥，独叹梅花瘦！"然《三国演义》并未列宇宙五部。我想概因三国只有皇权一个标准，纯现实，无平行世界衬托，故而不入卓吾先生法眼。宇宙五部之一《水浒传》开篇写龙虎山是有深意的，那个"遇洪则开"的碑下藏有古典元宇宙的代码。洪太尉放出来的三十六天罡七十二地煞，在梁山水泊建立以义（后被宋江改为忠义）为组织规则，由组织成员共同治理的乌托邦就是古典的"Dao"，本是一个与以忠为规则的大宋公司平行的 Dao 组织，一个实验性的可能可以为社会赋能的新组织，最终因为改变规则加入到大宋公司而快速消亡。这算是一个宇宙级的警示。

何为神通造化之力三十六天罡？斡旋造化、颠倒阴阳、移星换斗、回天返月、唤雨呼风、振山撼地、驾雾腾云、划江成陆、纵地金光、翻江搅海、指地成铜、五行大通、六甲奇门、逆知未来、鞭山移石、起死回生、飞身托迹、九息服气、导出元阳、降龙伏虎、补天浴日、推山填海、指石成金、正立无影、胎化易形、大小如意、花开顷刻、游神御气、隔垣洞见、回风返火、掌握五雷、潜渊缩地、飞沙走石、挟山超海、撒豆成兵、钉头七箭。原来都有出处，像不像《黑客帝国》《盗梦空间》和《头号玩家》？时间属性在元宇宙世界大概率由设计者决定。元宇宙可能会弱化时间概念，体验时长和心理感受也没有规律，呈现重启性、断层性、非线性特征。虚拟人与高仿人机器人可以使人类进行多元宇宙体验，就如"盗梦空间"一般，这就是宇宙五大之水浒对元宇宙的贡献。七十二地煞还有 72 般技术层面的支持，我不一一列举。总之，在元宇宙中都可以找到神通对标的应用。

十年前我第二次去鹰潭，去了天师府，天师府在山里面，有对联曰：麒麟殿上神仙客龙虎山中宰相家。天师府是历代张天师生活起居和祀神的地方，又是中国道教正一派的祖庭和张天师曾经掌管天下道教事务的办公衙门。作为国家重点文物保护单位，除了其建筑和历史还有那楹联匾额十分有文化价值。这楹联相传是明万历年间南京礼部尚书董其昌撰并书。此联上联写的是张良，汉高祖刘邦时曾建"麒麟阁"乃召开军机大臣会议的地方，而"神仙客"指的是张良。杜甫诗云："今代麒麟阁，何人第一功？"下联泛指历代天师同，因自元代以来，天师都是世袭二品，其中三十八代天师张与材封留国公，赠金印视一品，故称"宰相家"。全联意为：张良是兴汉功臣第一人，而他的后代（张道陵天师是张良位下十世孙）也是显赫世家。天师府连龙虎山，那"遇洪则开"的碑我也去看了，腔调还是非常可以的，大殿一派古之诡异，仿佛略有不慎，又要来一场 108 将度劫。

我更早一次到龙虎山是 2009 年春天，我经常会把江西鹰潭的龙虎山和广东韶关的丹霞山搞混，它们都是国家地理杂志的宠儿，中国丹霞地貌之瑜亮。更奇怪的是：龙虎山有金枪峰和仙女岩，丹霞山有元阳石和元阴石，各有各的和谐社会，阴阳平衡。令人叹为观止。我便著诗云："此处唤作桃花洲，春色无边望渡口。过河再行十数步，仙女无声坐前头。"仙女岩的边上是悬棺，在泸溪河漂流，近距离观测悬棺，有个步道专为看悬棺而设。中国第一大旱象，她的配偶或在漓江。从象鼻岩看过去貌似金枪的山峰其实叫作蜡烛峰。真正的金枪峰藏在上海捐助的一家希望小学的后面，与仙女岩对望。

2022 年 2 月 14 日

千岛湖：巨网捕鱼，水大鱼大

2018年4月，带两个小孩参加上海少儿马拉松比赛，身份是陪跑。阿全进了八强，被组委会人员带到一个帐篷里，和前十的小朋友一起等待颁奖，天生社交达人的他转一圈和小朋友们都认识了。大人不好进去，掀一处篷布张望，分享他赛毕的开心与等待颁奖的新鲜感，那时他才上小学一年级。2022年3月，我在屋里写作，只听他拿着新买的小米Pad和我练卷腹的垫子上露台，摆开来上体育网课，我偷偷地隔着玻璃看长大的他。听人说青春短暂，童年又何尝不是？小学五年，比青春更短。这不，他和我一起流浪完地球回家，流浪日也只比我少了一天。

那日迷你马拉松赛毕，直接就带孩子们从赛场去了千岛湖，去看我的少年朋友晓捷。他在千岛湖有个有机农场，种菜、种草莓、养猪，因他是北大本科毕业的，农场还挂了一块北大实践基地的牌子。因我们上海与杭州两地的同学赶来基地相聚，还特地杀了一头黑毛猪。一头猪当然是吃不完的，第二天我们还带走许多生猪肉。路过湖边的省道，看到"绿水青山就是金山银山"的牌子在湖光山色中闪闪发光。只是省道限速太严苛，回沪后我收到三张罚单，深受教育，那时不像现在这般联网交罚款方便，晓捷帮我一一买单。

2014年5月，和亲戚朋友在千岛湖进贤湾别墅开Party。淳安人杰地灵，出过明代唯一连中三元的风云人物，在明成化朝当了十年内阁首辅的商辂，希望孩子们沾点江南灵境山水的灵气。同时预约了去看巨网捕鱼,巨网捕鱼一年最多安排30次,每次只容纳100多人观摩,乘船两小时,到达千岛湖的上游,西北方近安徽处,再过去就可以到黄山了。船渡浙皖,古风盎然,是一种遥远的浪漫。这条水路我年少时就知道,但从来没试过。时间太匆匆,从船到车容易,从车回船很难,相当于速度版的由俭入奢和由奢入俭。捕鱼很壮观,万鱼腾跃,水大鱼大,大人小孩都大开眼界。

再说说第一次游千岛湖的事。2007年黄金周第五天,陪父母出去游玩。上海周边,几处候选:宁波奉化(天童寺阿育王寺蒋介石老家),新昌(大佛寺穿岩12峰),千岛湖。选中千岛湖的理由是:大家都没去过;杭千高速通车后一路到底;天气将转晴。前面那段上海到杭州绕城,和我前两天开黄山的路是一样的。但绕城出来的口不一样,黄山出口是留下,千岛湖出口叫袁浦,都有很清晰的标志。杭徽高速和杭千高速呈小喇叭的形状向西南方展开,都是风景优美。不同的是,杭徽高速有个昱岭关,乃浙皖交界,警察搞蓝鹰行动,曾在浙皖交界处把我2006年春的一次在浙江境内超速记录给调了出来,罚了钱,我又受了教育。

15年前的千岛湖镇也已经搞得有点样子,镇里有个明珠广场,在那找了家店吃了顿午饭,要了一条千岛湖鲢鱼,老板娘一看我不是本地人,报了个68元一斤,我知道其中有诈,还到45元,人立马就答应了。我觉得可能还上当了,结果结账时老板娘不小心被我看到别人的账单,25元一斤。我妈连说:黑店黑店。黑店当然不给发票了,还振振有词地说:要发票加10元。我想算了,谁叫我不了解行情呢,不了解行情被套是很正常的。

开元是千岛湖最好的酒店,可惜没房了,看来黄金周大家都舍得花钱。天清岛度假村排名第二,湖景房卖到980元,满眼尽是自驾游的车。游湖的快艇要2000元,我本来还想争取一点优惠,结果有两个人在我前面争着付2000元的游艇费,估计是朋友一起出行,大家都抢着付账。他们一抢,就像一张大买单封住涨停,一下把行情弄上去了,我隐约听到服务员说5月5日起游艇降价到1000元的,这么一弄,就延迟到5月7日起调价了,友情哄抬物价也是常见的。晚上在度假村门口的小芳农庄吃饭，这个农庄在网上比较有名，还把网友的评论订好了放在桌上给大家看。在淳杨线沿路都做广告，土鸡煲鱼头活鱼 108 元，我以为是三样 108 元，实际光是活鱼就 108 元，受教育了。不过土鸡煲还可以。

淳安原是山区，1957 年筑坝引新安江的水，历经两年成湖，变山为岛，蔚为壮观。那时的人心淳朴得很，我估计工程总投资几百万元就够了，质量一定还很好。农夫山泉有点甜，千岛湖水可饮用，也可发电，还可旅游，我认为性价比一定超过三峡。快艇在湖上行走，千里江山除了水色青绿了一点，其他的感觉和马尔代夫没什么不同，在梅峰可以看到湖中的三百多个岛，那里拍的照片做桌面都可以。千岛湖也有潜水的玩法，马尔代夫看鱼和珊瑚，千岛湖看水下的老城。不过我觉得老城又在水下，太阴了，就没去。

梅峰回来，在天清岛酒店吃饭，价钱和小芳农庄差不多。这是我早已摸到的一个规律，好酒店的东西不一定贵，而大排档的东西不一定便宜。人容易被一些表象和惯性误导，不但是吃饭，投资更是。

2022 年 3 月 17 日

泰山记：太极拳好

2022年的"十一"，看到泰山上群众看日出的照片，大家真的是压制不住灵魂对自由的渴望，几乎每一块山石都站满了人，期待地看着东方露出的鱼肚白。许多年前的一个黄昏，此地空空唯我一人，我在东岳太极台上打了一套慢拳。吞天吐地地一顿操作，身后是小平同志题写的四个大字：太极拳好！然后看过万丈晚霞心满意足地回去。第二天一早，全家都穿着军大衣同寒号鸟一样从过了一宿的岱顶空军宾馆出发，在清冽的鲁风中穿过少为人知的北天门，到达尧观顶。那是尧帝祭天的地方，再往东，就是观日台了。

带父母孩子上了前一日尽调过的东岳太极台，21世纪初有一个风靡全球的迎接新世纪第一缕曙光的活动，泰山代表中国参加新千年世界庆典活动。2000年元旦，此地钟声悠扬，一曲高山流水伴着太极拳舞将中国泰山展现给世界。当时的世界是崭新而奋发的，困扰世界只有一个人畜无害的千年虫。懂的不懂的都喜欢说一说千年虫这个Web1.0时代的Bug，但是谁都不信电脑会倒车到1900年抑或超车到2100年，甚至心中还有些期待，无忧无虑的生活是否需要来一次上下200年的穿梭？即使最后没有蹭到千年虫时光机，也不带叹息，因为太阳每天都是新的。

东岳太极台建于2004年，一年后我们到达这里，知者甚寡。冯骥才的

《挑山工》和李健吾的《雨中登泰山》在漫长的过去，小红书和 B 站尚在遥远的未来，所以就是时空流中这么一个冷僻的若有若无的所在，成了我们的打卡点。我欣赏小平同志的题字："太极拳好！"——多么简洁扼要。与大学生向他致意时用的"小平你好！"遥相呼应，泰山一般沉着与洗练。

终于到了传说中的观日台，泰山是东岳，是五岳之首，东岳日出自然是引领五岳的，所以泰山游客对日出是有执念的。不住在山上的就夜里开始爬山，泰山的管理也是用到大数据的，那一寸寸朝霞在无数人越过山丘之后进行了供销社式的分配，泰山顶上是一个视觉盛宴的食堂，碧霞元君翻炒着碧海朝霞将日出煎蛋分给大家，日出早餐吃完大家都在心里由衷地说一句：谢谢啊，泰山奶奶！我们终于吃上这网红的早餐，虽然那时候星巴克还没有进入山东，但心中的咖啡已经拉花了东岳大帝、泰山奶奶、尧帝和孔子……

碧霞元君祠有卖超巨支的状元铅笔，便给三岁的女儿买了一支，她拜了拜泰山奶奶，我心甚慰，这比买玩具好多了。碧霞元君在人们心中具有巨大的影响力，泰山娘娘是吉祥、慈爱、圣洁的象征。明清时北京建有碧霞元君庙、碧霞宫 10 余座，其中妙峰山的碧霞元君庙最为著名。北京有"五顶"之说，就是指五座著名的碧霞元君庙：东直门外的叫"东顶"，南苑大红门外的称"南顶"，高梁桥北的叫"西顶"，安定门外的是"北顶"，而草桥东头的就是"中顶"。而妙峰山的碧霞元君庙地位犹在"五顶"之上，号称"金顶"。有宫词云："昨夜慈宁亲诏下，妙高峰里进头香。"我们从泰山下来，就去了北京，弹窗难见五顶，那都是后话了。

在中国神仙系统里，东岳大帝主管世间一切生物（植物、动物和人）出生大权，是上天与人间沟通的神圣使者，是历代帝王受命于天，治理天下的保护神，这也是历代帝王一定要登临泰山封禅的原因。东岳大帝作为泰山奶奶的父亲，其神圣更可想而知。辛亥革命后没有皇帝了，江山就是人民，泰山也成为人民之山。我第一次登泰山是 90 年代，是登黄山之后去登的，从中天门开始登山,爬到南天门,确实有看到小学课文中冯骥才写的挑山工,自己走台阶也学书中描述的斜着走。因为是第一次登泰山还有些小激动,到了天街也还是兴奋的。天街有个派出所,对天街上的人民警察很仰慕,就和天街派出所合影留念,这个位置拍纪念照绝对特立独行,足以卓显年轻人的与众不同。

2022 年 11 月 22 日

嵩山记：1982年的少林

1982年春，《少林寺》风靡全国，我看得如痴如醉，"日出嵩山坳，晨钟惊飞鸟"成为11岁少年的功夫梦境。《张迈评球——世界杯1982-2022》中这样描述那一年的夏天：央视第一次直播世界杯，一个国家的足球觉醒与我的中学同步。在看过西班牙世界杯上的金童罗西和与哲学家同名的苏格拉底的对决之后，我们这些十一二岁的童子集体进入籀园开唱"雁山云影瓯海潮淙……"，在"英奇匡国、作圣启蒙"的期待中开始脚踏步云鞋的青春。

初中第一次合唱，安排了两首歌。一首是《温州中学校歌》，2018年我带孩子们到扬州瞻仰朱自清故居，校歌在故居墙上。朱老师在浙江省立十中（1933年改名为温州中学）教国文时为校歌填了词，作曲者弘一法师，词曲作者音乐版"世一组"也，可谓与时代肝胆相照的组合，惊世骇俗。另一首是《少林少林》，"少林少林，有多少神奇故事到处把你传扬。精湛的武艺举世无双，少林寺威震四方"。所以少林之嵩山于我，知其最早，图其至远，确如多年以后在登封的酒店中看到的嵩山画册之名"天地正中"，是中华版图上居中隆起的一颗大印，是高于东西南北四岳的存在。

后来星爷拍了部电影《少林足球》，我一度怀疑他是我的同龄人，结果当然不是，否则就不叫他星爷了。《少林寺》火的第二年，我们在金庸先生原著改编的电视剧《射雕英雄传》中看到了星爷，他演宋兵乙，被梅超风一掌拍死。每个人都有自己的命运，不管是真人还是故事中的人，像台球一样，在命运的台子上弹来弹去，最终落袋为安。星爷后来演了台球题材的《舞龙》，而梅超风被南方小城中的我们拿来命名台球中的分值最高的黑球。再后来"尘世中迷途的小书童"们将金庸先生的作品看了个遍，发现一个不变之处，那就是无论正派反派，功夫到顶就是少林，天下武功出少林，是金庸作品中的一个基本假设，像长江黄河的水不能倒流一样，嵩山少林始终是神一样的存在。

壬寅腊月十一，在南丰城和几位同学一起吃海胆水饺。和我一起唱过"少林少林"的阿蓓说你儿子和你真像印版下来的，看到让我感觉小时候的你又来了。儿子和我相差40岁，世界杯1982是我的初中，2022是他的，同学们看到他的样子，能想起我们的"少林"，倒也是可喜可贺。还有同学打了个怀旧的比喻：就像一元和一角的硬币。我也是醉了，元角分是上一个时代的印记吧，被我们倔强地带入2023。北方人过年在饺子里面包硬币，寓意财源滚滚幸福安康，吃到是好彩头。我们也曾经学过在水饺里包硬币，还有包个盐的，试图告诉大家生活的多面性。

我在功夫梦境中过了40年，不，已经41年了，才写到嵩山。关于旅游的嵩山，放在下一篇。这一篇写的嵩山是藏在郁蓊集和飞鸟集中的，是11岁少年心中的神山。谨以此文纪念温州中学建校120周年。

2023 年 1 月 2 日

嵩山记：耕田放牧打豺狼，风雨一肩挑

写完《嵩山记：1982年的少林》便撂下了，感觉嵩山还是精神力更强些，自然力是模糊的。不料近日，有关少林和武侠的名人相继离去，我方才想起写了一半的嵩山。1月10日，一个噩耗从少林寺传出，少林寺武僧总教头释延庄大师圆寂，魂归塔林；同一日，《双旗镇刀客》导演何平去世，据说《少林足球》狠狠地模仿了刀客……1月16日，《少林寺》昙宗师父扮演者、著名武术家、螳螂拳第六代传人于海去世……不由得长叹一声，念一句阿弥陀佛。耕田放牧打豺狼风雨一肩挑的英雄和腰身壮胆气豪常练武勤操劳的好汉纷纷西去，斜阳夕照何时了，嘉辉不再照江湖，徒生伤悲。

实体嵩山是十年前去的，早一日凤阳看朱明皇陵，晚至登封。次日到嵩山少林，只记得停车场甚大，步行到寺。路过少林寺演武厅，见一群橙衣少年表演少林功夫，"站如松、坐如钟、行如风、卧如弓"，个个像1982年的李连杰和吴京。人生有许多际遇，十年之后的今日这些少年将去向何方？电影明星有难度，肉眼可见只有少林俗家弟子王宝强，往前十年已经成名。就这么一思量，抬头已是禅宗祖庭，巍巍少林。

少林寺山门前古树参天人流如织，少林寺匾额繁简同体，甚为亲民。匾额下是熟悉的红墙和如大圣双眼之圆窗。少林寺火遍江湖自然有其独到的风水，这个山门最是吸粉。北魏太和十九年（495年），孝文帝下旨，为高僧跋陀在嵩山少室山北麓建立一座寺庙，后称"少林寺"。梁武帝普通年间（520—527年），达摩走海上丝绸之路，在广州登陆，来到梁朝，见到了崇信佛教的梁武帝萧衍。怎奈与萧衍意见不合，如朋友圈无法互赞，只好转而北上，到北魏传法。相传达摩在北魏孝明帝孝昌三年（527年）来到少林寺，开创了佛教一大分支——禅宗，达摩是否会功夫不得而知，但后世阿里巴巴将最高级别的研究机构命名为达摩院以示认同。

我提脚步入少林，心向往天下武功出少林，然而之后遍寻史书，除金庸小说之外，少林武术并非天下武功唯一溯源，甚至电影《少林寺》中的十三棍僧救唐王的故事也是清人演绎，不见正史。但是你在寺中行走，那个武术气场还是有的，不管源于何种传说，当众人皆醉之时传说亦成现实。尤其是少林寺定位功夫北斗之后，灿若繁星的武术高手齐聚，造化归于少林，也便成就了少林。

早闻少林寺高香价格不菲，也就心香一炷敬三宝不再纠缠。没有找到群僧跺脚练功的习武厅，却误入琳琅满目的少林药局。少林药局始建于1217年，但设立健全的医疗机构和完备的医事制度是在明代，明代少林寺也是少林寺习武人数最多的时期，从洪武到崇祯的260多年间，武僧多达万余人，其中应诏为将者和武术高手达800余人。正德年间，少林寺已"博名天下"（曹庆仁《宁波府志·艺术》）。嘉靖三十二年，少林僧参加了江南御倭之战，"骁勇雄杰"，数年立战功（《夏松倭变记》卷下）。庞大的武僧团队必然需要一支庞大的医疗队伍，少林药局也因此蓬勃发展起来。除了医疗保障，药局也是习武旗帜下的生意。

2023年1月18日

华山记：4.1维的莲华世界

大年初一，里斯本。与几位同乡聚会，聊到戏曲，深为自豪。百戏之祖的南戏和温州九山书会南戏发源地上了央视春晚。宋韵时空流，瓯风梦千年。当四维世界中的中国戏曲，作为文明的证据与分享向海外传播时，每经历一种语言的认知，其时的平行世界便增加0.1维——文化传播丰富地球人的生活。

我们聊英超，十分羡慕。晚餐前阿森纳与曼联为我们助兴，我就喜欢这种话不多说，开干就开干逆转便逆转绝杀当过年的风格。我们聊足球改革，聊中国足球悬崖勒马，满怀期待。我穿了本菲卡的红衣去，聊葡中足球交流。英超欧冠，就是我们眼中的欧洲戏曲，当它们作为文明的证据与分享向中国传播时，便是4.1维的莲华世界。

枪手曼联论剑之时，我发了唯一一次华山行拍摄的八张摩崖石刻照片，我让圈友们猜是何山？几个小时后公布答案。并发布了南方有昆仑之华山记预告，称四大佛山与三山已成，准备春节将五岳写完，分享一下中华民族的精神家园。中国人的精神中，华山是很丰满的，是论剑的地方，是思过的地方，是西行的桥头，也是祈福的堡垒，五行属金代表财富，甚至还有救母的传说。明嘉靖三十二年的南戏《刘锡沉香太子》便有沉香救母，高维世界与人类社会冲突最终导向大团圆的演绎。所以大年初一写华山是最合适的。

华山北临坦荡的渭河平原和咆哮的黄河，望之意气风发。南依秦岭，是秦岭支脉分水脊的北侧的一座花岗岩山，踔厉笃行不怠，实在是石刻佳处。苍龙岭上"四季平安"题于"中华民国七年五月二十日，（陕）西陆军第三旅六团三营十一连连长杨己信书"。一叹华山不厌官微，二赞连长文武双全，干部不是光不躺平就行，还得有水平，方可保一方四季平安。华山西峰有斧劈石，可谓沉香救母的自然辅证。"斧劈石"乃"民国三十三年九月陕西省合作事业管理处召各县同仁集训于此，尹树生题"，想必彼时的公务员队伍还是清流居多，文化上着力多一些。"悬崖勒马"石刻长 2.20 米，高 0.80 米。落款"李圭瑞"。位于华山南峰南天门南侧，年代不详，可能寓意警钟长鸣，代代适用吧。

北峰还有"张善子大千兄弟来游"石刻，我一看心道这啥兄弟如此嚣张！细品这不是张大千刻的吗？同为江湖儿女，唯有才可上石。只是张大千只留名没干点实事吗？非也！张大千应该是画了几十幅华山，华山奇险、云海、秋水……皆有独到品味及天才创作，使人尘思尽去，雅致自生。这些在华山之外宇宙各处的华山，虽似在二维的平面之上，但江山在画，天开别眼，其实是 4.N 维的华山，精巧通灵别样生辉。

华山更高维的名人是陈抟老祖。他从武当山移居华山云台观，每当他睡觉时，多数时一百多天不醒。华山上有"陪睡"石刻，常常震撼来华山团建各界，实无贿赂之意，乃后世对睡仙的景仰如黄河之水滔滔不绝耳。题字者李光汉可能是为了向陈抟老祖致敬，故留下这个题刻，意为愿在此陪伴，并用了"后学"的谦称。北宋司马光主编《资治通鉴》记载说："帝召华山隐士真源陈抟，问以飞升、黄白之术。"传说陈抟一盘棋赢下华山，我怀疑他是穿越之人。

"后学"李光汉的华山题字还有许多，在极险处上天梯，有"直上天梯"之刻。另有"金天重镇""祥云捧日""极光明"之刻……堪称华山"麦霸"。不过值此新春佳节，天气晴好，除了"陪睡"，其余靓词都有吉祥飞升破局成功意。祝大家大展宏图，吉祥如意。

2023 年 1 月 23 日

雁荡山：AI 时代需要怎样的移步换景？

今天在灵岩路边发现一碑刻：有峰皆卓立，无瀑不狂飞。去了几十次雁荡都没留意，此刻见着了一通惊喜。题字的老兄没几次深入雁山肺腑，写不出这几句话。光是灵岩，抬头望去，天柱峰、展旗峰、双立峰、独秀峰……哪个不卓立？加之倚天峰、灵峰、剪刀峰……这火山突爆和流水慢蚀造就了千峰竞拔的雁山之壮美。

那瀑也是，三折瀑、燕尾瀑、大小龙湫……即使是盛夏光年两周没雨，水量小了一些，那空中的雪花般的雨点，也是狂飞的。年轻的时候看瀑，觉得越大越好；现在看瀑，觉得耐过了旱情才厉害。徐霞客三上雁荡，方证大龙湫之水并非来自雁湖，而是大自然的雨洪采集和存在于岩石裂缝里的裂缝水。也就是说大龙湫没有后台，完全是靠点滴的归纳才有活泼泼的白龙飞下。

今年的大龙湫水小了点，在空中飘来飘去，我想说别麻烦了，把这千尺珠玑浇我头上吧。当即往潭边一站，这瀑便随风跟过来，打在我高温晒过的头上，蒸发起一波飞扬的水雾。大龙湫是瀑王，是"超巨"，是大宗师。若论无瀑不狂飞，她是领军者，也是终结者。

雁山的摩崖石刻是很美的，处处经石峪，跳动心灵之舞，无字不科目三。90 年代有大领导来，灵峰对面牧童之下专门有一片岩石用来镌刻领导的墨宝，当时有镇山之效。这一次走走看看，老领导的题字不仔细找已经找不到了,更是很少人记得。想必只有观音洞内土地公公大小事都记得。

90年代言必称雁荡地标的夫妻峰,如今已标记为情侣峰。在移步换景之中按亘古之惯例变出雄鹰、少女乃至双乳,还有那震撼天地的合掌之姿;常常被误认为夫妻峰的大龙湫地标剪刀峰,幻影游动变出啄木鸟、欢熊和一帆……我辈阅之千遍也不厌倦,谓之神奇。小辈说这就是建一模,360度旋转起来,见啥有啥,老爸你说那像啥这像啥,都太抽象。

似乎雁荡神山也必须面对AI时代的冲击,当小辈的视角从仰望到可以调动无人机俯瞰时,雁山导游也是慌得一匹。讲了几十年的套路"请个导游吧,没有导游看不懂"颤音愈发清晰了。那些无处不在的自媒体,有短视频皆导游,无手机屏不狂飞,更是颠覆了千年以来的我说像啥就像啥的规则,我不要你觉得,我要我觉得。

也许真正让大家感觉不抽象的是体育,在雁荡搞一次夜间铁人三项,夕阳西下在石门潭游700米,骑车到灵峰折返20公里,缘溪滨路行,跑5公里……专治青少年,兼顾中老年。你们还说抽象,土地公公也不答应。

2024年7月13日

龙归湖：与女足环球杯同一天生日，就是天作之合

因为中国首届夜间铁人三项国际公开赛的举办，还未满周岁的龙归湖突然火了。8月24日那天，龙归湖畔聚集了5.8万人，看五星体育现场直播的有75万人。对一个常住居民才10万左右的定南县城来说，堪称半城百姓齐面湖，百万雄师望龙归。那一日，天上的无人机排出"足球新城""布衣故里"和"世一组"的字样和图标，接着是歌舞演出、舞狮腾龙、水幕奇秀，最后是灿烂焰火。

仰望次第绽放的光影之魅飞舞在南中国风水之城的夜空，我偷偷将时钟回拨了两个小时。就像每一场欧冠决赛都有不同的剧情，中国首届夜间铁三以一场秋雨开场，让一切都变得扑朔迷离不可预计。这鼓点般落在篷顶的雨声所为何来？是乌龙还是助攻？还有那隐隐传来的雷声，苍穹之上谜之招手的闪电，是黑神话悟空中的场景吗？

一群赞比亚来的年轻人前一分钟还在跳舞，俄顷便被大雨赶入主席台边的营帐。黑色的皮肤衬托着参赛毛巾上画着的定南瑞狮，瑞狮狰狞吉祥的蓝色和非洲兄妹们好奇张望的眼睛相映成趣。此刻我觉得作为世一组运动季的总策划是一件无比幸福的事。九霄龙吟，风云际会。风起于青萍之末，浪成于微澜之间，不知不觉进入了历史画卷。同样从非洲来到定南的还有坦桑

尼亚女足国少队,姑娘们也在这黑神话悟空的场景中享受东方古老文明和国际体育的组合。时来铁人共给力,运转足球竞自由。因为我们的创新和努力,他们得以在"世一组"会师。

雨大概将气温和水温都调至最舒适的区间了,雷声还没有全停的时候,400多名运动员依次跃入龙归湖,有花甲古稀选手,也有豆蔻及笄少年。以马可·阿纳多为首的意大利运动员第一批上岸,当大部分运动员还在劈波斩浪的时候,他们已经骑车上路。定南南站对面山头上的大屏幕第一次出现这么多国际运动达人破风飞驰的特写,5.8万观众一片惊呼!

最晚上岸的是U13年龄组的孩子,他们和U15的孩子须等湖上的浮标调整到短距离才堪堪出发。当他们上岸时,意大利的"马可·波罗"们可能已从莲塘老城折返,雨中的客家古城成了折返处的背景。自明穆宗钦批建定南县以来,客家古城从来没体验过当铁三背景板的滋味,今日解锁。U13个头最小的孩子是我的儿子,代表中国香港,更是第一次品尝"打铁"的滋味,也算是大湾区主场选手。当他上岸跑过帐篷区时,那里的工作人员和观众纷纷鼓掌,"哟哟,这么小就来比铁三!"第一次在公开水域游500米,第一次夜骑10公里,亦解锁!于县,是表功县志;于人,是成长故事。

从莲塘古城到龙归湖358国道,先是潇潇雨歇,再有彩霞满天。现场看大屏的我惊呆了,这是何等天象!夜幕降临之后,九国铁三运动员的自行车灯闪烁接成的银河一直流淌到龙归湖畔,又换成运动员手中的点点星光。星光绕湖,会聚终点是通体发亮的胜利之门。每个铁人都是第一次在中国穿过璀璨的夜,冲过发光的门。他们在时空流中穿行,足梦前行,铁定向南。

这面湖水,在我写《平路易行》和《张迈评球》时都还不存在。在《平路易行》台湾地区繁体中文版《经纬之间 行走世界》出版之际,及《张迈评球》再版之时,它被铁人三项带向世界了。我2023年2月27日第一次到定南时,龙归湖在施工。7个月后我带定南女足U11队员在温州看了亚运女足中国台湾对泰国队的比赛后奔赴意大利参加首届女足环球杯赛事时,龙归湖正式开园迎客。龙归湖与女足环球杯同一天生日,没有事先的约定,就是天作之合。龙归湖见证世界第一运动足球与世界第一个人综合运动铁人三项的组合——世一组。

当写了 18 座名山 28 座名城的《南方有昆仑——时空流中的我和你》即将付梓时,龙归湖已经是一个无数人点赞的"网红",一个将雷雨、闪电、晚霞、暮霭、灯光、烟火和"铁三"集于一身的超级明星。龙归湖是"高峡平湖"理念下围堰而成的人工湖,湖的边界与定南县的县域图相仿,可以说此处藏着一个定南,一个创新的定南。

2024 年 8 月 25 日

无忌之城
WUJI ZHICHENG

上海记：昨天、今天、明天

秋分时节，荷尽已无擎雨盖。

人民公园的荷塘静得只剩一朵荷花撑着上一季的场面，夏天终归要逝去，橙黄橘绿的日子不可阻挡。一位白袍老人认真地打着太极，身后的明天广场像火箭一般直指天空。

人民公园，原为上海跑马厅的北半部，光绪十八年，这里建了上海第一个游泳池，这个地方可以北望国际饭店过去的"上海原点"，西看明天广场，南面原跑马厅的一半部分，现在是人民广场和上海市人民政府，东面就是全国人民的"南京路"了。这里火过"英语角""相亲角"，有一块中国最早的南极科考队从乔治王岛带来的南极石，是各种能量场荟萃的地方。要在上海找一处可以正向逆向阅读昨天、今天、明天，自省他悟地理发现的"TENET"之处，这里是不二之选。只是这一日的清晨，那株独放的夏荷，暗藏了平行世界的密码，把自己舒展成秋天的童话。

第一个把上海称为"魔都"的人据说是20世纪初旅居上海的日本作家村松梢风，写过一本畅销小说《魔都》，此后，"魔都"被许多人理解为形容上海独有的错综迷离的世相之语，至于魔都是不是真有魔的存在，又如何与人相安无事，反倒也不怎么在意了，这个中国人口占第二、地铁线路最长的城市，自顾自走海纳百川的程序，哪吒来了应该也是要办人才引进的手续吧？

明天广场在马斯克看来像火箭,但在中国式的信条里面,是降魔杵;在上海革命历史博物馆楼下看它,像一唱天下白的雄鸡,但在整个人民广场人民公园的大布局中,它是白虎;朱雀位的上海博物馆也不是简单的圆形,是寓意"国之重器,世之大鼎",还是天圆地方兼而有之,抑或也是镇魔宝物?魔都的魅力在于很多看上去见怪不怪的物件,都有着迷之内涵,并且允许大家理解不同。比如延安高架和南北高架交叉之处的九纹龙巨柱,静安寺下的古泉,还有明天广场的降魔杵。你可以在八九点所有的地铁都运行正酣、人流极盛时达到最中心的人民的广场,也可以在晨曦中慢跑至只有一朵荷花开放的人民的公园,两个时辰的差距,看上去是两个完全不同的世界。

公园里面有张思德的像,前面有铜牌介绍毛泽东主席在张思德追悼会上作的《为人民服务》的悼念讲话;公园外面有南京路上好八连的雕塑,还有"五卅运动"纪念碑,碑名是参加过"五卅运动"的陈云题的,陆定一题写碑文,陆定一在交大求学期间参加了"五卅运动",写得一手好文章,《金色的鱼钩》《老山界》都是当年我读过的小学课文,《老山界》中写的"之字形的火把"给人的感觉似乎是照亮了一个新世界。

人民公园对面是"新世界",边上还有大光明电影院、体育大厦等商业设施,更多的是中午才开始运转的生意场,可能受电子商务的影响,但早上六点半时出奇热闹,已经变成某些旅行社的集合点。游客大都讲上海话,上海的退休金高,老人们出游愿望极其强烈,谁说老龄化社会没有很好的商机呢?

上海今天发布了人口新政:交大、复旦、同济、华师大应届毕业生可直接落户上海,加上之前清北直接落户,在人才引进方面是走在北京前面了。新政的社会反响很大,给向往魔都的外地年轻人规划了一串生活场景:好好读书、落户上海、在魔都退休、集体出行,或是在人民公园静静地打太极……

一年好景君须记,降魔杵中有明天。

2020 年 9 月 23 日

上海记：山海关路历史的旋转门

博华广场的楼下，开了一家 MANNER COFFEE，这家店咖啡的品质远胜两家著名咖啡，价钱相当公道，自带杯子还能优惠，经营理念和环保意识都很赞。早上 9 点不到，单子上的流水号已经是 900 了。在那小坐一会儿，把一杯拿铁喝完，眼看五六杯咖啡就出去了，店员的手都没停过，即使第一个号从 800 开始，日销量也是很不俗的。

这家咖啡店对面，隔着大田路有一个大王庙的门头，这一带，曾经被叫做"大王庙"。一座面对苏州河的正一派道观"大王庙"，供运河之神金龙四大王，清末《图画日报》中可见庙前有一官码头，此地乃是苏州河交通枢纽。《孽海花》中提到新科状元金雯青奉命出使欧洲携妾室赛金花（傅彩云）同行，从苏州启程坐船到上海，就是从大王庙官码头登岸。这是大王庙一次不寻常的登岸，自古以来第一个出使西洋的状元和第一个风尘女子出身的公使夫人在大王庙接官厅喝到上海的第一杯秋茶之后，坐马车到棋盘街采办绫罗绸缎。赛金花是清末民初红极一时的女性，吴趼人、林语堂、刘半农、张恨水、胡适、夏衍、鲁迅笔下都提到过她，叶永烈先生在《江青传》中写到蓝苹争演过赛金花。

大田路往南与山海关路交界，大田路以东、山海关路以北的地块已经腾空，沿着山海关路的旧式里弄墙上画了一路的老上海风情。俊男靓女走过白玉兰理发店,青年学生推着自行车边走边聊,二楼的大小姐放了一个筐下来买好馄饨用绳子拉上去,黄包车拉着摩登妇人……画工不错!早晨的阳光从成都北路那边照过来,路上行人不多,恰好融入了画面,时间逆行与正行同时出现在山海关路。那位同治年的状元金先生从苏州到大王庙官码头上岸,上海转一圈去了欧洲,要说有什么旋转门,这里是都备齐的,上海从那时起逐渐成了一个能量场。

山海关路到成都北路左转,有一处上海市文物保护单位:中国劳动组合书记部旧址,也已经有99年历史了,是中国共产党早期公开领导工人运动的总机关——中华全国总工会的前身。

一转眼在上海生活20多年了,这两年因为晨跑才和许多小路熟稔起来,于是慢慢发现这座城市许多秘而不宣之处。近年来,优秀历史建筑很受重视,这些有故事的房子大都在百年前沪上的繁华之处,许多次不经意的路过,看到那些曾经的风流人物,在史海中钩沉,仿佛在历史的旋转门中进进出出,分外有趣。

2020 年 9 月 28 日

上海记：中南银行迈九万里之鹏搏

霜降之后的第一个周末，在外滩跑步。日出的时候，正在观景台上小跑，一位老人拿着一个桃子形状的风筝迎面而来，擦肩而过时，被镜头捉到，打开手机一看，我竟然抱着一个超级大的桃子。

绕人民英雄纪念塔跑了一圈，穿过外白渡桥前面的斑马线，沿着外滩源、半岛酒店、光大银行、上海清算所、工商银行、中国银行跑至南京路口时，许多年轻人在那里张望。俄顷，两辆车追逐而来，前面一辆车副驾驶窗口打开，一个女子端了一个家伙出来，是摄像机啊？这是赶拍什么片子吗？这个时间这一带正常情况基本没什么年轻人，所以有梦想就是不一样，追星的劲头一上来，时差都调过来了，这个点只能在这儿了。

过了外汇交易中心、招商银行，再往前就是汉口路外滩路口了，那里往西200米，过了四川中路，有一幢大楼，这会儿应该被阳光照到一角，那幢楼经常会出现在我的梦里，要么这就去看看。这座位于汉口路110号的大楼就是1971年7月发表于《大人》（香港）第15期《〈申报〉与史量才》一文中提到的中南银行大楼，文中记载南洋首富福建华侨黄奕住当年携海外巨资归国创办中南银行，1919年委托申报总经理史量才全权处理筹建事宜时，交给史一张预先绘制好的银行屋宇的图样，一再叮嘱，一定要依照此图修建。黄奕住对史量才说：

当我年轻时代，为了活命生存，被饥寒衣食所策驱，远投南洋，艰辛万状，一言难尽。自从在英国出版的书报上，看见这家银行建筑物的摄影图片之后，觉得它巍巍峨峨，气象万千，于是将这家银行建筑物的整体图片，裁剪下来，藏佩身边。并且私下发下宏愿，立了坚志，日后若有发达之日，我必要开设一家银行，方不辜负我这个人。所以从此之后，工作辛劳疲不能兴时，只要取出这帧图片一看，立即自会振作起精神体力，重新从事工作。这样克勤克俭，数十年努力不息。如今稍有成就，便想起了我心愿，遂我初志，决定开设一家银行。"中南"两字表示南洋华侨归来祖国创办事业之意。

史量才遵命办理。

1921 年，中南银行大楼建成，7 月 5 日，开张营业，中国银行有联贺之："云程新发轫，迈九万里之鹏搏；瀛海有浮槎，通五大洲之象译。"中南银行成为中国银行、交通银行之外唯一民办的全国发钞行，在中南银行的历史上，每一张发出去的钞票都有黄奕住的签名：Oei Tjoe，因为当年黄侨居的印尼为荷兰属地，他在那里发家，用的荷文签名，自成风格后，也就不改了。1922 年，中南银行成立了天津分行，并联合了盐业、金城、大陆三家银行成立了"四行"准备库，1923 年成立"四行"储蓄所，1937 年成立"四行"信托部，著名的四行仓库，就是"四行"及四行信托部的仓库。彼时四行被称作"北四行"，但四行之中，只有三家北方的银行，盐业总部在北京，金城和大陆总部都在天津，而领头的中南其实总部一直是上海，"北四行"的名头和实力以及创新能力都大过"南三行"，黄老亦不做多的说明，充分体现了实干家的风格。

四行当中，中南和金城合办过诚孚信托，我研究过诚孚信托和后来四行信托部的业务，其实远远领先于现在的信托公司。跑步回来，我查"外滩拍戏"却查到了马云在外滩金融峰会上最新的讲话，这个讲话既像是童言无忌又很"老卵"（上海方言），称为"炮轰"亦不为过。马云说到银行业的当铺思维，狠狠地涮了银行一把。他可能还没有精力去研究信托，信托和保险中的绝大多数庸碌之辈何尝又不是在强抵押强担保的思路下终于把自己办成了 1600 年前的当铺？当然，也有依靠大数据运用和财富管理能力提升在创新路上快速前行的好汉。昨天去参加金洽会，与会的"金融科技发展前沿与上海实践论坛"就办得不错，国泰君安、浦发和华为都讲了些很前沿的应用，金洽会上拿到上海信托的一些资料，显然也是行业的思考者和领先者，顺便说一下，上海信托位于九江路 111 号的总部就是当年大陆银行的大楼，与汉口路 110 号中南银行大楼背靠背。

不要问我为什么知道那么多事情，20 年前，我在汉口路 110 号 4 楼西面第一间办公室工作，那时候阿里巴巴还刚刚创办，马云对银行业还是充满了敬畏（至少不敢说人家是当铺），我和我的团队也是默默地在黄奕住前辈倾力打造的中南银行大楼里打造了中国第一个集合资金信托计划。

因为东面有上海银行大楼挡着，初升的太阳从外滩方向照过来，罩住了这栋楼西面四楼以上的部分，去掉 5~7 层 1997 年加建的部分，4 楼西面第一间是最早沐到阳光的地方，100 年前黄前辈的董事长办公室可能就在那里。

2020 年 10 月 24 日

上海记：金山卫之瀛海有浮槎

去年的这个时候，从布宜诺斯艾利斯出发，去了趟乌拉圭，当天晚上回到布宜诺斯艾利斯，因为是夏天，看到街上装扮清凉的美女鬼怪，才惊觉是不一样的万圣节，夏天的万圣节颇为养眼，给我留下了好印象。适逢周末，想在上海找一个没有南瓜鬼脸和小孩讨糖吃的地方逛逛，找了一遍，参考了朋友圈，发现金山还是比较质朴和独立的，就去了金山卫。

明代的中国，有四大卫城，分别是天津卫、威海卫、金山卫和镇海卫。金山建城是最早的，早在春秋时期周康王就建有金山城，后来的两千多年，金山城东海岸线平均一百年退一公里，不知不觉中海岸线后退近20公里，沧海桑田，变出了杭州湾喇叭口，原来的金山城变成了海中的金山岛。公元1386年，明王朝在滨海的盐业集镇小官镇筑城设卫，与金山岛相望，故名金山卫。金山卫东起宝山、西至乍浦，绵延几百里，统领七个千户所，是抗倭的重要防线和坚强堡垒。

而后几百年海岸不断收缩，金山卫逐渐失去大海港条件，慢慢地就变成了一个渔村级别的区域。如今就是到了金山嘴渔村，也不容易看到海了，几公里长的海塘岸段外面是望不到边的海塘，即使在滨海公园，也是看不到海的，这个有点意外。沿着海塘线可以跑跑步，但是和天津卫或者威海卫相比，最老的金山卫与海反而是最生疏的。1951年建的海岸瞭望塔退至沪杭公路里面，变成了一个公路景观，虽说是区一级的文保单位，但瞭望的功能已经完全没有了,隔了条沪杭公路,对面竟然建了个公共厕所,那是完全不把瞭望塔当塔了。

金山嘴渔村挽回了一些与海交往的面子,老街上黄鱼面、虾饼、海鲜馄饨的店招,莫不在说海就在那儿,鱼状的灯笼没有被南瓜灯占了地盘,也是让人肃然起敬。因为被望不到边的海塘隔开了海,不知道哪一年在渔村里开了运河,更硬核的是村里的人工湖兀自搞起了音乐喷泉,充分表达了村民们有所为有所不为的处世态度,喜欢的,就要搞起来。夜色阑珊中兜了一圈,遇到一家卖土特产的店,买了两袋大小不一的虾皮,店主阿婆嘱咐"小的炖蛋,大的炒菜",想想不要错过这么专业的铺子,就再买了包紫菜,回去一看紫菜包装上赫然写着产地:温州。我和我的家乡呐,这土特产渠道有点长。

沪杭公路上开了很多民宿,住了一间在床上可以看日出的海景房,5 点38 分,天空中出现一些白浪,不到 20 分钟,白浪就被染成了朝霞红云。算着6 点 09 分日出,赶紧下去开车,希望找一个最佳观测点,沿着沪杭公路开了一会,在海塘线上有几个可以出入的门,但都上了锁,再往前开三四公里,有一个貌似要收费的城市沙滩,这时天已经阴沉沉了,感觉沙滩也没有什么看头,就在附近的滨海公园里跑了跑,前面说过,所谓滨海,只是在高德地图上的滨海,和天津卫、威海卫那种滨海完全不是一回事,回去路上,在海塘边停了一会,防洪墙 1 米多高,用来压腿拉伸正好。

折腾一圈回到民宿吃早饭,有粥、有油条也有现磨咖啡,服务也好。上海中小学现在不让带小朋友出上海,到金山卫待那么十几个小时是个不错的选择,看看十五的月亮、十六的朝霞,老板娘说今天这朝霞就那么几分钟,后面就被云层挡了,很遗憾没让我们看到整个日出。我们一听还挺高兴的,原来就那么几分钟啊,我们还以为自己外面跑了一圈瞎折腾,好好地躺赢都不会。这个季节渔村正位于看日出的最佳方位,为了景观不被遮挡,政府办实事,沪杭公路金山嘴段的电线杆半年前都落了地,很多时间确实可以躺在床上看到整个日出的,勤快一点的下个楼,手机里基本全都有了。

2020 年 11 月 4 日

上海记：玉佛寺哲学之府

一周前，去了玉佛寺，参加一个原本在庚子年元宵节举办的极友赠经活动，正好是南极归来差不多一周年的光景，看到笑容可掬的觉醒法师，还有一众容光焕发的极友，我的心中突然就充满了喜悦。极友有同船渡之缘，去年今时，从南美大陆最南端一起穿越世界上最凶险的德雷克海峡抵达南极洲，登陆半月岛、泛舟天堂湾、合声长城站，共同经历了突发的暴风雪、预谋的音乐会、因缘的论坛交流……各自过了大半个惊心动魄的庚子年，玉佛面前，道一声"别来无恙"，何其殊胜！

在觉群楼凭窗远眺，一辆红色的小巴正从真觉之门外驶过，觉醒法师的墨宝"正法久住"四字榜书映入眼帘。真觉之门简朴庄重，是江宁路上最京都的门脸。有段时间，我每天路过那里，门联有云"到彼岸者随处皆为须摩提国，入此门中其人即是芬陀利花"，也才得知须摩提国即西方极乐世界，芬陀利花既指大白莲花，亦可喻佛，同为念佛之人则可称为莲友。今日此门中，极友亦莲友；人面桃花红，大雪笑春风。去玉佛寺的前一天是大雪节气，和康汉师兄等几个朋友在外滩云鼎相聚，说到翌日将参加玉佛寺赠经的活动，康汉师兄让我代向觉醒法师问好，他在任上海浙江商会秘书长期间与郭广昌会长一行到访玉佛寺，觉醒法师曾赋诗一首并赠书法，有一段"缘到事成"的佳话。

"缘到事成"也是此次活动的隐性法则,极友桂国钧先生手书两万多字无量寿经,堪堪十米长卷,于玉佛寺加盖宝印,从浦东机场启程,飞越大半个地球到了阿根廷,我等同行至世界尽头的乌斯怀亚,度一切苦厄至五蕴皆空的南极,此乃地球之上最远的旅程。桂老于地球极南之处,打开经卷之时,风和日丽,白雪皑皑,心情无法形容,许多极友见证了这个经卷的打开。我非常景仰桂老的书法,赞同他的想法,经卷的旅程也是思想的旅程,佛教最美的字句如诗如歌行走于经书之中,经书如露如电行走在家到远方的路上。我等凡夫俗子竟然在万古荒原之上,得见物华天宝,领略龙光射牛斗之墟,借光之余,道一句:"阿弥陀佛,原来你也在这里。"——人生几多快乐,让人目眩神迷。

　　桂老的弟弟桂总是南极会的副会长,他借五岁小孙子的话"让大家都开心"来形容佛教文化的要义,谈信仰自由,论一心向善,他在澳洲投资江苏省一样大面积的土地做低碳事业,将澳式橄榄球联赛引进至中国,在上海捐建宁国禅寺,大有可为必有信仰支持,功德无量必是有缘之人;桂老的女儿睿诗是著名设计师,也是我们同行的极友,她形容佛教是宽容的学问、精深的学问,每每想起南极之行,当时的情景就在眼前,她谈及保持友情的温度,光有微信是不够的,所以她将桂老书写的长卷小楷《妙法莲华经》装裱成册,赠书给我们。我手捧这本《无上清凉》,充分感受到了友情的温度,桂老佛学交友广阔,书中有扬州大明寺、奈良唐招提寺、普陀山慧济禅寺等处高僧的题签,桂老抄经、传经、会友、弘法,善莫大焉。

　　极友中的佛教文化爱好者都发表了对桂老向玉佛寺赠送手抄《金刚经》长卷的看法,言及佛教普度众生,共产党为人民服务,颇有相通之处;佛教宣传真善美,有真有善必然是美的;说到爱好和平的心声、论及慈悲为怀与人为善的情怀、讨论做人的底线和生活的主题,顿悟做任何事情都是一种修行;极友中袁总曾获赠桂老手抄的《金刚经》,他知道桂老的蝇头小楷是自学成才,下了很大的功夫,因此崇拜得五体投地,他说做老板30年来曾经一天没有安眠药也不能入睡,但睡前读读手抄本《金刚经》,睡时放在枕边,居然可以睡得很好,所以不能忽视心的力量……觉醒法师热情地邀请极友们到玉佛寺禅修、探讨国学、抄经,让大家感受到佛教文化的包容与浩瀚,感受到真觉的力量。

  捐赠仪式上,有一个众极友在手抄《金刚经》上盖章签字的环节,本人才疏学浅,印章倒选了最大的一枚,喜洋洋地上去盖了。虽说一切有为法如梦幻泡影,但学佛仍要勇猛精进,亦要有仪式感,方有尘世中的获得感,佛教传入中国后,同中国儒家文化和道家文化融合发展,最终形成了具有中国特色的佛教文化,给中国人的宗教信仰、哲学观念、文学艺术、礼仪习俗等留下了深刻影响。佛教文化包罗了,要义"我为人人,人人为我""四海之内皆兄弟"等,是一门大哲学。如此,通过真觉之门,其实是进入了一所学校之中,觉群楼前有"哲学之府"的匾额,配联:无量光照江山千古秀,清净土显花木四时春。

  好好学习、天天向善、江山光照、四季如春。记于庚子年冬月初一。

2020 年 12 月 15 日

上海记：吴淞捍卫者

新年第一天，跑了吴淞口。

上一次跑这里正值秋浓，霜降将临，外滩金融论坛在一周后开幕；这一次来已近数九寒冬，一周后美国国会山地动山摇，美国在经历了历史上"最黑暗的一天"后终于官宣了新总统。过去的这些日子惊人地展现了从控制到失控，再重回控制的双循环，不管怎样的"炮轰"，无论是美国总统还是中国商人，似乎又回到了他们不肯屈就的宿命之中。

吴淞炮台有一门铸造于375年前的大炮，矗立在炮台纪念广场的C位，炮口之下，"炮台湾"三字向东沐浴在朝阳之中。

炮台湾的水池已经结冰，孩子站立其上，还能够走两步，罡风从长江吹来，带着历史的气息。鸦片战争期间，道光二十二年四月初六（1842年6月16日），英国侵略者以大小船只百余艘，陆军万余人，全力进攻吴淞要塞。67岁的江南提督陈化成出帐挥旗发炮，与侵略军对击，并亲点火药、连开数十门；率军战至最后，英勇牺牲。眼前这门古炮1980年出土于吴淞炮台附近的宝山区塘后路，炮架之上，刻着大清龙旗，炮身正面阳文记载铸炮史实，有"监察御史、提督某某"字样，质量可溯源，非常讲究。此炮铸造时间距离陈公殉国有196年之久，应该不是陈公所用，但古炮默对长江，重剑无锋，亦成无言之历史、国防之证物。

陈公殉国95年之后,淞沪会战爆发。1937年8月31日至9月7日抗日将领姚子青奉命率六百将士坚守宝山城,与日军浴血奋战。9月1日,敌军从炮台湾登陆,日军有军舰50艘、飞机20余架、坦克近30辆、步兵数千,全力进攻宝山。姚子青用兵如神,既有主动出城设伏奇袭,歼敌数百之举;又有血战固守多次近距离击退日寇之能……直到最后的巷战、肉搏战,大战七日,终因敌众我寡,姚子青和全营官兵壮烈殉国。

姚子青,字若振,广东平远人,客家人,黄埔六期步兵炮队毕业,在北伐与抗日中屡立战功,牺牲后被国民政府军事委员会命令追授陆军少将,国民党中央执监委员会于9月10日通电全国:"宝山之战,姚子青全营与孤城并命,志气之壮,死事之烈,尤足以动天地而泣鬼神……"为纪念姚子青,宝山县曾改名为"子青县",1938年毛泽东发表演讲赞扬姚子青等烈士是全国人民"崇高伟大的模范"。1983年,中华人民共和国民政部追认姚子青将军为革命烈士。

67岁的陈化成与29岁的姚子青为国牺牲之日相隔将近一个世纪,如今宝山的临江公园内,有陈化成纪念馆、姚子青牺牲地纪念石,两位民族英雄、代表两个时代的捍卫者在这里相聚。化成曰:"人莫不有一死,为国而死,死亦何妨?我无畏死之心,则贼无不灭矣……武臣卫国,死于疆场,幸也,尔等勉之。"子青言:"剪灭倭奴凶焰,洗雪国耻,爱我河山,誓与敌不共戴天,誓与阵地共存亡……倘能生还,固属万幸,如有不测,亦勿悲戚。"如果能够穿越,他们必是知音;每一个时代都有英雄,或是吹哨人,或是大救星,而他们有一个共同的名字——捍卫者,听上去就像是同一个人。

现在宝山区有"化成路"和"子青路",以纪念先辈血战吴淞、捍卫宝山的壮举。当吴淞港的国际邮轮将来再度出发,当陈德荣书记现在哽咽着宣布宝武集团"2020年钢产量突破1亿吨,'亿吨宝武'今日梦圆"之时,子青路与化成路通过淞宝路相通,携长江,揽黄浦江,昂首东视,静静地连成一张面对太平洋的弓。你只要看到,就会有拈弓搭箭全身绷紧的感觉,哪怕只是一个打工人,也自带三分捍卫者的气质,这就是上海的风水。宝山之外有淞沪，淞沪之外有国家，在能量场中，即便是一跑而过，也能借到勇敢与坚强的光。

2017年拍的电影《捍卫者》真实再现了姚子青领导的宝山保卫战，演员中没有大牌，唯一面熟是演塔寨村反派的演员（靠弹幕才想起来）在这里演一个奋勇杀敌并用最后一颗子弹自杀的国民党军队战士。这部电影是上海电影节参展电影，但看不出有什么商业目的，更像是一意孤行的作品，就是再现先辈英雄死地求仁的历史硬刚群魔乱舞的市场。从某种意义上说，电影把自己变成了捍卫者，变成了知险不退的"宝山保卫战"，这个诚意与用心和姚将军的仁智勇一样深深打动了我。年轻人应该多去看看这样的电影，即使用来面对功利的生活，那里面的年轻人所表现的仁智勇也能助你不忧、不惑与不惧。

有诗云：元旦迎新跑，吴淞狮子桥。冰可立童子，水知又一春。

2021年1月10日

上海记：绿地申花足球俱乐部

昨日，上赛季中超冠军刚刚改名的江苏足球俱乐部（原江苏苏宁足球俱乐部）宣布停止运营，俱乐部在公告中留了个尾巴："在更大范围内期待社会有识之士和企业与我们洽谈后续发展事宜。"有识之士从来都不缺，更大范围有些难。既然按足协规定用中性名称叫了江苏足球俱乐部，更大的范围可能也只能扩到崇明岛那块江苏飞地了，上海的企业显然是不宜过去了。"哪怕只能鼓掌，也要鼓出最响声；哪怕只有呐喊，也要喊出最强音"——中超冠军落到只能在路边鼓掌与呐喊的境地，也不免让人有看"你好，李焕英"之感，唏嘘之余，中超最强堪比中国女排的阵容成了胜利化工厂场边看球的群众。

早上四点，我打开 PPTV，发现意甲看不了了，估计是 PPTV 欠版权费转播权被中止了，刚刚充值的体育会员算是支持苏宁了。PPTV 鼎盛的时候同时直播英超西甲和意甲，是我的心头好，现在人家周转不灵，支持一下也是应该。2018 年世界杯是 PPTV 最牛的时候，那会儿我骨折待在家中，看世界杯成了抚慰，顺便写写球评也是消遣，但说好的稿费至今未给我，我没催要，也当支持苏宁了，但就是感觉有点管理不到位。前一段，看 C 罗踢出好球高兴，在 PPTV 上即时下单转到苏宁易购买了件尤文的球衣纪念，他们居然给寄到云南去了。

比较有戏剧性的是,苏宁控股的国际米兰倒是越踢越好,在没让PPTV直播的情况下迎来5连胜,这闪电五连鞭"咔咔咔"出来,已经领先上届冠军尤文10分了,大有夺得意甲冠军之势,后面的形势我不敢想了。好在苏宁公告出来,说是引进了深圳国资,可以喘口气了。我觉得俱乐部公告上那句话直接放到苏宁易购去更合适,是时候"在更大范围内期待社会有识之士和企业与我们洽谈后续发展事宜"。

上周去上海申花俱乐部洽谈合作,我20多岁的时候是甲A的球迷,甲A球队中最喜欢上海申花和北京国安。那时喜欢写球评,天津有一份《球迷》报,当时互联网还没有进入中国,我和编辑部都是书信往来。编辑与我素不相识,但基本我能算准时间在《球迷》报上看到自己的文章,写的内容就是上海申花、北京国安、山东鲁能什么的。我无知无畏地提出了关于俱乐部的组建、引进外援、裁判职业化等方面的很多观点,因为经常被放在球迷版的头条位置,所以极大可能被当作"有识之士"了。受此鼓舞,在从事金融工作之后,我仍在电视台兼职做体育记者和编辑,1995年我到国家体委训练总局拍《瓯越骄子》时顺便去中国足协考察,记得那一年的甲A冠军就是上海申花。

我在日间和夜间行车时稍加注意便可以拍到一些申花球迷车尾的景观,他们把申花的Logo印在车上。在其他城市并没有这样高频的遇见,即使在马德里,也没看到世界顶流的俱乐部如此广泛地介入球迷的生活。俱乐部的领导招待我们吃申花网红的辣酱面,一碗面能成为球迷的真爱,也说明俱乐部接地气,有流量。我印象中在东航的贵宾厅吃到过这种网红的面,而那是南来北往的客群,而俱乐部能来吃面的大都是本地流量,殊为可贵;同去商务洽谈的四位非体育界的上海朋友中有两位是申花会员,可以想象申花俱乐部的群众基础还是过硬。

在绿地申花球场对面的办公楼前有一排柱子,写着每一届申花俱乐部的高管、教练、领队、队员的名字。申花高管大都任职时间较长,这也是球队稳定性较强的一个方面。俱乐部有严格的内部管理制度,有先进的训练设备和装置，C罗喜欢用的冷冻仪这里也看到两台，还有中国特色的乒乓球台、游泳池等一应俱全。俱乐部正在改建供队员接待朋友和训练之余小聚的咖啡吧，后厨也体现了上海的讲究，因为有南美的外援，还请了哥伦比亚厨师。

　　2023年4月11日，上海久事集团宣布所属上海久事投资管理有限公司与绿地集团所属上海绿地体育文化发展有限公司正式签署关于上海申花足球俱乐部的股权转让协议，由久事投资持有俱乐部100%股份，标志着有30年历史的申花足球俱乐部正式迈入久事时代。2023年11月26日，上海申花夺得足协杯。2024年2月25日，上海虹口足球场举行了精彩的中国足协超级杯赛事。上海申花队凭借一次精妙的进球，以1∶0的比分战胜了上海上港，赢得了第四个超级杯冠军。

2021年3月1日
2024年4月9日修订

上海记：诺曼底上空的鸟

4月18日6点57分,武康大楼,空中有早鸟列队,迎着初升的太阳向大楼掠去,楼下一位戴着红色安全帽的建筑工人夹着一些材料穿过淮海中路的斑马线,对面的小广场,已经有早起的朋友对着武康大楼拍照。这座楼已经有97年的历史,在淮海路还叫霞飞路的时候,它叫"诺曼底公寓",建成20年后,也是这样一个清晨,盟军在诺曼底登陆,它更加声名大噪。

匈牙利设计师邬达克以欧战难民的身份来到十里洋场的序幕缓缓拉开的上海,遇上这个远东最大城市第一轮大建大美的时期,他给上海留下的30幢著名建筑,已经作为优秀历史保护建筑被上海永久珍藏。我在"跑步"中写过的国际饭店、四行储蓄会大楼、真光大楼都是他的作品,在上海,达克先生大可别称"邬半城"。邬达克作品中目前最红的就是武康大楼,对面兴国路与淮海路交界的小块地方因为是最佳景观位而被特意拓宽打造成"源点广场",专门做了有印有大楼照片的窨井盖,上面刻有"徐汇衡复·武康大楼"八个字。武康大楼还有"上海颜王"之称,号称是世上仅存的3栋船型建筑之一。

其实船型建筑有很多,所有马路夹角三角地带的建筑最好的出路都是船型或是熨斗型,温州还有一座最早装自动扶梯的船型大楼"华联商厦",离其不远处还有一幢"国信大厦"也是船型,只是缺了邬老师这样的大匠勾画和名气赋能,大多数船型都会被人遗忘,剩下三座成为网红而已。短视频的发展让网红更红,在南来北往的打卡故事支持下,短短几年时间内,武康大楼成为"颜王"。只有在这个城市将醒未醒之际,在打卡盟军还未登陆之前,诺曼底上空的鸟才有不受干扰的自由。当我跑过"诺曼底"独有的文艺复兴风格的外廊时,一位女士在静静地抽烟,这是上海"最颜王"的地方,一早就有的烟火气。

武康大楼的最早的业主是万国储蓄会,是20世纪上半叶活跃于中国的以有奖储蓄为噱头揽储的民间金融机构,在法国贸易部和民国政府财政部登记备案,创办人是三个法国人,为了扩大影响,也拉了一些华人大亨入局。因为有奖储蓄(后加入了模仿寿险精算的设计)深谙世人以小搏大的心性,迅速走红,风行20多年。1933年,经济学家马寅初率先在报纸上对万国储蓄会给予了揭露和抨击,全国人民警醒后开始出现挤兑的情况,几经周折,1937年被国民政府下令取缔,后续事务跨越1949年政权更替,直到1955年才尘埃落定。

翻阅史料,万国储蓄会集资后投了大量的房地产和公用事业,自来水公司、煤气公司以及跑马场等,其中就有现在的武康大楼、衡山宾馆等。因为钱来得容易,万国储蓄会委托的建筑设计都有高大上的要求,所以万国储蓄会应该是邬达克最好的业主之一。这个一度达到中国储蓄1/5的庞大的金融机构的创始人,没有搞P2P,没有卷款潜逃(可能最终也无处可逃)或是像麦道夫一样终结(维持时间都超过20年),倒是在曲终人散之后,给上海留下了一批历史保护建筑。

当早鸟们抵达大楼后三分钟,上海半程马拉松在另一处开跑,我开始了我习惯的5公里跑,同时打开咕咚,加入了他们的2021瑞兽开运跑·仙鹤篇线上跑。不明白为什么取这样复杂的名字,一个没门槛不摇号本钱轻的普通跑步居然也要拉上瑞兽与仙鹤,不过我确实带着我们家的两脚吞金兽跑。我们在源点广场的窨井盖上合影出发,经武康大楼,沿着淮海路向东,经过宋庆龄故居、上海图书馆到复兴路口的聂耳广场折返,经过上海越剧团、湖南别墅、高邮路、兴国路、泰安路、武康路，经过世界小学、郑洞国旧居，再回到武康大楼附近的老麦咖啡馆，正好5公里，花了58分钟。

一个小时后，参加上海半程马拉松的朋友们完赛后陆续开始发朋友圈，朋友范博士的成绩是1:51:19，区府办的一位女生跑了2:07:14，同一天上午铁三协会的朱主席在STC千岛湖首铁三赛10公里跑了53:40，还是在1500米游泳和40公里的自行车之后。下午，2021汉堡马拉松中，肯尼亚名将基普乔格以2:04:30的成绩夺得冠军，上演王者归来。

真是一个跑步的世界，所有人都乐在其中。

2021年4月20日

上海记：工部局宰牲场与元宇宙

20世纪90年代中期，我到上海住过虹江路上的九龙宾馆，还记得是请公司负责国际金融业务经常出差上海的领导黄总帮忙订的房，他大概经常住这里，比较熟，还特别交代给我安排了一间看得到东方明珠的房间。那时候IE刚刚出来，互联网应用还没有起来，我到上海订酒店要么找我办海外旅行社的同学，要么找各路有资源的朋友。现在回想起来，倒也颇有意思，是有些古风的回忆了。

互联网这个东西，对于提高效率当然是好的，但把稳定的社会结构冲击得面目全非也未必是好事，其实老百姓还是追求安安稳稳地过日子，一会儿免费，一会儿镰刀，除了成全了几个寡头之外，对商业社会并无实质的好处，能点个外卖、能扫码支付那么了不起吗？算多大的科技？业余时间被游戏占了大头的年轻人越方便越下沉，把省下来的时间用来在沙发上"孵蛋"，打游戏看直播，更加四体不勤。现在又被人忽悠"元宇宙"了，《西游记》是最好最低碳的元宇宙，本来看看书联想一下就能解决的事，硬是要花社会成本去打造一个"冰淇淋吃不完"（《失控玩家》中对游戏世界的非正式归纳）的虚拟现实，这种危险的愉悦固然是资本的最爱，在我看来和致幻剂差不多，且看他们怎么玩吧。总之所谓元宇宙，作为数字资产的普及和赋能实体经济的社会基础设施可以接受，公司型的造界吸血，实在没必要跟随。

扯远了，今天不是聊互联网，而是要写宰牲场。九龙宾馆后面的沙泾路10号，有一幢非常奇特的希腊式建筑，1933老场坊，八角形的伞形柱、迷宫般的阶梯回廊，时而见宽阔的大厅，时而见一角的天空，外墙朴实陈旧历史气息浓厚，店铺创意新颖时尚味道盈盈，各个店铺、剧场、办公室、咖啡屋被悬挂在空中的廊桥奇妙相连四通八达，近年综艺节目、电影在这里取景甚多，深度不够场景来凑，此处乃是佳处。

这是一座竣工于1933年11月的屠宰场，是当时远东地区最大、最现代化的屠牲场，由工部局全资兴建，工部局相当于华洋结合的租界自治政府（20世纪30年代上海黑社会老大的理想往往是当上工部局的华董，详见周润发版的电视剧《上海滩》），投资兴建了不少现代化的城市基础设施。本场建筑由著名英国设计师巴尔弗斯（Balfours）设计，上海余洪记营造厂建造，占地18亩，建筑面积约3.17万平方米，共四层，全部采用英国进口的混凝土结构，墙体厚50厘米，两层墙壁中间采用中空形式，在缺乏先进技术的20世纪30年代，巧妙利用物理原理实现温度控制，即使在炎热的夏天依然可以保持较低的温度，现在改造成城市会客厅，酷暑时节，跑了10公里进来，走走看看，喝杯咖啡，舒适度依然很高。

有说当时这里每天可以宰杀300头牛、500头羊、100头牛犊和300头猪，保障了租界的肉食品供应。建筑内部分为宰牲场、废肉抛弃所、鲜肉市场和冷藏室四个部分，并设有30座廊桥连接建筑的各个部分。如此可以确保人畜分离，防疫并有效分流不同体量的牲畜。彼时，全世界大型现代化屠宰场不过三个：一个在英国，一个在美国，第三个就在这里。如今，前两个已经坍塌和消失，这里便成了唯一，只不过不再做屠宰用，而变成了"19叁III"创意产业园区，命名中西合璧，且非常数码化，很"元宇宙"。

翻看历史，1937年上海沦陷后，宰牲场被日军强占，到埠的肉食牲畜多在此生产加工。1945年，上海市卫生局接管了工部局宰牲场，并将其更名为上海市第一宰牲场。解放后又更名为东风肉类加工厂。20世纪70年代开始，上海的屠宰场逐渐向郊区搬迁。后来，上海长生食品厂、上海肉类食品厂、上海市食品研究所、上海市食品综合机械厂、上海长城生化制药厂都陆续搬进又迁出，徒留一座建筑。20世纪90年代中期，因为黄总安排我住了九龙宾馆看东方明珠的南面的房间，所以推开窗户看不到这座神奇的建筑，而2002年春节，原上海市房地局高级工程师、社会科学院副研究员薛顺生老人偶然间推开了九龙宾馆的北面的窗户，看到这座巨大的奇特建筑。这位长期致力于保护历史建筑的老人意识到这里一定不同寻常。此后，经过多方调查、走访，这座建筑的来龙去脉才逐渐清晰。

  我也只是凑巧跑步来到这里，从一层开放式的大门进去，在迷宫般的建筑中拾级而上，看到绝无仅有的建筑特色，牛道上略微凸起的防滑路面，强烈的光影对比，复杂的线条和空间变化，还有一些华洋杂处的小饰物，对工部局的历史和品位又多了解一分。四楼有个很小众的名叫"艺料之外"的咖啡店，点了一杯朗姆风味的拿铁，味道还很好，果然意料之外。偶遇两位在这里拍照的资深美女，闺蜜之间分享时尚心得，切磋光影造型，气质优雅阳光，给她们拍了张合照，生怕达不到她们要求的高品质，看到她俩喜上眉梢方才放心坐下喝完朗姆风味的拿铁。若有诗书藏在心，岁月从不败美人；若有才情明于世，岁月何尝败营造？

2021年9月15日

上海记：圣约翰之吾国吾民

许多年前我翻开上海地图，一下子被苏州河上一个天九翅形状的半岛所吸引，苏州河在这里拐了一个神奇角度的湾，如果航拍一条经过这里的渡船，会看到一个类似鹞子翻身的动作。"鱼翅"半岛骨骼清奇，位于上海市区苏州河段的中间，往南是中山公园，地理位置独特；这里1879年起是圣约翰书院，1905年起书院升格为圣约翰大学，此处校园天赋异禀，渐有"东方哈佛"之名。

我喜欢河边的学校，当年我毫不犹豫地将高考第一志愿填了华东政法大学，盖因圣约翰大学的图片实在太美了，集合了我对大学的全部美好想象，而1952年以后圣约翰大学不复存在，校园划归华东政法大学。那时候还没有"985""211"一说，校园之美对我而言才是重要选项，我不管华政还有多少圣约翰基因，权当这里走出过外交家顾维钧、财政部部长宋子文、文学家和语言学家林语堂、国家副主席荣毅仁、革命者和出版家邹韬奋、才女张爱玲、语言学家和汉语拼音之父周有光、中国现代会计之父潘序伦、建筑师贝聿铭（圣约翰大学附中）、全国工商联主席经叔平、国际法学家联合国国际法院院长史久镛、交通部长俞大维、西洋文学家和国学大师吴宓……都是未来校友了，高考一顿猛操作之后，遗憾的是差了五分没去成，转而学了会计专业，虽自我安慰一切都是最好的安排，但心中最美的校园毕竟还是错过了。

1999年我在长风公园旁边看房,楼盘叫书香名第,楼书上号称毗邻三大公园,华师大在人家这儿都算公园了,当然还有中山公园,我看看中山公园离"圣约翰"很近啊,心想为什么不称四大公园呢?圣约翰不香吗?就买了房。后来住进去才知道,华师大是比较开放的,我还经常能进去打个篮球游个泳什么的,但华政比较封闭,外人不好进。一直想到华政里面去看看圣约翰古建筑,总也没个机会,后来搬到曹家渡,也有将近10年每天从万航渡路1575号门前路过,竟然一次也没进去过,一晃20多年就过去了,"圣约翰"这颗苏河明珠被华政藏得好好的。

23日,华政与长宁区新闻办宣布苏州河滨河步道华政段试运行开放,不由地对上海日渐以人为本的城市管理思路点赞。文化是城市的灵魂,两年前习近平总书记在上海考察时指出:"要妥善处理好保护和发展的关系,注重延续城市历史文脉,像对待'老人'一样尊重和善待城市中的老建筑,保留城市历史文化记忆,让人们记得住历史、记得住乡愁,坚定文化自信,增强家国情怀。"我在日常跑步中也体会到上海在延续城市历史文脉的践行中不断给我们带来的惊喜,对于市民来说,共享的文化资源越来越多,也必然更记得历史,更记得住乡愁。华政段步道很有意思,是在华航小区东面一个只容两人并肩通过的路口进去,如山之小口,仿佛若有光。初极狭,才通人。复行数十步,豁然开朗。俨然城中之桃源,苏河之雅望。

步道边就是华政之校园,昔日圣约翰之光仍然闪耀,很多市民慕名而来。

从步道进去校园,第一幢映入眼帘的建筑就是思孟堂,是一幢颇有耶鲁之风的建筑,为纪念圣约翰哲学教员孟嘉德而命名,孟氏毕业于耶鲁大学,1907年在庐山因营救落水的中国朋友在瀑布中遇难,此堂为约大学生为纪念孟氏捐资所建,耶鲁大学还特制一纪念铜牌置于该堂。可见约大学生家境好、有实力、讲仁义,上面那些杰出校友,大都家境殷实,荣家则有首富之誉。思孟堂对面是格致楼,最早是创建者的起居室,其后成了医学系的课室,同时也有物理、化学实验室的功能,相当于科学馆,在大学里建造科学馆,在当时的上海是首创。

格致楼另一侧的怀施堂是学校里最老的建筑之一，这座建于1894年的四合院建筑，面积达5061平方米，正面还有钟楼，1951年为了纪念30年前从这里毕业的杰出校友邹韬奋，改名为韬奋楼，韬奋楼不对外开放，透过门栏，可以看到在校园中轴线上的邹韬奋半身铜像，中轴线上，还有一个纪念牌坊，原为曹家渡士绅受首任校长卜舫济感召集资所建，1955年竟然被拆除了，非抗战而自灭，呜呼哀哉。现牌坊为20世纪90年代经叔平校友与京沪校友会负责人合议复建，正面刻纪念坊大字，有联云，"淞水钟灵英才乐育，尼山知命声教覃敷"，淞水即苏河，尼山为约大。正面横额是："缉熙光明"，词义出自《诗经》中"学有缉熙于光明"。该文由民国四大书法家之首谭延闿书写，谭曾任南京国民政府主席和行政院院长，在书法艺术上也有极高造诣，与网红书法家于右任并称"南谭北于"。

背面有联语为："命中西於一炉五十载缔造经营蔚成学府，在东南为巨擘千万人濯磨淬厉用扬国光。"其意为：使中西文化融于一所创立办学50年负有盛名的大学，在中国东南经洗涤磨炼的千万杰出人物弘扬国家光明。背面横额为："光与真理"，亦为约大校训，横额上方还有"圣约翰大学"五个大字。"光与真理"原为1929年时任外交部长的王正廷书写。王正廷是中国第一位国际奥委会委员，被称"中国奥运之父"。题词之时王正廷是圣约翰大学的校董，清华因为体育强，学生暑假参加奥运会，开学回去读书，常被戏称为"五道口体校"，圣约翰当年有没有被称为万航渡路体校？有意思的是上述杰出校友中差不多一半后来去了哈佛深造，圣约翰东方哈佛绝非浪得虚名，哈佛的体育向来很强，为了真理一定要有强壮的身体，优秀者不断能驾驭自己的思想与灵魂，更能够最有效率地强身健体。

据说林语堂先生在圣约翰一直是考第二名，到了哈佛还是妥妥的学霸一枚，他用英文写出了散文集《吾国与吾民》，于1935年在美国首次出版。《吾国与吾民》谈中国人生活的基础，种族上、心理上、思想上的特质；也谈中国人生活的各方面：妇女、社会、政治、文学、艺术。以冷静犀利的视角剖析了中国这个民族的精神和特质，向西方展示了一个真实而丰富的中国和中华民族。在他之前,西方对中国的了解还停留在《马可波罗游记》的阶段,而他为世界打开了一扇窗。林先生是我的偶像,《南方有昆仑》写的也是吾国与吾民,尽管我的水平和林先生有天壤之别,但我们在自序中都有一句话:"爱我的国家。"希望有一天小张能帮我把《南方有昆仑》翻译成英文。

我和小张循着光拍照,经过解放上海第一宿营地"交谊楼"、红楼图书馆、大草坪、小白楼、思颜堂(孙中山演讲处,二楼曾为学生宿舍)、东风楼,还有让人垂涎忍不住还要填志愿的学生宿舍,觉得漂亮就是真理了。

2021 年 9 月 28 日

上海记：健步走过北外滩
——温州中学上海校友会记

立冬将至，魔都靡雨，从地铁 10 号线天潼路站出来，雨还挺大，赶紧将轻防水的外套拉链拉上。两三个青年在 3 号口用微信在联系，大意是雨这么大，我们就别去集合点了，就在地铁口等齐了走吧。我听着这内容倒有点像是我们校友会的人，但看看他们似乎又太年轻了，看看"11 月 6 日年会滨江健步行"的群里还很安静，料想不是"自己人"，虽然也想在群里说一句和年轻人一样的话，但想想既然约好了就不要啰嗦了，我们年轻时没有微信，到了大学毕业才有传呼机（传呼机退出江湖时，眼前的年轻人可能还没有出生），中学时要赴一场约会，说好了时间地点，别说下雨，就是下铁也要走过去的。

我就这么在雨中带着 20 世纪 80 年代的古风义无反顾地走到了约好的北苏州路江西北路交叉口，这里我很熟悉，《平路易行》跑步系列第一篇就是在这附近的四行仓库起跑的。我本来想今天中午有事不参加聚餐，只参加个健步行好像不太讲究，还是我太太豁达，说："平时你没事不也在那里跑步吗？和校友们一起走走不是挺好，中午赶回来就好，关键在于相聚，又不在于吃饭。"我想想也对，就提前两天报了名，昨天在群里问健步行有没有计时抽奖什么的，家中还有 10 本《平路易行》，听书名就像是专为健步行写的一样，和校友会秘书长周有志联系送书一事，他当然代表校友会表示感谢，毕竟是高我一届的师兄,他第一时间意识到:你要负重行军。我的回答是 Easy。

中学毕业以后长达 30 多年的时光里,应该是第一次放十本书在双肩包里背着走,读中学时看《血疑》还是其他什么电视连续剧,有一个著名的广告:迈着轻柔的步履,和着绚丽的阳光,一切都是因为有了"青春宝"。除了今天下雨没有绚丽的阳光,其他的广告意境都是具备的。虽然感觉到知识就是力量文化便是重量,但我还是步履轻盈得像吃了青春宝一样率先到达了约会地点。校友们陆续到来,交换过眼神自报了家门,有人说自己是 91 届,有人应着 1991 年自己还没出生,有人以为错入中年群后宽慰得知健走不分老中青,直到大家都领到小金学妹带来的行动手环,又按照据说现在还保留的不放鸽子但常迟到的温州传统习惯多等了 10 分钟,在我的建议下 8 个人合影后于 9 点 40 分出发向北外滩行进。

这是我最熟悉不过的街道了,我从 1999 年来到上海生活已经有 20 多年,但仍然能感觉到日新月异的上海,这一带离我最早在上海的办公室很近,上海饭店的庆功宴、海湾阁上的雪茄吧、美国俱乐部的午餐……一路走过去总还有那么些前尘往事涌上心头,还有几天前女儿带着作品来茂悦酒店参加的城市历史文化保护传承论坛,我开车过来接她,突然发现这里怎么还有一个世界会客厅了?世界会客厅往东就进入北外滩滨江区域了,中秋节的早晨我还在这里跑过步,北外滩滨江公园入口处是一条小河汇入黄浦江的地方,算起来她也算黄浦江的一条支流,和苏州河同辈分的,但没有响亮的名字,她在宝山区那一段叫西泗塘,中秋那天我跑过这里,虹口的小小支流,亦可以折射万国建筑群星闪耀时的光辉,在与黄浦江交融之处。

我提醒队友们前面有个北外滩最佳摄影点,于是大家在那边合影留念,看着帮我们拍照、服务周到、专业细致、高拍蹲照的保安大叔,阿蓓不由赞叹:什么人到了上海都会得到提升。保姆在上海待久了也什么都懂。这一点我深有体会,在老大上学老二还没有出生的一段时间里,我家保姆学会了打羽毛球,学会了看《21 世纪经济报道》,你不能不说这个城市有她特殊的提拉能力,许多人不知不觉就变了,包括我们自己。路上,我们聊了聊房产税,聊了聊国家政策,一切都那么自然,雨后的北外滩没有几个行人,就像走在一个人造的元宇宙中,竟然还看到了金色的麦田,这里要搞一个守望者的活动?

我到杨树浦驿站进去转了一圈,这是虹口与杨浦的分界线,杨浦最靠近外滩的是秦皇岛码头,我们就在码头100多年前留法勤工俭学的学生出发的地方等候陆续来的任务代号 A2B2 的校友,有认识的,也有不认识的,一般情况本届加上下届的"老三届"比较熟悉,也有跨20多年比上下届更熟悉的,"哎哎哎,那谁,你不是我儿子班的班长吗?""是是是,阿姨好!"——常有幸福的母子父女、母女、父子成校友组合,父母遇到孩子的同学便出现这种情况。代际融合做得好,莫过于校友会。

向东,一路向东。与旦初、邵坚边走边聊,聊聊缅甸北部与南部,谈谈外贸与疫情,说到孩子的教育,讨论是培养成精英为社会作贡献不顾家,还是培养成普通公务员工作稳定还顾家?不愧是名校温中的校友,面对当下如此内卷的教育与国考,我们像讨论一道随意可做成的选择题。相遇是美好的,路过那个写着"相遇"的老厂房,我爷青回(网络语:意为"返老还童")地爬上一个石墩取景,结果真的引来两个戴着"英奇匡国作圣启蒙"手环的青年,问她们是哪一届的?说是2013届的,那是智能手机刚出来,在中学正好有微信可用的一届,她们的学生时代不但不需要"下铁"还要走过去,连"下雨"都有许多种方案可以选择世界是在指尖上的,人类文明发展到这个阶段,雁山云影看像素,瓯海潮淙论流量了。

再向东,是始建于公元1881年8月的杨树浦水厂,两年后时任北洋通商大臣的李鸿章拧开阀门开闸放水,标志着中国第一座现代化水厂开始营业。这个水厂在两个青年毕业那年被列为全国重点文保单位。我们三代校友与水厂合影,站在鹤发童颜的长者校友身边,与前清古老的现代化同框,前面是青春少年和黄浦江的浪奔浪流,怎一句"上下古今一治,东西学艺攸同"了得。

继续向东就是东方渔人码头了,见到老同事凯宇,也是在组织中才知道他也是温中学弟。闲聊之间发现所在这个地方错落有致,江面沙鸥翔集可仰观天地之大，下沉式广场花团锦簇亦可俯瞰品类之盛，更加适合拍集体照和缓步而下像电影节开幕式一样的视频，心中不免有想这是哪位领导为了我们今天的合影而拍板由国家投资建设的？

合影是欢乐的，同学们拿来一些彩色泡沫板，上面有写着"校草""校花""小学弟""小学妹""学长"的身份宣告，也有写"我喂学校一袋盐""再度同窗""迈向120周年"的事件表达，我坚辞了"校草"牌子，终于拿到一个面积较大的"感恩母校"的彩招，刚刚赶来参加合影的阿褒同学一看这个牌子"又好又大""又红又专"，便欣然与我共襄盛举，阿褒是上海医学界的领军人物之一，上海市优秀学术带头人，确实更应该感恩母校。

排队合影的过程中，我与身边的校友寒暄，得知他是59届的，应该是比我大了整整30岁，依然神采奕奕，在他眼中，也许我还是少年。合完影，"少年"从扛着走了五公里的包中取出10本书交给阿蓓和小金师妹，释了重负，身轻如燕打了辆车走了。下午刚忙完事，亦行师妹正巧发微信告知"你的书还没等我们宣布怎么分发就被大家一抢而空了！"——这个组织的人爱读书更爱抢书，真不一般呐，深以为傲。

2021年11月7日

上海记：长风宇宙

在很多人眼中，上海无山，离海也远。纵然名冠天下，也是美中不足。实际上海有山有海处，就在普陀长风。长风公园内山海奇观汇一处，铁臂山轻挽银锄湖。正所谓"长风破浪会有时，直挂云帆济沧海"，那银锄湖便是长风海。沪上多少人，均曾沐长风。长风公园见证过一代代春游秋玩的传承，铸造过一个个荡起双桨的回忆。那一对对甜蜜爱情启航后在此上链，作为见证方的长风海，何尝又不是以太坊？长风海上，我曾拥有一个海上宴会所，2008年6月28日开业，2009年接了将近一百单的婚宴，长风海上周周皆有烟花绽放，分布式记账新人的爱情传奇。

翻出当年的博客回忆录：海上宴可容纳200人，但"6·28"开业那一晚来宾人数大大超出，连楼上的露台、外面的水边都坐满了人。与我们合作的高端时尚杂志《大都会》的老板吴惠明也到场为海上宴"明人俱乐部"揭牌。新天投资的老板白植平为开幕晚宴赞助了礼品。老同学岁飞、永杰和展炜都来道贺，对我从业余爱好延展出来的服务业投资致以礼赞。作为老板，看到那么多朋友来捧场，自然心花怒放，不过心怀忐忑的是敬酒都没敬全，那一刻，最想有三头六臂。

送客的时候不住地道歉：招呼不周，请多包涵。客人们倒是很体谅，这样一个party，顺风顺水地下来，锣鼓开场、烟花收尾、有明星、名人、企业家济济一堂,还有演出、慈善拍卖已是不易,挤一点,排队拿个菜什么的,也没什么。

上海温商协会除了杨会长出国以外,常务副会长建光带队,几个副会长、秘书长都来了,因为人多,就到里面的贵宾室就座,偏偏外面的音响没接到贵宾室,结果外面锣鼓震天,里厢小酒咪咪,自助餐送进来不方便,估计只对付了半饱。上海《青年报》的编辑雪舟是温州人,和大多数温商都熟,也在里面吃饭,回家在博客上写:上周六,去长风公园参加一家餐厅的开业典礼,吃了两个小时肚子仍是空空如也地出来,但是仍然感觉是一个快乐的晚餐。惭愧煞!还好人家说还是个快乐的晚餐,真是给足面子。

好朋友文舞带全家及漫画家纪兵、出版人也是报界名人小方驱车千里从温州赶到上海赴海上宴,还召集了一大批上海的朋友过来,其中包括美食界的重量级人物:专栏作家、"馋宗大师"沈宏非先生,沈先生非常随和。他说自己是青年报培养出来的。1979年他是《青年报》举办的华东六省一市作文比赛第一名。这个段子我还是在雪舟的博客上看来的,上海滩卧虎藏龙,在这里生活交友,有不亦快哉之感哦!还有多年不见的柔道世界冠军李爱月,我们上次见面还是在1995年国庆节后,那时她参加完千叶世界锦标赛回到北京,我和海兵(海兵这次也到了)在首都机场接她,然后跟着国家柔道队的车直接就奔天津杨柳青国家柔道队训练基地去探营了,一晃13年过去,现在大家在一起聊孩子在哪上学的事儿了。

那天钢琴家孔祥东、温籍画家施昌秀均到场祝贺,施老师一幅名为"五百年山压不倒"的戏画被我拍下,款项捐给了汶川地震灾区。因为我合伙人美籍台湾同胞Ken的关系,琉璃工房的杨惠珊张毅夫妇还送来了花篮。纪兵应我的要求为海上宴专门创作了八仙过海和韦小宝在钓鱼岛的海上生活。

大作家沈迦也来了,沈迦是里仁电脑的创始人,我还在打工的时候,他已经是老板了,他还是中欧管理学院话剧团的总导演。朋友们开玩笑:要是勉强把我往儒商里按的话,那沈迦就要往商儒里面归类了,商儒是儒商的2.0版啊。不过"6·28"那晚,不管是儒商还是商儒,有一点是肯定的,都吃不饱。

　　文舞的女儿去看了我女儿的幼儿园毕业演出（暨赈灾义演），参加了海上宴开幕典礼，一起与海上宴八大护法之一何仙姑（小姑娘扮）合了影，她和我女儿成了好朋友，互留了地址，回家后开始通信了。友谊地久天长。——这一晃又是14年过去了，时间都去哪儿了？如今两个小姑娘都在北京读大学。

　　我在协信家19楼的套房回忆往事，疫情虽是宇宙程序胡来，但客观上也促成了一些事，触动了一些想法。非常遗憾两位参加当年海上宴开幕的画家已经西去，如果他们还在，一定会成为我们NFT项目的签约画家。而一旦成为区块链上的画家，他们的艺术精神与生活姿态都将永存以太坊或是其他公链，成为宇宙中永不流逝的电波。

2022年3月14日

上海记：流浪地球

流浪第三天，二月二龙抬头。租住长风，晨见雨水润地球，午看阳光耀宇宙。俯瞰春花遍地开，突然想何不借此机会住遍上海？于是，搬到中环某处35层号称270度看上海的顶楼，高见中环外环如长龙之舞，低入桃浦中央绿地青绿之美。过了几天"见龙在田"的日子，又搬去南京西路门口有个弄堂博物馆的西王小区，过了几日石库门老房子的生活，傍晚在咫尺之遥的静安雕塑公园跑步，樱花已经开始营业了。

城中老房子住腻了，又搬去宝山大场的保利熙悦新小区住了两天。早起在南大经济开发区跑步，看到他们的口号"数字产业化，产业数字化"，午游南大公园，人们在草地上搭帐篷享受不被隔离的自由。上海是海纳百川的大都市，处处都折射出这个城市国际化的气质和本土化的光辉，特别是最后一站襄阳南路的老洋房，有浓浓的浓缩地球之感。

在上海流浪的第12天，住在襄阳南路的老洋房里。老房子有三层，木楼梯有些陡，一二层是人家，三层是"我家"。推开门进去，是别有洞天的老房子 loft，上下两层，外古内现。厨房有吧台，楼下墙上挂着"in our home, let love abide and bless all those who step inside"，楼上是"The world is your Oyster"，客厅里还有几个形式各异的钟，代表不同的时区，虽然你也不会当真去看，它依然坚守改革开放初期的纯真。洗手间里有一个老式的有四只脚的浴缸，早上起来在小露台上假装抽根烟，就是"爱情神话"中的场景。

从露台上看下去，上海老城区那些田螺壳里做道场般机智安排的停车位带着浓浓的烟火气。露台上的椅子破了一张，仍然像一个执拗的老克勒伫立在那里。"巨富长"往南就是这里了，巨鹿路、富民路和长乐路组成的"巨富长"，被沪语电影拍成了上海人的"网红"。因为疫情，鬼使神差地让我住在了更南的襄阳路、永嘉路和岳阳路构成的矩阵里。要么就喊它"永襄岳"吧。

3月15日就在股市为所欲为地狂跌之际，听到久违的男足队员说了一句话："批评和指责很容易，认识自己很难，中国足球要提升需要的是实干家，而不是键盘侠。"针对巩汉林评论中国足球引发的各类争论，前国足队长冯潇霆14日深夜"亲自下场"发声，在此前，冯潇霆就曾表示，自己即将退役——"接下来准备让巩汉林上"，小冯的发言一下子让中国足球消费者爆了，什么时候质次价高的产品都这么振振有词了？

其实没什么区别，谁上都一样，结果都是输越南。只是小冯一发言，"中国足球可以骂"这个最后的优点也没了。又来怼"你行你上"了。OK，在造星时代的中国，中国足球，通过训练和联赛造星，估计是没指望了，索性直接选秀，娱乐化一把，方可能置之死地而后生。我们早已沦为要与东帝汶、文莱、不丹这样的国家或地区先打比赛才有资格正式参加世界杯预选赛了，我们的对手早已不再是职业球员，而是出租车司机、摩托艇救生员、童子军、渔民、酒吧吧员……既然对手都来自小微企业和服务业了，咱何不也来个业余化＋选秀化，选出兼职的国家队员呢？在选秀方面，中国人这几年积累的经验全世界难以望我项背，何不扬长避短，来个国家队选秀呢？

民间选秀，古已有之，君不见，当年"京都球侠"不都是一伙散户组成的吗？搬运工、气功师，什么都有，也是打败了列强啊！那部电影的片头，还"笃笃笃笃"打出了一行字幕：国际足联主席阿维兰热说，足球起源于中国。就是这个所谓的起源地的中国足球2002那年破天荒地陪太子读了回书，然后一直每况愈下，到陪贝勒读书，再到陪公子读书，现在陪老百姓读书了。然后坠落到和相声小品演员说:你行你上。

好吧,那就兼职上。如果国家队真的由兼职球员组成,兼职球员应该也都是各行业比较优秀的。一通百通,既然生意能做好,如果体能还可以,技术过得去,意志也不差,球当然也能踢好。选秀嘛,还可以让大家看看有没有八块腹肌,白斩鸡就不要去国家队了。入选了国家队,再把生意停了,好好踢一届,等于也是职业队了。下届?下届再选。选秀能兴起全民参与足球的热情,比假大空的中超要有效得多,选秀的收入还能赞助教育,既然歌星、美人、快男、创业者都进入被选的行列了,足球为什么不可以?选秀,一人一票,还可以打破现在中国足球界近乎帮会的圈子潜规则,于国于民都有利啊。

流浪地球的最后一天,一个人住"永襄岳",还能想那么多球事,真是操心。

2022 年 3 月 22 日

上海记：邬达克设计的浙江电影院

7月18日，去看清华大学校庆110周年纪录电影《大学》。影片的英文名是"The Great Learning"，电影评分很高，但排片实在太少，搜索一番找到放映时间合适、距离也还算近的一家电影院——浙江电影院，看那电影院在老城区浙江中路的一栋老房子里，想必停车很不方便，加上那天天气晴好、空气清新，适合户外活动，便跑步去那里看电影。观影完毕还发了条朋友圈纪念这次跑步：高分电影排片少，走到"浙江"才看到。看 The Great Learning，先来一次 Great Walking。

在上海住了20多年第一次来到这间大隐隐于老市的单厅电影院，也是一种缘分吧，看楼里面的铸铁栏杆有些不同凡响的气质，一了解，这家影院竟然还是邬达克设计的，已经存在90多年了！浙江电影院的前身是浙江大戏院，1930年开业，因为建筑体量不大，曾经谈拆论除，好像后来是被民意保护下来的，也有专家表示应列入优秀历史建筑，邬达克设计事务所设计建造的国际饭店、武康大楼皆为摩登上海之思想呈现，前者被称为上海原点、上海颜王，那么浙江电影院该叫它什么好呢？

七月初六早晨，光复路跑步，仍然是经过四行仓库沿苏州河跑，到浙江路桥，突然想到再跑去浙江电影院看看，便沿着浙江中路往南跑，在浙江中路与南京东路交界之处，是永安百货和七重天大楼（解放前仅次于国际饭店的上海第二高楼),永安百货的店招让我想起1987年在大陆播出风靡一时的TVB剧《上海滩》,第一镜头便是永安百货;还有更早些的国产经典作品《霓虹灯下的哨兵》《舞台姐妹》《七月流火》,都以永安百货和七重天为大上海景色顶流。这里是上海繁华时髦的起点之一,永安公司、七重天、霓虹灯、夜上海,层层递进,便是精华版的十里洋场,稍微小资文化一点的,在大马路(今南京路)吃喝购物完毕,牵着女朋友的手往南穿过二、三、四马路(现九江路、汉口路、福州路),走到浙江电影院看场电影,便是90年前的七夕,远东第一都市中时尚小达人的精致生活了。

在此不由得对什么都搬去线上的5G社会抱有一些深深的同情,科技改变了生活,连同改变了生活中的烟火气。七夕前的夜晚,陪老婆看完《隐秘而伟大》,即使是在影视基地拍的上海,依然拍得很有烟火气,用电报通信的"上古时期"更隐秘,也更能在烟火气中凸显地下党员的伟大,剧中的"菜泡饭"和"修窗户",都在烟火气中演绎了传承。如果大家都点外卖了,骑手就成了生活的主角,当你不再需要 Great Walking 的时候,可能也就错失了 Great Learning,《大学》所云"大学之道,在明明德,在亲民,在止于至善",还有什么比烟火气更亲民、比践行更至善的呢?

浙江电影院边上有传说中的"大壶春",只卖生煎、牛肉粉丝汤、小馄饨三样产品,路过时太早,还没有开门,但是浙江路上的油条香味不可阻挡。

2021年8月14日

上海记：时空流中的黄老前辈

昨日，《21世纪经济报道》发了《沪上"领军金才"的金融往事和"极友圈"冲击波》，是一篇写我金融从业经历的专访，主要是写到上海后的，对于我一边在信托业艰难求索，一边被体坛风云洗刷的90年代，则用《平路易行》中的一段话一笔带过："我用轮椅和拐杖在亚平宁半岛行走之时，与文艺复兴一样，意甲也是我心中的指引，15世纪被人杰滋润的佛罗伦萨和20世纪90年代被意甲荡涤的春风中国，都是我难以忘怀的梦。"

现在的信托业已经很少来自90年代初的从业者了，我刚到温信工作的时候，中信持有温信33%的股权，中信的董事长是荣毅仁，电视连续剧《改革开放中的邓小平》说到小平同志到北京友谊饭店中信创业时的办公室视察，对荣先生设计的中信Logo"CITIC"还有一段评述。"给荣老板打工"是温信人最早的"凡尔赛"，但是不久荣老板当了国家副主席，便不好再说了。我在"WITIC"的旗帜下工作了8年后于新世纪初沪漂，是带着对信托业这一"非虚构写作"的个性化探索成果来的。严格来说也不叫沪漂，那时的上海积极主动求贤若渴，办人才引进手续快来兮，3个月上海身份证就办好了，连驾驶证、档案都给平移过来，挂到了政协下面，从此我开始了新上海人的生涯。

"冲击波"选用了一张交大CEO俱乐部与温大上海校友会分享《平路

易行》时的照片,我在电子屏幕前侃侃而谈,屏幕上打出演讲的题目:时空流中的我和你。今天我想谈谈时空流中的黄老前辈,黄老前辈本是郭靖对黄药师的尊称,但在《平路易行》中另有其人。说来话长,别说分享会45分钟分享放不下黄老前辈,一个上海金融史也放不下他,在世界金融史上,他都可称论剑华山的顶流,但是没有几个人知道他。上海市汉口路110号4403室,是我2000年3月到爱建信托工作时第一个办公室,这是一个有故事的办公室,这里曾经是这座大楼最早照到阳光的房间(5、6楼是新中国成立后加盖上去的)、中南银行董事长黄奕住的办公室。中南银行曾是四行之首,是历史上唯一一个有发钞权的民办银行,你想的没错,《八佰》中的四行仓库就是以中南银行为首的北四行主要存放抵押物的仓库。

黄奕住,1868年12月7日(清同治七年),生于福建南安县金淘区楼下乡石笋村一个世代贫困的农家,早年以剃头为生。16岁赴南洋谋生(刷新《平路易行》前三部分中霍去病保持的17岁出道纪录),凭借着独到的眼光、过人的胆识,经过30余年的勤奋经营,黄奕住终于成为南洋著名的华侨资本家。在印尼30多年的商海沉浮中,黄老前辈深刻体会到银行金融业的地位和作用。因"念吾侨民苦异国苛法久矣,若不思为父母之邦图富强,徒坐拥浮赀,非丈夫也"——换作晚他80年出生的诺奖得主朱棣文的话说就是:当你白发苍苍、垂垂老矣、回首人生时,你需要为自己做过的事感到自豪。物质生活和你实现的占有欲,都不会产生自豪。只有那些受你影响、被你改变过的人和事,才会让你产生自豪。

而黄老前辈将改变的是中国金融业,他回国创办中南银行,带着一张从英国一份杂志上看到的银行大楼照片交给《申报》总经理史量才,说"办中南银行,我不问一事不荐一人,但是大楼请务必按此建造。"《黄奕住传》中特别提到这个细节,缘于某年某月的某一天在英国游历的黄老前辈偶然在一本杂志上看到一幢气势雄伟的建筑,可能是有某种感召,他竟然看落泪了,他激动地将看到的大楼图片剪下,命运起承转合,最终此图交到史量才手里,建楼这件事史量才办得不错,1921年,汉口路110号中南银行大楼建成,有鸟展翅，金融之城言必鹏运，气靡鸿渐，黄老前辈非常满意。楼高四层，大楼东面是太平洋保险公司的高楼，西面是一所小学，因此，最早沐浴到阳光的房间就是四楼西面第一间，也就是时空流中的我2000年3月19日第一天踏足爱建信托的办公室。

1921年7月5日，上海中南银行正式成立并营业，聘用胡笔江为总经理。它是当时全国最大的侨资金融企业。该行向国民政府立案后，"政府念君才，知可倚重，遂予发行钞票，视同中国（银行）、交通（银行）两行"。因此，中南银行成为当时全国可以发行钞票的3家银行之一。1923年，中南银行为了取信于民，联合了盐业银行、金城银行、大陆银行，订十足现金准备及准备公开制度，于四银行之外，另设四行准备仓库，专为保管准备现金，发行钞票。四行准备库相当于迷你版的美联储，大大提高了公信力，防范挤兑风险，只比美联储晚了十年。中南银行还通过与金城、大陆、中国三银行合组诚孚信托公司，对其中几家濒于破产的纱厂进行科学管理，成功地帮助天津恒源纱厂、北洋纱厂和上海新裕纱厂恢复了生机，还清了贷款。可以说是中国最早的服务信托了。

中南银行经历了民国、抗战，解放后不久被收归国有，中南银行香港分行持续经营到2001年，并入香港中银。黄老前辈晚年住在岳阳路168号，解放后此宅被收归国有，现为上海京剧院，里面开了一家南伶酒家，2000年，台北的二舅为初到上海的我接风，就安排在这里吃饭，2021年1月，我跑过这里，这个楼和汉口路110号一样，都已经100岁了。

2021年11月18日

上海记：时空流中的华山路

辛丑小雪，华山路上的一家苏浙菜的小馆，我带夫人和三位好友相聚，他们是华山路上的街坊。三天前的 19 日下午，阳光正好，微风不燥，他们穿过百年前法租界梧桐树的光影，前后脚步入华山路 620 号的上戏艺术书店，来参加《平路易行》分享沙龙，华山路步行即达的友人，给沙龙平添一份邻里走动的温馨。离此不远，有《觉醒年代的追梦人》一篇所叙之子民先生的故居，而在多次分享中被我屡屡提到的杨振宁先生，在华山路 285 弄大胜胡同 35 号居住过，时空流中的华山路，有他有你有我。

刘总来得早，他到时我正在友朋会张松会长的办公室小坐，张兄的办公室窗外就是 1945 年 12 月 1 日创立的有演艺界半壁江山之称的上海戏剧学院。张兄比我早十年来到上海，那时候戏剧学院前院长余秋雨老师的《文化苦旅》刚刚写好，而这个窗外相继走过的徐峥、李冰冰、马伊琍、胡歌、郭京飞、雷佳音，也早已被"后浪"称为老师的演艺界名人，在时空流中，都曾是在书店之窗中张望的少年。《平路易行之开往校友会的复兴号》中提到的温大校友、戏曲史学家叶长海教授，现担任上海戏剧学院学术委员会主任，国家级重点学科"戏剧戏曲学"学科带头人，他在此地草木葱茏中的办公室为张索兄的《持敬录》作序，而我在《持敬录》读后感中自认精确地称叶教授是戏曲史学界的泰斗的表述，在见报之前被他谦和地建议修改为平易恬淡的用词,又让我对史学家的格局新添景仰。

张松兄和余秋雨老师熟,上戏艺术书店的店名是余老师题的,就挂在他办公室,孟冬时节茶香氤氲,已提前有小雪的味道。刘总和我们聊了聊南极,聊了聊2018年庞洛邮轮的螺旋桨在智利海峡损坏,我们被通知南极行程取消的遗憾,而彼时张松已经带队到了南美候船,他和团友相信"一切都是最好的安排",变通游了南美,并于2019年在我的南极低碳行之后续写了南极篇,三人正在时空流中找到南极的传送之门时,吴总也到了。吴总是《平路易行》作序之人,序名是《南极行中的净、静、敬》——

其一,南极是洁净的,纤尘无染,澄澈而空灵,广袤而纯粹;其二,南极是安静的,深水静流,天广地阔,心静致远;其三,南极是诚敬的,你去或不去,她始终巍然、神圣地存在,让每一个身临其境者更加通达、更加清醒。在这里,思考生命的本源、探讨人类的未来,都显得那么自然。畏天命、畏自然、畏圣言,敬畏之感(心)油然而生,你、我、他,人人仿佛都有所顿悟,生命的渺小似乎有所突破。

两天之后吴总在南极行两周年的聚会上又加了万类霜天竞自由的"竞"和近水楼台先得月的"近",让我不由佩服,惊觉在汉字的时空流里,我们也能不断找到朋友。

下午两点,沙龙准时开始,书店的强总到过交大CEO俱乐部和温大上海校友会的分享会,提了一些中肯的意见,我将分享稿精心修改了一遍,以"口袋里的历史小剧场,行走中的地理大沙龙"为名和大家见面了。张松兄亲自主持沙龙,我们认识20多年,从20多年前张松在离此地不远的兴国路上的"圆苑"请我吃饭认识以来,我们身上从来都贴着企业家和金融业者的标签,这是第一次在文化活动中同框,也算是冥冥之中的缘分吧。张松兄学美术出身,现为同济大学校董,复旦大学国学会会长,友朋文化创始人。曾长期在中国美院、复旦大学、同济大学学习美术、经济、管理、文学、历史、哲学,是资深旅行专家,行走世界数十个国家,曾四次文化行走伊朗,是《东张西望》《阅读与行走——波斯》等书籍的作者。在他富有阅历和文化积淀的开场白之后，我开始了自各路分享会以来最酣畅淋漓的分享。

我从汉与匈奴的关系说起，说到汉唐的时候，华山路街坊姜总到了；然后张松夫人品晶同学也到了，阿蓓同学还带来我30多年没见面的晓静同学，还见到了华江学妹，都是我在温州中学前后三届的同学或学妹，事后复盘的时候，我突然意识到"英奇匡国，作圣启蒙"的温州中学原来是大上海不可多得的人才供给侧，平常大家各忙各的，一有文化活动，自由相聚的校友也可以自成建制。在一个月前的温州分享会上，我特别勉励上来献花的侄子一定要考上温州中学，做大伯的校友，我才可以名正言顺地把这些叔叔、阿姨、哥哥、姐姐们介绍给他，大家都很乐意做年轻人的摆渡人。

汪澄学妹是上戏艺术书店的铁粉，我是10月31日在这里举办的徐亦行教授"卢济塔尼亚之歌——大航海开启的葡萄牙文学"沙龙上认识这位活泼可爱的温州中学学妹的，她坐在第一排，我特地深度解读了《卢济塔尼亚之歌》的作者葡萄牙诗人、国父卡蒙斯的前尘往事，作为亦行师妹上一次沙龙的延展和呼应，张松兄虽然满世界走，但葡萄牙还没去过，自然听得津津有味。小汪在我费心建的《平路易行》上海青年分享群里发了两张过于真实得我自己可能不会放的照片，她解释说："内容太精彩忍不住分享，可惜和学长坐得太近了，光线不够好。"可是我觉得是因为光线太好导致其中一张我闭眼了。

我讲了1小时45分钟，正好是一场足球赛包含中场休息的时间，时长超出10月23日与11月13日分享会的两倍，听众当中有许多不认识的朋友，当我谈到布鲁内莱斯时，马上就有人响应；而我口误将"圣彼得大教堂"说成"圣保罗大教堂"时，立即被张松纠正了。大上海从来不会让我失望，在这里，有时候我是供给侧，有时候我又变成需求侧，沙龙就是相互学习的，只是我讲得太多，几乎没有时间留给在座的朋友互动。以至于辛丑小雪的餐厅中，华山路街坊刘总说：我和你爬了三座山，去了那么多次北美，也没有机会说一说。开张天岸马，奇逸人中龙。坎坷终成平路，江湖莫不易行；我也就是一个抛砖引玉之人……是时候考虑第二本书了，记一下大家的说法。

沙龙结束时有意外的惊喜，Lily 老师代表中福会幼儿园的老师送来了一束鲜花，在上海的 20 年出头的时间里，有 10 年时间，我每天早上送孩子到上戏书店对面的中福会幼儿园上学，孩子们的毕业典礼有两次都在上戏剧场举行，要这么说，我也算华山路的旧人，在时空流里，每一次停靠，都是在积蓄历史的能量，以待今天我们在书店相见。

2021 年 11 月 23 日

上海记：时光里的声与影

"茂名南路以前就叫茂名南路吗？"——昨日当我们在上海犹太难民纪念馆看到沈石蒂摄影室的老广告卡上的地址是上海茂名南路73号时，一位校友惊奇地问。我记得茂名南路以前叫迈尔西爱路，现在还是特别老派的上海风格的洋味街，当我在晨跑中经过茂名南路时，看到有许多旗袍与中式服饰的商店，从古典样式到改良式的量身订制旗袍店与个性精品小店样样都有，似乎跑在"花样年华"之中。月份牌上旗袍下的性感曲线与婀娜多姿的身影在眼前晃动，不由思量缘起何处？何人何时在这里开了第一间和旗袍有关的有料的铺？

1915年，出生于克里米亚半岛的犹太青年Sioma Lifshitz和《幸存者之歌》中的男主角一样，跟着父母先来到中国东北，后来到上海。学会中文后，为自己取了"沈石蒂"这个中国名字。面对上海，这个被20世纪70年代后来的他称为很不寻常的、充满了变化与喧嚣、有着无数种色彩和无数种气息的、又脏乱又绚丽的城市，年轻时的他没有沉溺于浮华世界之中，他找到了可以为之倾注深情的事业：摄影。在光与影的世界中，所有东西都那么有趣，那么令人称奇，因为他精于对表情的把握、光线的运用和着色的技巧，擅长一边和被摄者交谈，一边尝试各种道具和视角，串起真挚生动的每一刻，从而开创了独特的艺术现实流肖像照艺术风格，从上海本地普通百姓到国内外社会名流,无不慕名前来,在沈石蒂照相馆记录自己的花样年华与高光时刻。

沈石蒂在上海生活了35年,娶了一位叫Nancy的中国女孩,先后开设并经营了4家照相馆,一直经营到1957年,拍摄在沪中外人士肖像照2万多张。这是一位跨越了新旧中国的犹太人,有着半殖民地烙印的"迈尔西爱路"1943年变回"茂名南路",沈石蒂摄影室广告卡上还画有天安门,应该是解放后的广告牌,犹太人从来都是与时俱进的。沈石蒂离开中国,也带走了底片和照片,那些时空流中的婀娜之姿与旷世美颜从此被历史掩埋。直到有一天,他的继子摩西发现了这堆尘封半个世纪的老照片,灵机一动,发起了一个寻找"照中人"活动,由此上演了一次穿越时空的旧梦接力和一段跨越国界的光影寻觅,上海记忆被唤醒。

当我前日接到以色列驻上海总领事馆政经处主任徐俊杰校友发来的犹太摄影师沈石蒂作品和史料捐赠仪式邀请函时,我的记忆也被唤醒了,摄影界的沈石蒂就像建筑界的邬达克,他们都是上海这个摩登之城的推手、城市光影的缔造人、穿越动乱与苦痛的记录者,曾经是美好生活的服务商,现在是文化与旅游的供给侧,他们生命中倾注的深情变成地标或是图腾,成为上海不可磨灭的时空记忆,他们记录了上海极简史,启迪了地理小发现。今年10月,以色列驻沪总领事爱德华回到以色列,接受捐赠给上海的沈石蒂摄影方面的作品和史料,并决定将这些作品和史料永久捐赠给上海犹太难民纪念馆。这次的捐赠有700多张照片,400多张底片,在现场,我看到了月份牌上穿旗袍的上海女人,20世纪30年代以海派旗袍为楷模的旗袍成为世界女性的钟爱,在香鬓摇曳之中,一个世纪过去了。

我没想到两个小时后,在缪诗肖像摄影公司又看到了穿旗袍的上海美女,是交大合唱团的校友,美丽动人有内涵。在犹太难民纪念馆,徐嘉利校友与爱德华先生聊了聊有没有可能合作在缪诗举办一个沈石蒂作品与缪诗作品的联展,然后我搭徐三平校友的车从虹口滨江来到了徐汇滨江,到了位于保利时光里的"缪诗"。"缪诗"是上海肖像摄影的龙头企业,徐嘉利是创始人,我是文化DIY主义者,拍照喜欢自己来,在缪诗摄影棚中还是感受到专业与业余的区别,缪诗有许多科班出身的摄影师,各大摄影比赛的得奖者,还有很好的咖啡,更加难得的是,在缪诗的大型试衣间还藏了一个成立已有7年之久的合唱团,我们到的时候,玲好团长正在带领大家唱"童年"。

我惊叹康汉秘书长的神奇安排,前半段是参加将近一个世纪前沈石蒂的"上海记忆"捐赠仪式,后半段是参观当下的上海记忆铭记方缪诗的时光里工场,旗袍美女从虹口滨江穿越到徐汇滨江,又是一个世纪过去了。然后秘书长说:名校要有文化,世界名校都有合唱团。于是我们就见到了合唱团,合唱团在时光里排练,同学们神采飞扬,声与影相得益彰。我们听到的第二首歌是《雪花的快乐》,听吴昌弘校友说,《雪花的快乐》是明年一月在交大年会上演出的曲目,难度挺高。因为徐志摩是老吴的偶像,所以他唱得特别卖力:"假如我是一朵雪花,翩翩地在半空里潇洒,我一定认清我的方向——飞扬,飞扬,飞扬!"

慰问完合唱团,我和同行的陈作家一起往外走,我问她写的书叫什么名字,她说叫《上海童话》。时光里的声与影,过耳的童年与雪花,在世间法中,何尝不是一篇"童话"?

2021年11月25日

上海记：时空流中的信托

我到达尚嘉中心的时候，是下午 2 点差 10 分，观韬中茂律师事务所的朱助理已经将通行码发给我，穿过布满奢侈品店的大堂，扫码上楼。四个小时后李辰阳先生在讨论家族信托时，说到这个写字楼过于豪华，担心会不会让普通老百姓觉得办信托事务的门槛太高而望而却步，就像家族信托的命名太高大上，仿佛只有李嘉诚家族或者赌王家族才配得起"家族信托"这样的名字。听得我对除了被误读的"信托"之外，还存在被误读的"家族"不无焦虑。

我受邀来参加复旦大学法学院高凌云教授所著《被误读的信托》读书沙龙暨作者见面会，时空流真是非常有趣，两周前我应上海交大教育集团"家族财富管理与传承"研修班的发起人陈佳佳女士的邀请参加一个有关"家族企业进与退"和"家族企业传与承"的主题分享会，主讲"家族企业传与承"的高明月律师专业而富有普世价值观的讲解给我很多启发。茶歇时，我们聊了聊家族信托，互加了微信，然后我送了一本《平路易行》给他，可能是他在作者简介中看到我曾是信托从业人员，并且是比较资深的，就邀请我作为与谈嘉宾参加《被误解的信托》读书沙龙，我一看是《被误解的信托》，就很有兴趣，二话不说就答应了，然后他马上安排助理修改了海报，放上了我的名字。

《被误读的信托》是上一个虎年的出版物，我曾经粗略地翻过，也没有太注意作者。这次分享的是第二版，马上虎年又要到了，一本书时隔十年以上再版，历久弥新，必有独到之处。我上周正好去图书馆查资料，就把《被误读的信托》借来再读了一遍，感觉书里的内容很亲切，让我想起了从 20 世纪 90 年代初到 21 世纪前五年从事信托业的时光。书中有一个贯穿全书的案例，巧妙地将许多理论落地了，理论毕竟是灰色的，而生命之树常青。一个涉及三代人的家庭（或说"家族"），不管他们是不是在观韬中茂办的业务，结果是通过信托做到了既韬光隐迹又枝繁叶茂，让家族之树常青了。

20 世纪 90 年代在温信的时候，为了信托不被误读，我写了几个信托案例，让漫画家许继兵先生画成漫画登在《温州日报》上，当天公司的客户电话就被打爆了，我看到了信托巨大的社会需求，非常有成就感与自豪感。几个月后，当我带着这张报纸的夹页出现在汉口路 110 号上海爱建信托的会议室里的时候，几乎是在展示的同时，就已经确定了我与上海的缘分。爱建信托随即安排人到温信考察，以确定这个口中滔滔不绝的"信托奇才"不是一个骗子。于是有了本公众号前一篇《大雪说永嘉》中说的：开始我人生一次重要的迁徙。

电梯到了 22 楼，门打开时，永嘉已经变回尚嘉了。明月律师在会议室招呼参加分享会的来宾，我就到前排坐下，复旦大学出版社的张炼女士和我打招呼，她在群里加过我的微信，带了一本复旦社出版的《股权投资基金运作》给我，我们寒暄了几句，她身边的一位女士应该就是《被误读的信托》的作者高凌云教授了，感觉似曾相识，我点头致意，有读者上来，我便回到座位休息。明月律师忙完赶紧过来介绍我和高教授认识，介绍我以前是信托界的，当我说出爱建信托时，我看到高教授眼中一亮，想必高教授也看到我眼中一亮。

我问高教授以前是否在锦天城律师事务所工作过，得到确认后，我们发现彼此竟然是 17 年前的合作方。那时候高教授刚从美国读完博士回来，在锦天城律师事务所做李宪明律师的助理，协助我们用信托方式建设威海到刘公岛空中快车项目（《平路易行序3》中有提到），与美方号称全美十大律师之一的Jeef谈判。故人重逢，也是战友重逢，浮云一别后，流水十年间。当年的高律师如今已经是教授、博导，全国人大常委会法制工作委员会法律英文译审专家委员会委员，中国商业法研究会常务理事，上海国际商务法律研究会副会长……更重要的是，她是《被误读的信托》的作者，我读了两遍，居然没想起来她就是我当年的"老战友"高律师。

因为常在时空流里穿梭，时间在我这里几乎是停滞的，就像书中案例中的小女孩，再版时已经11年过去，因为剧情需要，还是小女孩。当我谈起信托时，说起20世纪90年代中信控股的温信，说起我给荣老板打工，荣老板去当了国家副主席，都已经是"上古"的传说了，那时互联网都还没进入中国。2002年7月18日的信托业立春事件，最大的创新是颠覆，也只是颠覆出本源业务，年轻人应该也不要听了。我选择性谈了下1.0版的被误读是信托就是融资，2.0版的被误读是信托就是"受人之托，代人理财"，3.0版的被误读是"信托很灵活，可以规避政策，可以打擦边球"。另外一大误读是信托分为民事、商业、公益三种形式，实际是相互交叉甚至重合的，信托分公益与私益，私益包括民事和商事；以信托机构为受托人营业信托，不以信托为业的机构和个人为非营业信托。——这是书中高教授的原话。

我认为：如果信托仅仅是融资工具，国家不需要信托存在。信托更多是受人之托，忠人之事，理财只是其中一小部分。信托和人类想象力媲美的灵活性应该用来为人民的美好生活服务，坚决不可以变成藏污纳垢之所。信托要为家庭和睦、社会稳定和共同富裕服务，在未来10年的全球经济黄金增长期中，在全球产业结构调整、国际经济一体化深化、全球科技革命与创新竞争的大背景中更好地服务于实体经济，特别是在全球人口老龄化、城市化加速期，思考如何服务于城乡均衡、地区均衡、代际均衡；在全球绿色革命与绿色能源使用方面，发挥信托优势，直接介入到项目融资中去。通过代际融合低碳社区的建立服务人民的美好生活、低碳生活、财富增值、家风传承和精神不贫乏的生活。学会做正确的简单的大事，赚辛苦钱，也赚安全的钱、有意义的钱,要做银行、保险、证券不能做的事。易行的平路,才是信托之路。

　　不然,信托再发展多少年,在时空流里它也是停滞的,房地产躺平的时候,它平躺;通道业务不是平路,协助出表也不易行。不是它被误读,是它本来就没有学好。

2021 年 12 月 11 日

上海记：时空流中的新民晚报

近日，新民晚报海外版发了一篇名为《金融骄子行走世界，著书记录所思所悟》的文章，介绍《平路易行——人类极简史 地理小发现》出版前后的我，陆续发了巴拿马版、菲律宾版与澳大利亚版。我第一次看新民晚报的海外版，纸质的报纸尽管是通过 PDF 文件传过来，仍然很有新鲜感，仿佛穿越回 1999 年，手捧报纸徐徐展开的时光。一股油墨的香味从 20 世纪传来，击中时空流中当下的我的鼻腔。

1999 年发生了很多大事，即是世纪之交，又是新中国半百之年，上海两次出现不明飞行物。在上海这个崛起中的世界级城市里，召开了超高规格的中央领导与会的全球财富论坛，议题是"未来五十年的中国"。当时有报道会议三天新闻媒体有高达 1 亿元的广告收入，那时的 1 亿元，以上海房子的购买力折算，相当于现在的 20 亿元，新闻媒体中新民晚报就是顶流。当时我在温州，订了新民晚报，虽晚两天报纸才到，但每报必看，希望能了解到一些企图用武之地的信息。

新民晚报是晚报中的大拿，我那时是温州日报与温州晚报的双料撰稿人（当时称通讯员，颇具谍战剧风格的称呼），印象中温州晚报 1993 年创办以来一直以新民晚报为圭臬，新民晚报副刊"夜光杯"是各大媒体包括温州日报副刊的重要参考，称为"仰望的目标和成长的空间"亦不为过。我那时的散文主要发在日报副刊"大榕树"上,因此认识了沈迦、黄泽等编辑,还有金城濠老师、金辉老师(他们都是温州日报元老级高手),一开始编辑还建议我多看看"夜光杯",多学习。我写的体育评论专栏"体坛半月谈"(由原报社陈康汉老师,现交大 CEO 俱乐部与温大上海校友会双料副会长兼秘书长,长三角秘书长联盟监事长设立)就是受新民晚报"十日谈"专栏名字的启发。我得以在报界沉浸式修炼纵横捭阖飞花摘叶的功夫,时空流的起源可以追溯到此,人生真是没有一篇文章是白写的。

新民晚报还办过新民体育报(东方体育日报的前身),有位叫秦天的记者以其海派写法闻名江湖,亦深合我意,后来温州日报宋文光老师专门为我开设了"张迈评球"专栏,我北看王俊(《北京青年报》记者,《平路易行》中的历史人物之一),南阅秦天,不亦乐乎。新民晚报还有每日一谜,深得灯谜研究大师我父亲的喜欢。总之在车马尚慢的年代,一生也只够爱几个人的年代,新民晚报是一股清流,居家旅行陶冶情操的宝物。我在温州晚报上发关于温州信托业的未来展望,以"章脉"的笔名大写时空流中的世界杯,在温州日报写"大力神之光"和在温州时报写"君子好球"(朱闻武设立)专栏,虽然比上海人晚看到两天订阅的新民晚报,但却有了时空停滞两天仍可借力的感觉,这些是二次元中的少年不曾有过的体验。

1999 年的某一天,在新民晚报上看到一则两天前的招聘启事:上海某信托公司向全国诚招业界精英加盟(大意,具体措辞我忘了,总之有一种国家召唤的感觉),招聘一事具体由隶属上海市委组织部的上海经营者人才公司办理,也非常高大上。2000 年的春天,我被"引进"到了上海,住在长风公园边上的书香名第,每天路过小区里的孔子像,翻过强家角天桥到中山公园坐试运行的地铁 2 号线到汉口路 110 号爱建金融大厦打卡,然后出去"扫马路",和潜在的客户谈信托,有的没的瞎谈八谈。应该是 2000 年 3 月的某一天,又看到一张新民晚报(这次是当天的):上海实行投融资体制改革,欢迎社会资本投资基础设施——头版头条。我立马从沙发上弹起,信托业的历史机遇来了。

第二天我向领导汇报,顺便问一下上海市市政局在哪里(刚来几天,上海实在不熟)。然后我带着上海同事坐公交就去了市政局,先找到高速办主任,主任听我这个不预约撞上门上海话也不会讲的年轻人用温普(20年后因张文宏主任的演讲才广为人知)大侃了一通信托投资基础设施的想法与思路,居然也觉得可行。这是我最佩服上海的地方,上海真是海纳百川,且具备超强的践行能力。我事后得知我们走后不久主任就向局领导汇报了情况,我第二次来市政局,局领导接待了我。我真是十分有幸,我当时只是一个项目经理啊,局长问我是怎么知道这些基础设施社会化投融资的信息的?我擦了擦从公交站跑过来还没干的汗,喝了口水,镇定一下说——新民晚报。根据后来市政局在新民晚报登的广告,我又去参加了在锦沧文华举办的招商会。有新民晚报指路,手里有信托业的天赋之秘,而民营信托,是真正体现社会化投融资的,最后市政府也是看到了这一点,于是有了后面的信托业立春事件。

2000年5月1日开始,浦东浦西取消收费站,改为每辆上海车固定收取通行费,黄浦江越江工程按投资额的约定比例分享收入,这一下子把基础设施收入的稳定性给锚定了,更适合用信托的方式来投资,更可以将社会资金通过信托方式集合起来投资于基础设施了。在一次市政局组织的答疑会中,我和我的部门领导沈富荣、张明芝一起认识了当时黄浦江大桥建设有限公司的赵建松,后来组织决定我们联合黄浦江大桥公司共同投资上海外环隧道黄浦江越江工程。黄浦江大桥公司当时的总经理夏雨田很有魄力,与我们商讨出"代建制",为表代建方的决心和诚意,还拿了一栋楼给我们做代建方的履约担保。书记冯训礼、公司高管黄忠辉、张一松、邹秀等人与我们通力合作,开创了全国"代建制"的先河。各地政府平台和信托公司纷纷到上海来学习,其中还有我的老东家温信,温信副总经理林东焕带队来到上海,时任爱建信托总经理的马建平博士接待了他们,林总很自豪,说我开了温州信托人才逆向输出到上海的先例。

因为信托投资收益均衡的考虑,我设计了慢速折旧法,即越江工程建成后第一年不提折旧,第二年开始逐渐等比例递增折旧,经上海市财政局批准后在多处越江工程中实行;我设计了特许经营权质押权证,权证经过市政局登记生效,于是宇宙第一大行工行成功地给中国第一个资金信托的标的物外环隧道的建设做了贷款……为了这个信托的成功,我使出了"洪荒之力",顺便完成了我的硕士论文《证券化信托产品的设计与运作研究》(浙大指导老师姚铮)。在整个过程当中,爱建信托的董事会、总经理室给予了我们部门大力支持,公司各部门倾力参与,这是一个无数人参与的伟大项目,但是它的缘起,就是新民晚报。

2024年,王家卫拍的《繁花》风靡上海滩,我在葡萄牙看到第7集,出现了申民晚报。和沪联代华联一样,申民即新民。生活在上海,新民晚报是绕不开的。第一次与新民晚报结缘到今天,已经有20多年了。新民晚报如今遍布海外华人世界,传统媒体中亦有乡愁。希望新民晚报越办越好,跨越自媒体和元宇宙,通AI知兴替,格局大原创多,始终是海上繁花的滋养之地!

2021年12月16日
2024年4月9日修订

上海记：临港，年轻人的城

2023年11月25日，周末，好天。驱车在沪芦高速上往临港新城走，这临港新城从2000年上海与浙江协商联办洋山港开始算，23岁，是座年轻的城。2000年那会儿，我刚到上海，在信托公司工作，向领导报告通过信托方式投资基础设施，还参加过沪芦高速的投资论证。光阴似箭，沪芦高速南来北往地搬运，见证了洋山港从无到有成了世界第一大港。2015年，我参与了A股"上海临港"的定向增发，也到上海临港集团做过调研，当我看到新城路标"年轻的城，年轻人的城"时，不由亲从中来，临港新城就是一个我看着长大的年轻人。

当我这样想这个"年轻人"时，问题来了，一个大叔抑或大爷到年轻人的城中做什么？两周前，"90后"朋友小俊邀我来临港踢球，说球赛场地在滴水湖边的上海建桥学院。我去那儿看过学院的创始人，也是我大学的班主任周老师两次，但是没认真逛过校园，这次有机会与年轻人踢球，不亦乐乎？

我到球场时，有一穿皇马队服的小伙子和我打招呼"老师你好"，看来主队是"世间五彩，他执纯白"了。我把装备放下，想想我带的也是白色球衣，这一会儿怎么破？小伙子看着像大一的学生，这是追风少年啊，又怎么破？从临港新城进入建桥学院，年轻人更年轻了，校园里的男孩女孩看过来，青春的荷尔蒙让大爷都显年轻了。主队已经有三个人在热身，球场的记分牌都已经摆得好好的,能感觉到主办方很重视。我看时间还有,就四处看看。

走过周老师题字的立业桥,在麦当劳边一转就到了大礼堂,大礼堂前面是雷锋雕塑。学院的建筑是西式的,主楼在中轴线上,前面有一个水池,也只比华盛顿纪念碑前的水池略小一点。池中有"感恩、回报、爱心、责任"八个大字,这是周老师的办学理念。很长一段时间,他坚持给每一届的毕业生演讲,金句频出,但内核就是这八个字。他在创办建桥时,对我说"大学就是建一座桥",我们站在康桥上百亩的田野边,他和我说这里将建成上海最大的民办大学,我看着脚下的泥泞,信了。"建桥"在康桥成了,再响应市委市政府号召搬来临港。不远处就是杭州湾和东海潮,"建桥"建了一座无形的桥,这里通向远方,它是年轻人的摆渡人。当我把美丽的校园发到朋友圈时,有年轻朋友自豪地留言说我就是这个大学毕业的。

回到球场,发现东道主已经贴心地帮我们准备好了球衣、球裤、球袜和护腿板。球衣颜色是地球蓝,我挑了件L码的穿上,8号。1981年出生的何队战前动员,球队入场。下午四点,比赛准时开始。列队,裁判组三人在中间,合影。和友队队员一一击掌,阳光照在滴水湖上,宇宙的射线抚摸了每一个人。用高分辨率的摄像机侧面拍摄运动员的脚,一帧一帧地放大,可能看到鞋钉与草皮的交融与衬托,拍到宇宙在运动。当一双最老款的阿迪达斯金黄球鞋在草尖上移动三步,猛然起飞摆脱地心引力时,离鞋底1.8米处产生了我头与足球的第一次撞击。足球飞出一记极小仰角的抛物线,大约以时速80公里飞进了网窝。18小时以后,当我在天文馆看到星球质量导致时空扭曲的示意图时,顿悟造物主是玩儿球的。我知道造物主一定永远年轻,因为对它来说时间不存在。时间只是我们这个它玩出来的星球中用于给大大小小的比赛计分的。

比赛80分钟,分四节,每节休息5分钟,宇宙以光速膨胀了95分钟,我们客队收获了一场6∶5的胜利。小俊是守门员,被对方灌了4个球后毅然换到了前锋与我并肩作战,1971年出生的老汪给出一记神助攻,小俊反越位后成功破门,打进了第4球。1976年的老严换到门将位置像月亮一样尽量阻挡对方射向地球的小行星,此前他打入了我们被对方"让二追三"反超后再追平的一球。

  我在场上狼奔豕突了一会儿，几次停球和冲刺发现自己离年轻时的水平差距甚大，身体已经跟不上意识。目测自己与老汪年龄在伯仲之间，可能是场上最大龄的老年组球员，既然已经摸鱼进了首球，可以交代过去，就申请下场休息。在场下，我遇到了精心筹备本次活动的东道主"90后"小杨，就问了些临港的发展情况。特斯拉是临港最大的企业，临港新城现有30万人，有10万大学生，真是一座年轻人的城啊！

  第二节接过何队队长袖标的老汪仍然还在场上带球过人再过人，像50+的C罗，这个年纪，还保持着年轻人的体型与斗志，我深感佩服。"70末"的吉哥司职边后卫，多次飞身救险，和何队撑起了防守，他们是队员中的中青年，也是中坚力量，何队还在角球抢点中打进了第5球。中间我又上场一次再下来休息，这次比赛精彩处像凌晨的利雅得胜利打阿科多，激烈处如同时进行的足协杯申花对泰山，写意处似次日武汉美洲明星VS欧洲明星，而且像村超一样打到天黑。我方制胜第6球仍然是头球，撞破建桥学院已夜的长空。和第2球一样，两位海事大学的老师为我队建功。

  滴水湖畔，文以载道，书以厚德，球以会友。吉哥的两个儿子和何队的儿子到场助威，三个"10后"的小朋友都是运动达人，足球、滑雪、越野均有涉猎。给他们赠了《平路易行》和《张迈评球》，写了寄语，再过十几二十年，世界就是他们的了。感谢小俊兄弟的邀请和朋友们的盛情款待还有角球助攻的兄弟，在沪芦高速上复盘临港20小时游，想起茅盾奖作家乔叶谈《七粒扣》：中年是人生抛物线的顶端。昨夜，从一个嘚瑟的毛头小伙成长为历史进球纪录之王的C罗一个超远吊射打出的无解抛物线，和于汉超小角度低射小仰角抛物线夺得足协杯都很治愈。《七粒扣》是中药吧？体育何尝不是人生消肿止痛甚至返老还童的良药？

2023年11月26日

2024年4月12日修订

威海记：夜宿刘公岛

今天进入美国大选计票最后环节，一夜之间形势忽变，78岁的候选人大有逆转"74岁"之势。给老丹发了条微信："Who is your choice？"其实不问也知道，历经几代共和党人的理想传承，作为务实耐劳的德州百姓，一定是投给"74"的。"Trump but I think they will take it from him."——此刻一定是伤感的。特朗普风风火火干了4年，可能最大的遗憾是没有从5G在线应用最强的中国学到一些电子政务的用法，如果问题真的出在邮寄选票上，那真是大意失荆州了。什么时代了还邮寄选票，要是我们这儿操作，打开App，眨眨眼、摇摇头验明正身，输入验证码就完事了，加上随申码、CA认证什么的，顺带连疫情都控了。和老丹认识有18年了，美国大选只是给本文开个头，今天继续说四大卫城，发一篇2005年9月17日在威海卫夜宿刘公岛之后写的随笔。

这次去威海，是第二届国际人居节的次日。去年此时，我们也来过，带着威海之星模型和点亮威海的梦想。人是物非，这届的国际人居节搬到了刚刚建成的会展中心，在变迁中，一年就这么过去了。路上，我们听说晚上威海湾有焰火表演，想起去年烟花飞时滨海路摩肩接踵，几成擦奶巷（在中国北海，因巷小，往来人须侧身擦过而得名）的情景，突发奇想，何不住到刘公岛上去？在水一方看烟花。很快我们成了上岛的VIP，老丹——自北洋以来，上岛次数最多的美国人；老李——全加拿大上岛次数最多的中国人；我——应该是和前面两个人一起上岛次数最多的地球人吧。

这天是 8 月 14,海上生明月。在千年的刘公岛上,三个 VIP 都是第一次过夜。丁岛主自然是豪气干云,晚宴时分,便有一醉方休的动议。醉卧刘公岛是不错,但公务在身,文件要赶,我们看似自由,实际都是被看不见的手牵着的狗,连醉都不敢,都是"雀死,NO 干杯"的主。丁岛主毕竟也还要加班工作,随口一句"留一半清醒留一半醉"就赦免了我们。

岛上自制的鹿血酒很不错,海参也好,鱼鲜菜香,人间美味。从吃饭的地方望出去,可以看到中华海坛上那雄壮的一根定海神针。因为惦记着看烟花,我们在 7 点 3 刻结束了饭局,坐着岛内的 007 号中巴向西头开去,经过海军营地、前朝丁军门的海军公所、铁码头、水师学堂到了岛西。拾步走过一大块草地,草里的虫叫得欢,在苏州的工业园区连蚊子都没了的时候,这里仍是虫的天堂。水边装了几台叫作"空中玫瑰"的探照灯已经舞动着腰肢,将七彩的光源投向大海,投向海那边的威海卫。水边有雾,重重的雾,老丹说有 fog 的时候,我总以为他在骂谁。岂料 15 年后,美国大选不尽人意,迷雾重重,国骂一句亦不为过,这是后话。好在雾渐渐散了,海那边的灯火渐次明亮了起来,我们都能认出对岸的标志建筑中信实业银行和威海公园了,一轮圆月就赴约一般出现在空中。

水边有点冷,我们等着号称 8 点放的焰火,8 点 15 了,还没见动静,丁岛主倒是没闲着,拿起电话监督工作:"甲午海战馆的灯光为什么不亮?"刘公岛的灯光工程是呼应威海人居节的,对于重大项目的世界影响,岛主非常重视,早一天我们从上海飞过来的飞机上巧遇联合国人居署署长安娜女士,也是到威海参加国际人居节活动地。威海作为一个小城市,在人居方面,可以说是做了一件大事情。

夜色月光水岸,让人放松,老丹开始给我们讲他在休斯敦的趣事,我们笑得人仰马翻,正侃得带劲,威海公园那边噼噼啪啪响了几声,烟花表演开始了。先是序曲,一下一下的,过了 5 分钟光景,前戏结束了,焰火越放越大,层层叠叠,环环相扣,漫天花雨,映得海水都红了,足有一刻钟后,烟花变得硕大无比,像天与海在互掷绣球,连续的绽放间着不时袅袅而上的蝌蚪一样的冲天亮色,依稀还有啸声从对岸传来,高潮终于来了。又5分钟,天与海偃旗息鼓,水面归于宁静,月色又填满了威海湾。那边应该在退场了,去年的烟花散尽后,我们一路走了几公里,拦不到车,今年想必也是。岛上是随心的,我们上了车,老丁要自己走回去,一把年纪了,仍然青春得不行。

海上悠悠过来一舰,探照灯掠过我们,水兵们看完烟花也回去了。岛上的忠魂碑在灯光工程的烘托下,像四面楚歌中那柄姑息的剑。次日,中秋佳节,我们坐船回威海卫。老丁说下周要去日本,指导爱知世博会,我知道他是去考察,只是对日本,老丁总是撑着前朝以来的大国风范。我们在晚饭时候说起那一场"锋华血岳"的战事,竟发现我们在岛上入眠的那一夜,正是111年前,邓世昌驱舰撞向吉野的当晚!而中秋因为适逢"九一八",很多中国人的婚礼都改期了。

那个海那边的岛国,竟然无时不在我们的梦里。

2020年11月5日

天津记：边缘化中盼奇迹

　　凌晨，一场平常不过的友谊赛，葡萄牙对安道尔，C 罗标志性的超强滞空头球是葡萄牙七个进球中的第六个。这是 C 罗代表国家队的第 100 场赛事，这个球有纪念意义，迄今他为国家队打进了 102 球，距离阿里代伊仅剩 7 球，生涯总进球数达到 746 粒，追平普斯卡什并列第四，因为这些数据的存在，友谊赛也变得不凡了。今年的欧国联、明年的欧洲杯、后年的世界杯，C 罗有大把为国家得分的机会，足球世界最政治化的国家队进球数纪录终将是他的，这个即使在友谊赛也跑得像驯鹿一样的汉子，预计到浦东开放 50 周年，也不会被超越。

　　看了一下美国大选的情况，尽管很多媒体宣布了拜登获胜，许多网友也已经在"双十一"的百忙之中快速将拜登的生平复制成"鸡汤"发布了，但中国人最终确定美国大选结果真的要看《人民日报》的报道，一切要以中国官方的祝贺为准，因为有反转的概率存在。浦东开放 10 周年的时候，媒体宣布戈尔当选，过了几天，法院裁定小布什是总统。那时我住在光复西路 2077 弄，翻过强家角的天桥沿着苏州河跑步。浦东开放 30 周年了，我在更下游的苏州河畔跑步，据说到年底，苏州河沿岸将全部打通，我可以一直从苏州河和黄浦江交界处跑回到强家角。今天的《人民日报》发了一个短片《30 年，一个奇迹》，我最切身的感受就是，苏州河畔终于打通了。

上个月 11 日，在青岛晨跑后直接去了天津，出于金融史研究的考虑，跑了趟天津博物馆。天津这个地方得名于"天子渡津之地"，由燕王朱棣北平起兵、此地渡河得了天下回师后钦定。天津在中国历史上一直与北京有极强的关联度，在帝制向共和过渡的北洋时期，一度成为政治副中心和北方金融中心。袁世凯就是在天津与大沽中间的小站练的兵，而 1921—1935 年间叱咤风云的北四行，其中金城和大陆银行的总部都在天津，盐业银行总部虽在北京，但创办人张镇芳是袁世凯的表弟，基本运作中心也是在天津。创办中南银行的黄奕住因为引领了普惠金融，被好几位北洋时期的总统嘉奖，这些总统的纪念章如今都在天津博物馆存放，排成一排，与马拉松大满贯纪念章有几分相似。

天津金融这些年被边缘化了，被期许为第二个浦东的滨海新区 2005 年成为国家重点支持开发开放的国家级新区，曾被喻为中国经济的第三增长极，但喧闹过一阵便归于沉寂，出的事情倒不少。这两天因为疫情被列为中风险地区，行动也不便了，就像一个成绩不突出、椎间盘突出的中年男人，面临着危机。上周日，在上海科技金融集聚区接待青岛来的客人，得悉青岛今年的 GDP 距离天津只有一步之遥，天津即使将目标修正为北京之外的北方金融中心，也面临雄安、青岛的挑战。

从远古走来的天津，曾是一片退海之地。世界上含沙量最高的黄河，三次经天津入海，以惊人的造陆能力淤积成天津平原，本来就是一个奇迹。1399 年，燕王朱棣率军南下，从天津三岔口渡河袭取沧州，于 1402 年攻入当时明朝首都南京，从其父朱元璋指定的继承人其侄建文帝手中夺取了政权，当年朱棣在三岔口的地理小发现开启了明朝极简史的反转，亦算逆天改命的政治奇迹。北洋历史（1912—1928 年）上，还有袁世凯、黎元洪、冯国璋、徐世昌、曹锟五任总统和一任代行总统权的陆海军大元帅张作霖，大都与天津有很深的渊源。其中天津人徐世昌晚年拒绝与日本人合作，保持民族气节，终老天津后，其后代将许多文物捐给了天津博物馆。

天津有地缘优势、历史优势、港口优势和政策优势，倘若改革开放得法，应该也会有一些奇迹发生。

2020 年 11 月 12 日

北京记：从五道口到红螺寺

前不久，在梁同学的会所聚会，清华五道口金融学院的老师也来了，告知我们这批最老的一二期 GFD 学员一个消息，GFD 升级为 GSFD，在原有的 Global Financial Doctor 中间加入 Scholar，升级为全球科技与金融学者项目。课程旨在以金融和科创为支点，携手全球顶级院校及研究机构打造学术交流平台，融通学术研究与产业洞察，探索全球科技与金融前沿产业实践，推动产业创新发展，培养全球责任、面向未来的学者型企业家。

我在这个班获益良多，2015 年 9 月 19 日开学第二天就获得清华五道口金融学院颁发的一个"大奖"。当时我们班的破冰行动选择了棒球，在京郊一处棒球场，分成几队，上午由专业老师教棒球规则，练击球、接球、跑位，中午烧烤，下午就比赛，考验快速学习和团队合作的能力，现在回忆那种在加油声中击球甩棒放飞自我的奔跑真让人心醉，果真是无体育不清华啊。

我上午进入棒球界，下午就获得了唯一的接杀奖。当一次对方击出一记好球，放下球杆，拼命往一垒跑时，我把身形展开，像马斯克的火箭一样腾空而起，用硕大无比的手套直接将球揽下，那一瞬间，我觉得足以见自己、见天地、见众生。这么多年热爱体育，不承想在清华还未开读就受嘉奖，怎能不爱这个集体？清华的奖杯做得真好，我立马拍了四面，发了个朋友圈，要说现在正红、正被讽刺的凡尔赛体，不好意思，5 年前我先写了。

这个奖杯如今放在我里斯本的家里，时时还激励着我。当年的同学经过认真努力，很多获得了博士学位。如翁天祥（《平路易行》的序作者之一）获得了日内瓦大学应用金融博士学位，应叶惠全同学邀请和我同去日本的室友何学忠获得了美国天普大学工商管理博士学位。同学兼棒球队队友周鸿祎早已名满天下，仍然好学不倦，考进了清华大学攻读计算机博士学位，可能成为同学中唯一能拿到正宗清华大学博士学位的人。我很多对于 AI 的理解与学习都来自于他视频号的直播，喜欢足球的周同学和张路老师一起推荐了《张迈评球——世界杯 1982—2022》，我们正在策划一场关于足球是否可以用算力推演出结果的对话。

2016 年 4 月，大理的彭同学做东，邀请大家到大理上课访学，费城天普大学的教授飞来授课，我们读美国人写的董事会资本的广度和深度对战略变革的影响，天普大学英文是 TEMPLE UNIVERSITY，直译过来就是寺庙大学，南帝段皇爷家几代董事长出家练战略的天龙寺（实为崇圣寺）不正是古代的 TEMPLE UNIVERSITY 吗？五道口大理论道，如坐天龙寺中领教八部天龙，那一日，课堂发言开挂，被天普教授表扬，获评"Excellent President"，当时特朗普还在竞聘美国的 President，正被很多人嘲笑。"Excellent President"发圈挺他："一直看好特朗普。一个真实的亦正亦邪的商人，尽管有些口无遮拦，但似乎处处总有冒着侠气的解决方案，希拉里进白宫就是纸牌屋，而特朗普进白宫就是生活大爆炸。当今美国，不选这样的人选谁？"后来美国生活真"大爆炸"了，这是后话。再后来连任竞选失败了，到现在又去党选了，这就是特朗普的生活爆炸。

翌日跑去崇圣寺朝圣三塔，千寻塔与大雁塔同宗，南诏国尚唐，大理国崇宋，重建后的崇圣寺有祖师爷殿，至今仍有段氏皇族高僧的牌位，段正明、段正淳都赫然在列，原来金庸先生武侠全有出处。汉人做了和尚再做皇帝是有的，做了皇帝再做和尚也有。但大理国九人先做皇帝再做和尚，这"董事会"文化想必已臻于至善。中国特色的天龙寺董事会政治影响深远，一个月后，特朗普的竞选演讲不无危机感地提到"中国尊重强国，美国已经失去尊重"。

在洱海边跑步看日出，唐时南诏国，宋时大理国，都在这个高原湖泊的边上。洱海中有小普陀，1997年我在信托投资公司工作，带了2000万元汇票赴昆明线下打新股，而后坐一夜大巴跑来大理，甫登小普陀求的观音圣签早就发黄，但签文依然记得。故地重游，已过了19年，和清华GFD老师及几位同学同登小普陀，与当年游轮登陆的壮阔记忆不同，渡船是被纤绳从岸边拉拽过去的，感觉洱海小了很多很多。

观音文化是中国佛教文化中最亲民的部分，洱海的小普陀、东海的普陀山、上海的普陀路（普陀区亦是得名于"普陀路"），直到北京享"南有普陀，北有红螺"之称的红螺寺。11月15日，作为清华GFD老学员的我带刚考进清华的大女儿登红螺山，沿着观音寺陡峭的108级台阶跑上会乘殿，再从平缓的观音路缓步而下，沿路瞻仰观世音菩萨33化身像，既是赏秋，亦是一次与中国本土佛教文化的极简对话。红螺寺殿前的雌雄银杏历千年不老，前面的围栏系满了写着祝福语的飘带。习总书记说："中国人根据中华文化发展了佛教思想，给中国人的宗教信仰、哲学观念、文化艺术、礼仪习俗等留下了深刻影响。"

有意思的是，写此文时还不知道女儿将来能在清华读成怎样，不料四年来得益于清华的学风、老师的教导和同学的影响，她爆发出极大的学习热情和兼容并蓄的能量，学业精进，竟然以专业第一名的成绩保研进了五道口金融学院。她同时被北大光华管理学院、清华经管学院保研录取，在完全不是我能影响的情况下自主选择了五道口。当我在四年后修订这篇文章时，发现真是没有一篇文章是白写的，也许每一个字都构成算力的一部分，写作的意义是和人生对话。

观音寺前的楹联"一心求佛智、平等行世间"可以说也是"平路易行"的信条，年华老去，风轻云淡；看那银杏黄了，柿子红了。

祝大家事事如意！

2020年11月20日
2024年4月22日修订

北京记：元大都以来地球最远的军团

这次在北京，住在奥体中心与北土城附近，早上出去跑步，一看地图，发现这里是元大都的中心。一条静静的小月河，穿过元大都遗址，曙光初现之时，七百年历史的小河倒映着些许朝霞，映衬出无比落寞的宇宙。

马拉多纳见不到感恩节的曙光了，如同科比见不到1月27日的一样，看到一条让人心碎的评论："1月26日（应为27日）早晨，许多父亲想着怎么安慰早上醒来失去偶像的孩子；11月26日早晨，许多孩子想着怎么安慰早上醒来失去偶像的父亲。"遗憾的是两个凌晨，我都醒着，在看球或等待看球，第一时间获悉足球之王与篮球之圣的离去，独自面对，对于生命的无常徒唤奈何。与人脑无比相似的宇宙，是上帝之手的杰作吗？这个程序是要让四分钟后的马拉多纳在天堂里连过五人？

小月河从德胜门关厢蜿蜒向北，其东南方对角线上的工人体育场于1996年7月25日迎来了自元大都以来地球上距离北京最远的一支"军队"。是日，马拉多纳带领阿根廷博卡青年队在这里与国安比赛，那是温暖的90年代，一切都那么纯粹、直接。水清木华的北京，充满了梦想成真，这支蓝黄军团不为来搞事情，只为分享球王戏球的快乐。他们从布宜诺斯艾利斯糖果盒球场出发，不远万里进到工体。球王在那一年接受采访时坦荡地回忆1986年世界杯的"上帝之手"："那当然是个手球，可是我当时不能表现出疑惑,如果队友们也疑惑,会影响裁判的判决。"——真心喜欢这种游戏人生的谈吐,这种没有思想包袱的畅所欲言,也让年轻的我认识了另一种"大丈夫无事不可对人言",对于球王的不完美深表亲切。

小月河上最后一片暗影被天空收尽时,需被安慰的父亲们也醒了,大家疯狂回忆自己与马拉多纳的交集,哪怕是说一段看过的一场有马的直播,并不惜暴露自己的年龄。从闻武兄那里得来的重磅消息,马拉多纳曾经去过温州,他陪他吃过五马美食林。马拉多纳吃好喝好出来,一听说五马街的典故,立马接受了群众认为他也是一匹马的想法,在王羲之所乘的五马中挑了一匹高度合适的,腾身跃上。我可以想象老马的样子,那时的温州一定给过他与在意大利南方小城那不勒斯初见时同质的感受,热情的乡人、精致的美食抑或还有不俗的美女,于是他在五马街上放飞了自我。

我帮闻武回忆那应该是那一年,从马拉多纳"马上封侯"照片中发福的程度看,以及当时还是用胶卷拍照的历史背景分析,我认为很可能是2003年,不可能是2002世界杯年,也不会是90年代,一定是我已经去了上海之后的事,不然我不可能没有印象,哪怕是黑白胶卷拍的照片,一定也拿来给我看了。很快,我妹妹帮我找到了一篇名为《温州商人携手球王开拓市场,与马拉多纳签约50年》的报道,源自当时很火的《体坛周报》,证实了我的推理。

闻武介绍温州商人陈宏雷在意大利做得很成功,当年收购了一家足球俱乐部,马拉多纳前队友萨尔瓦托雷·帕尼是马拉多纳当时在意大利最信任的朋友,陈宏雷认识帕尼,帕尼介绍马拉多纳给陈,很快马拉多纳被温州商人的精神与梦想打动,开始大量阅读有关中国的一切,准备大干一场。有一天,马拉多纳真诚地问陈宏雷:"我最近正在阅读有关中国的一切书籍,这个国家进步太快,但为什么足球总是上不去呢?我想在那里创建一所学校,为中国足球出点力。"

那几年,马拉多纳迷恋上高尔夫球运动,陈宏雷计划在中国每年举行一次"马拉多纳名流高尔夫球锦标赛",每年邀请各界名人参赛,确保马拉多纳每年都能到中国访问。因为对陈宏雷的表现十分满意,马拉多纳竟然主动建议将合作时间直接写成 50 年，没想到才过了 17 年，他就走了。可惜后来马拉多纳的中国生意没做起来，中国足球在 2002 年之后再无世界杯历程，不然历史一定又大不一样。网上流行一段记者采访马拉多纳的视频，当问到中国足球的未来时，见多识广的马老师选择了尬聊。

2020 年 11 月 26 日

北京记：颐和园中的宇宙

第一次感觉颐和园挺小的，是 24 日清晨从远大路的酒店跑到这里。3 公里多的距离，沿途经过海淀三山五园绿道。处暑过后，秋高气爽起来，北四环西路边上的小河有人在垂钓。绿道一转弯，一座赵州桥模样的拱桥映入眼帘，桥下许多中老年人在游泳。等我跑到桥上，猛然见一座姿态更骚的大尺度拱桥就在前方，原来这一路有人垂钓、有人游泳的长河终点竟然是颐和园，水闸后面就是昆明湖。前清时没有水闸，从皇宫来的船直接就从这进了颐和园。大尺度拱桥名为"绣漪桥"，兼有美学与实操的意义，高高的拱券之下便于行船，乾隆、慈禧就多次从这里经过。

这是我第一次见到"绣漪桥"，也是第一次从颐和园的南门进来。南门很小，就像箭杆胡同 20 号四合院的大门，这里挂一块"颐和园南如意门"的牌子，那里挂一块"新青年编辑部"的牌子。100 多年前，也就是两户人家，这里是皇室爱新觉罗家的夏宫，那里是陈独秀旧居兼新文化运动的司令部。只是这里的门当多了两个，更显赫一些，而 100 多年过去，斗转星移，都成了大家参观的地方，颐和园大一些，可以跑个 5~10 公里，陈旧居小一些，但也足够你的思想跑一次半马的。

颐和园的正门是北宫门，1993 年 5 月我第一次到颐和园，就是从北宫门进的园，进来就是江南风情的苏州街，着实惊叹。再到须弥灵境，香岩宗印之阁供奉的三世佛更为震撼,见阁外分布着四大部洲和日月双台,一下子觉得清朝帝王是佛教之真粉,量子物理之票友,把这万寿山生生做出了宇宙的味道。第二次去大约是 1997 年,在万寿山最高处智慧海流连了一番,看到"文革"中被红卫兵破坏掉的佛像,颇为愤慨。再去就是在五道口学习的时候了,一个深秋的清晨先坐了两站地铁,再跑到北宫门进园。跑过四大部洲,下到"云辉玉宇"的牌坊边,沿着昆明湖小跑,因为 9 点钟要赶回上课,便穿过仁寿殿从东宫门出打个的士回到五道口,匆忙了一些,意犹未尽,但秋日空气之清冽,北国朝露之晶莹甚为难忘。

绣漪桥往西便是西堤,因为从来没有踏足过西堤,跑西堤还是很有新鲜感,处暑刚过,西堤旁尚有大片的荷花,远处还有一座小塔,恍若小西湖。清王室也不容易,从关外苦寒之地而来入主中原,仰慕江南之秀美,入关后 106 年,经康雍乾盛世,天下大治,终于腾出手来于 1750 年建了这皇家园林,苏杭尽收,命名"清漪园"。又过了 110 年,国运转衰,竟然继圆明园之后被英法联军焚毁了。1888 年慈禧挪用海军军费重建并改名颐和园,再过 6 年便输了甲午海战,从此中国陷入半殖民地半封建社会不能自拔,直到陈独秀从上海搬来箭杆胡同 20 号,新文化运动开篇,而后开启觉醒年代。

在西堤看四大部洲浮在水上,朝阳如沐,在水面上投射出一个万寿山须弥灵境的倒影,倒是有些像阿凡达中悬浮的星球了,一艘画舫踏浪而来,在昆明湖上划出清漪,亦如悬浮在虚空之中,这不也是天空之镜吗?远处压澜的十七孔桥像一把时空之梭卧于水中,每年冬至前后,落日光辉穿过时空之梭,就会照亮十七个桥洞,就会呈现"金光穿洞"的奇观。金光穿洞不能多看,一看就和吃了冬至的汤圆一样,又老一岁。看多了离凭身份证免费参观颐和园也不远了,小孩可以看,多看几次好好学习,长大了可以到边上的大学读书。

因为时间有限,看到西堤上的玉带桥时,我便折向西南从西门出了颐和园,路上还有专门观候鸟的设施,颐和园的生态保护真好。看看在西门拍的颐和园的地图,才发现这么多次来园,才终于把东西南北都跑遍了,一旦都跑遍,立马觉得这个园子小了。

2021 年 8 月 28 日

北京记：北大红楼的觉醒年代之旅

许多人以为北大和清华，与哈佛和麻省一样，一直是邻居。其实不然，清华大学确实一直在颐和园周边，学校前身清华学堂始建于1911年，校名"清华"源于校址"清华园"地名，所以朱自清写的《荷塘月色》之荷塘还在原处，清华园之美电影《大学》中常有带到。而北大现在的校园是原来燕京大学的，现北大校园内景点众多，有和颐和园东宫门很像的西校门（燕京大学校友于1926年集资修建），有移自圆明园安佑宫的华表，还有原为明代书法家米万钟府第的勺园，2008年，我在勺园住过一晚。

北大建校比清华早了13年，北大的前身是京师大学堂，于1898年戊戌变法时创办，"大学堂"三字的牌匾如今收藏在国家博物馆。清政府在故宫周边拨了一块地给北大建校，因此"五四运动"时北大学生到天安门游行特别方便，走走就到了。蔡元培聘请《新青年》主编陈独秀当文科长，陈独秀是当年的流量之王，水平之高、文章之好、演讲之强，几乎无人可敌，把一大批学生都带动了起来，包括亦徒亦友的李大钊和来北大"蹭课"的毛泽东，为中国革命的启蒙作出了重大的贡献，北大也因此和中国共产党的诞生密切相关了。

陈独秀、李大钊当年的办公室都在位于现五四大街的北大红楼。北大红楼"光辉伟业、红色序章"主题展览今年七一前正式对外开放，这个主题展也是北大红楼第一次整体对外开放，8月1日起才开放个人预约。我22日在网上预约发现一周内都约满了，很是遗憾，不料23日晚又有名额空出来，赶紧约上，顺带又约上了北大二院（前文所述箭杆胡同20号陈独秀旧居还是约不上），约好再看，已经什么名额都没有了，所以还是很走运的。只是这时都已经住在海淀了，就想好次日索性拉着行李去看"大学堂"，看完就直奔大兴机场回上海，硬是把探访红色旧址的行程接上这次商务之旅，毕竟是专门做了核酸检测才让来的北京，能安排的事都给安排上，也别浪费了核酸检测报告。

北大二院（原北大数学系楼）在沙滩后街55号的一个大院子里，大院子对面是首开集团，对着首都开发的主力国有地产公司依然被保护下来可见历史地位不低。我胡思乱想拉着行李箱进去到二院门口，一抬头，这里竟然悬有"大学堂"的牌匾，应该不是原件，原件在国博呢，两年前我去国博看到过，但是能挂"大学堂"，想必北京城中仅此一地了。来二院的人不是很多，工作人员很nice，让我把行李箱搁外面廊下，他帮我看着。我便轻松进入了"伟大开篇——中国共产党早期北京组织专题展"。1930年3月10日，毛泽东在此楼16教室听李大钊演讲，当年的"亢慕义斋"（马克思学说研究会）也在这里，还有纪念章可以盖。二院有大量中国共产党早期北京组织的文物，有当年北京大学李大钊学生的试卷，还有一张工资单，校长蔡元培的月薪是600元（大洋），陈独秀300元，还有理科长夏元瑮350元，李大钊120元，连临时工毛泽东都有月薪8元的记录，这个档案工作可够详细的。

许多人认为北大理科弱一些也是误解，文科很强不代表数学弱。理科长杭州人夏元瑮，当年是耶鲁物理系毕业的，与普朗克、爱因斯坦交好，曾陪同蔡元培拜访爱因斯坦，他翻译出版了爱因斯坦名著《相对论浅释》。夏老师在北大的工资也比陈独秀高，可见北大自古就没有重文轻理，现在的北大数学系依然强到没朋友，拎着两个包子和一瓶无标矿泉水真诚而心无旁骛的"韦神"也只是助理教授而已。

11点钟我拉着箱子来到北大红楼，北大红楼与二院以前应该是在一个整体大院内,所以并不远,而且红楼更先进,已经预约好的刷身份证就可以进场,有安检,甚至还有行李寄存,有较大规模的文创作品店。一个小时后,我买了一瓶新青年矿泉水喝着去大兴机场,一样是喝水,也别浪费情怀,非常贴心。

  北大红楼以前只开放一层,现在四层都给你看,而且每间教室和办公室几乎都陈列了文物史料,所以还是建议穿运动鞋和便于行动的衣着,参观既是脑力活,也是体力活,像我这样对历史算很相熟的朋友起码也要看一个小时,从大清的衰落看起,看到中国共产党的成立,堪称整个近现代史最好的现场教育。李大钊先是北大图书馆主任,后被聘为政治学系教授,在红楼第36教室讲授马克思主义课程;鲁迅是蔡元培特聘的兼职讲师,在此讲授"中国小说史"。我到陈独秀和李大钊的办公室看了看,感觉和《觉醒年代》中看到的无异,怪不得公众号上称北大红楼为觉醒年代之旅。

  这里还有箭杆胡同20号的大门模型,似乎知道那儿比较难预约,就在这里给你安排一个。感觉近年陈独秀的历史地位陡然上升,陈家父子泉下有知,应觉欣慰了。

2021 年 8 月 29 日

北京记：燕舞，燕舞，一曲歌来一片情

周六、春分，和阿凡达一起来的沙尘暴已经消失得干干净净。送走了沙暴，北京下了一天的雨，然后就推出一个明媚得不可方物的晴天，燕舞，燕舞，一曲歌来一片情的春天开始营业了。

在离居庸关不远的回龙观开完会，开车到居庸关只用了半个小时，我是第二次来居庸关，第一次是阿凡达首播时的冬季到"长城脚下的公社"考察，路过居庸关就上来看看，寒风刺骨，没几个游人，关城沧桑，尽展冬之萧瑟。崇祯十七年冬天，李自成从居庸关进入北京，大明两日而亡；再上溯所有天子守国门的朝代，居庸关破则北京破，辽灭后周、金灭辽、金灭北宋、蒙古灭金，居庸关把把皆是吐槽大会，场场都当首席见证，一直营业到新中国成立。

凭借燕京八景之一火了几个世纪的居庸叠翠，年轻人已经不太在意，古人吟诵之"居庸关下，萧萧风振驼铃，酒醒梦觉君何处。"那些关城元素更早已淡出。居庸关现在只是八达岭高速上的一个出口，眼下网红打卡地是居庸花海。每到春分前后，从花海中穿行的火车便成了居庸关流量之王，每到观赏"花海列车"的季节，朝圣一般的游客云集于此，其中不乏铤而走险跨过列车安全护栏突入铁轨区域拍摄的，据说近年来还出现多起由于拍照而逼停列车的事件。短视频流行起来之后，冒险者众，尽管给网站付点小钱普通视频就能大幅提高点击率，但许多人自认为可以出奇制胜，以狠勇博眼球，于是不惜以身犯险。这是庶民的胜利,也是共享的悲哀,这个时代直接、焦虑、急躁,以低门槛的呈现寻求廉价的关注,远不比古人一句"居庸关上子规啼,饮马流泉落日低"吟罢,任岁月光影慢慢发酵成历史名篇那样有品位。

居庸关出口边即花海的入口处,一位穿着护林员红马甲的大婶把着入口,不让车进,不过人可以进,也不用买票。走下去是一个山谷,回头就可以看到居庸关的城楼和两边山上的长城烽火台。早樱已经开放,桃花也有几株,只要稍微注意点角度,长城与关防都可以作为花的背景,刚柔相济,美不胜收。远处城楼上的匾额是看不清的,但我知道是"天下第一雄关"六个字,当年上去看过。更早前在山海关看到"天下第一关",而后在嘉峪关又看到"天下第一雄关"的名句,过三关后问长城,有"你究竟有几个第一关"之叹。兴许古代人很少能走遍三关的,即使走遍也不能发朋友圈告知天下的,所以大家都称天下第一,竟也相安无事。长城守将、斜杆青年,谁的青春不迷茫?全部称第一,确实能振奋士气,热血戍边,在帝王手中,长城是一盘很大的棋。

我们稍微来早了一点,"花海"还没有形成,不过"花池塘"是肯定有的,粉粉的一团团,漫山遍野地散布,像一组组等待胜出的女团,妖娆靓丽,青春无敌,随风摇曳,摇首弄姿,互任踢馆嘉宾。我们选了一条当地人走的险道,前面有两只大狗带路,看着两善犬撒欢之际,不觉已到高处,在镜头中,已与"天下第一雄关"齐肩,但见樱花飞舞,关城远遁;春日如魇,玄鸟高飞。花海未成,荆棘密布,我欲飞身上一巨石,树枝颤动钩住薄羽绒衣,用手去解,树枝轻轻划过手背,一道浅浅的血痕,春分留念。

听得远处有人声,循迹而上,就到了铁路边,经过了历史的教训,铁路边安装了长长的护栏,还安排了两位保安大哥。虽然花还不是很到位,但游客已经自发到位了,长枪短炮小手机,像铁道游击队一样对着铁路,静静地等待穿越"花海"的列车到来。我实在不知道要等多久,就问保安,保安娴熟地回答说:"我只能告诉你,火车快来了。"等了一会,火车况且况且果然来了,还是"长城号"(太配合了),只是这辆不是"花池塘"方向来的,拍起来有点难以首尾兼顾，不过有车胜无车，还是咔咔咔拍了几张，随便拍了个小视频，留念春分。

下山的路上，倒是看到有子弹头火车奔驰在春天的花道上，已经来不及回到方才的最佳拍摄点了，我在斜坡上快速跑了一段，拍到了在花丛中子弹头一样的车头，颇为满意，终于也获得一个以低门槛的呈现分享春之律动的机会。在去居庸关的路上，看到几处禁用无人机拍摄的告示，看来，高门槛呈现也没门了，全部回到"天下九塞，居庸其一"的时代。

三关之中，山海关至伟至雄，嘉峪关最具镇远之姿，而居庸关最美最繁复。居庸关建有南北券城、城楼、敌台、水门、关帝庙、城隍庙、长短亭，还有特色的迎恩坊、国计坊、云台，关城被长城环绕，里面也是曲径通幽，如八卦城一般。以至于我二刷居庸，也没能看个遍，这次看了上次忽略的云台，算一大收获。云台是居庸关现存最老的建筑，是元顺帝在公元 1342 年指挥四名藏族人作为设计和工程指挥建的，现存云台基座。券门内壁雕刻有四大天王造像，还刻有十方佛图案和曼陀罗，十方佛和曼陀罗之间刻有千佛，工艺水平之高让人惊叹，尤其能打破元朝是以低门槛的呈现寻求廉价关注的没文化的刻板印象。元朝的文化辉煌常常被人忽略，直到我们看到了元青花，看到了大佛寺，看到了云台。关城布局相当诡异，我在看云台之时，有两拨游客隔着栏杆问我们是怎么进来的，其中一对情侣在我的模糊指导下不知道怎么进来了，还过来和我打了招呼，我都没来得及细问他们的路线，关城西面的小城厢我都没来得及去，上次也错过了，那里有块写着"居庸叠翠"的石头，要么等秋天再来一次。

2021 年 3 月 22 日

北京记：奥运神仙

　　高亭宇破冬奥会纪录为中国拿到第四金时，我看到 Ferlive 总经理 Maria 发在群里的央视视频。一组神仙还有一只被孩子和熊猫惊醒的老虎，滑雪的滑雪、玩冰球的玩冰球，玩得不亦乐乎，最后财神老师将手中的如意变出首钢大跳台，神仙老虎们逆滑出圈，组成了北京冬奥的标记，共庆中国年。冬奥的年味儿，藏在这组"神仙"年画里。虽然视频是 19 天前发布的，我仍然转发了朋友圈，赞其太炸太燃了，充满了文化自信。

　　2008 年北京奥运会前，我在北京过年，除了庙会，还有白云观可去，那里有全部的神仙。除了神仙年画里的神仙，还有神猴与神马（据说是清朝乾隆皇帝为纪念自己的坐骑而命工匠铸造的神兽，叫作特）。有一个在北京西城区住的朋友说起白云观的道长，满怀崇敬之情，还说了几个道长施法的故事。有一个练过气功的朋友和我说起气场的事，他说白云观的气场比天坛还大。

　　道可道，非常道。终极强悍的东西，总是值得一看的。玄之又玄，不如一探。听说春节期间白云观限制客流，每天卖三万张票就不再卖了，特地还起了个早，打的到西便门外，从白云路进去，到白云观的牌楼外，在门口的售票车买了票（售票车估计也是春节才有临时措施），接下来，做第一个选择题：摸猴还是不摸猴？入口分两个，一个是不摸猴的通道，另一个是摸猴的通道。不摸猴的通道没人排队，有点像海关的外交礼遇通道；摸猴的通道排长队，像节前买火车票似的。

这是啥神猴啊？莫非是孙大圣？初五的风特别大，扶老携幼的多有不便，我便选择了不摸猴进去。但即使不摸猴也能走到那猴处，那猴是在正门斗拱东侧的中国道教协会铜质招牌的左下方一个约莫是浮雕中的猴，在浮雕底部。浮雕整体的图案是坎离匡廓图，图上祥云缭绕，伴有六只飞翔的仙鹤，如又见景德镇湖田窑和合碗包装盒上的青绿。整个浮雕应是喻乾坤运化、六合同祥之意。从整体布局来看，猴子在整个浮雕中有些不太协调，但我想必有其独特的用意。那猴被一只只前赴后继的手遮住，看不清楚，想必已经光滑胜玉了。

进了山门，做第二个选择题：敲不敲钟？窝风桥畔，围了两圈人，拿着手里的紫色铁片往桥下狠命掷去，桥下挂一大铜钱，铜钱里面是一小钟，铁片击中小钟，会有一声钟鸣，应该是吉祥如意的意思。这个比龙潭庙会的奥运体验难多了，10块钱50个铁片，一会儿就扔完了，打中铜钱易，击中小钟难。小钟的声音很和谐，有共鸣。香是5元一大把，一大把有8小把，由于香客太多，只让敬香不让直接烧香了，说是道士会将敬上来的香统一焚烧，不会再拿去卖的，让大家放心敬。刚开始敬香的时候，一敬一把，后来发现要敬的神实在太多，只好三支三支地敬，这是后话，暂且按下不表。

第三个选择题：拜不拜财神？这个题目不用想，初五不拜财神，你来干什么吗？其实要选择的是排队拜还是不排队拜？一支长长的队伍从窝风桥一直排到财神殿的香案边，队伍比摸猴的短但时间似乎比摸猴要长，因为摸猴是人手一下，走得快，拜财神是要祷告的，祷告就因人而异了，利索的"保佑发财"一句就完了，啰嗦的要从年头讲到年尾，三姑六婆八大姨说一遍，没三分钟下不来的。不排队也能拜，就是隔远一点，香搁不进去而已。搁进去的香也是要再拿出来烧的，可排队的人不管这个，觉得排个队踏实。有意思的是，拜玉皇大帝的少，拜财神的多。现官不如现管，群众是很现实的。

第四个选择题：拜不拜药王？药王殿前也是一条长龙，不过比财神殿的短一点，可见求财的多过求身体好的，虽然幸福生活两者缺一不可，但因为正常人不知健康的可贵,却大多知赚钱的艰难,此消彼长也是自然。白云观绝对是中国文化集大成之观,八仙殿、吕祖殿、文昌殿、元君殿、雷祖、真武、慈航、三星、三官、三清,管潇洒一生的,管功名考试的,管生儿育女的,管平安的,管司法的,管福管禄管寿的,管天管地管人的都有,大家各有侧重,按需分配,过一个欢乐祥和的初五,白云观可以带你到理想社会、梦想天地、第二人生、魔兽世界,如今可以带你在元宇宙中一起滑雪了。

第五个选择题:摸不摸十二生肖?凡是选择题,都是指要排队的。白云观有一个十二生肖墙,从鼠到猪一个个都给摸得锃亮锃亮,大伙排队一个一个摸过去,在零下的风里,石头很冰很凉,但大伙的心是热的,血是热的,所以最后连石头都温暖了。白云观里面一处特别的所在是元辰殿,要另外买票,票价两元,非常物有所值,里面供奉60个大将军,天干地支连起来,60个大将军管一个甲子,一年一个,也是教育孩子发展国学的好去处。我们一家三口各自把自己出生年主事的大将军找出来,在门口敬了香,叶坚、杨彦、陆明三位大将军,一起拜了。

三支三支地敬香,到最后回到邱祖殿,香烧完了。邱祖就是邱处机,西元1224年,成吉思汗赐该观给邱道长,因名长春宫,邱处机羽化后,他的徒弟尹志平为其建了处顺堂。元末,长春宫毁于战火,唯处顺堂独存。明初重修长春宫,后易名白云观。这是真实的历史,邱处机不是我们认识的《射雕英雄传》里抗元保宋的邱处机,尹志平也不是《神雕侠侣》里骗奸小龙女的尹志平。邱祖殿的香没烧,因为金庸先生的关系,杨康的师傅邱处机就像是我们的朋友,朋友就不用客气了。

许多年后,我才知道神仙本无踪,只留石猴在观中。白云观的石猴不只我看到的这一只,还有金猴、灵猴、神猴之分。石猴们隐藏在观中各个地方,所以有各猴不见面之说。如果不是预先知道或有人指点,要想都找到还真不是件容易的事。这布局有点像古典的盲盒耶。Ferlive最受年轻人喜欢的数字藏品是与TX淮海合作的盲盒,年轻人艺术家王俨创作的神猴I Like Banana系列卖疯了。白云观的石猴能消灾祛病,保佑人们平安吉祥。还有说猴与侯同音,摸了它,就可马上封侯等。TX淮海的神猴有更多造型,抽中能不能马上考上公务员不得而知,但年轻人就是喜欢这种又酷又炫的NFT藏品。元宇宙的神猴与白云观的神猴毕竟是同族,据描述白云观中另一只石猴一脚跨在一块石头之上,两只手一只搭在额头,另一只拿一个桃子高举着,仿佛是要把它抛出,这就和举香蕉的造型异曲同工了。

  道家老师说:道教效法天地、崇尚自然,猴同音为气候的候,所以摸猴意在摸(顺)着节令气候变化,遵道法自然之理。理对了,生活中的一切就会顺遂、健康、美满。这个解释比起马上封侯之说,少了些功利,多几分恬淡,更契合白云观傲然独立于纷繁俗世中的那份不染纤尘的孤傲。何谓神仙?神仙是没有烦恼的人,岂能纠结于争金夺银的成果?那都是因缘际会的事。这是多么牛的文化自信啊!TX淮海系列就是要通过元宇宙的方式让29岁以下的年轻人喜欢我们的猴文化,什么?超过了29岁能不能摸?当然可以,我就去摸了,摸到了188号。是不是29岁以下,是你自己定义的。何为傲然独立于纷繁俗世中的那份不染纤尘的孤傲?就是我的世界我做主。

2022年2月13日

杭州记：又见山外山

二月十五，杭州，小雨。

早起，沿着曙光路跑步，丝丝春雨沁人心田。在灵隐路上，穿过杭州植物园的大门，两旁的绿植是那么的熟悉。在温暖的20世纪90年代，有多少个春日，在这里的草地上看书打盹，走去玉泉看鱼，常常惊诧为什么玉泉的鱼能养得像猪一样肥。植物园里面有一家叫作"山外山"的餐馆，在那里吃饭就可以免掉植物园的门票。

"山外山"的招牌还在，看来店史又增加了20多年。招牌边原来是阴柔的名为"苏醒"的雕塑，现在换成了至阳的九龙盘火球，是风水的轮流还是审美的需要不得而知，只知道从雕塑那边左拐，就进入了古之杭州城外九里松区域，杭州是个读书的好地方，更是恋爱之都。有诗为证："郎意浓，妾意浓。油壁车轻郎马骢，相逢九里松。"

"九里松，二高峰，破白云一声烟寺钟。花外嘶骢，柳下吟篷，笑语散西东。"——九里松自古就是恋人打卡圣地，东接岳庙，西至灵隐，有多少项目可以安排上啊。何况此处还有西湖十景之一"双峰插云"，"南高峰，北高峰。一片湖光烟霭中，春来愁杀侬。"与"九里云松"呼应，成了最美的郊野城外，这里跑到灵隐寺，已经不到两公里了。

记得20世纪90年代那几年，金庸先生担任浙大人文学院的院长，杭州政府赠了一块地给他建云松书舍,就建在九里松"双峰插云"附近。那时的互联网青年都是看金庸小说长大的,而且浙江人居多,比较有情怀,杭州也仿佛还是《书剑恩仇录》中的江南。我最早知道马云是在当时很火的《都市快报》上看到一篇报道,题目大约是《马云:我是中国制造的"泡沫"》,还配了一张照片,马云站在一个国际象棋的棋盘里,可能还替换了国象中的马。后来马云起头搞了个西湖论剑,金庸先生欣然应约赴会,与会的还有张朝阳、丁磊、马化腾等一众快乐的青年,轰动一时,后来马云还创立了江南会。当年我去云松书屋打过卡,也去过九溪玫瑰园的售楼处,缘因浙大的吴老师在一次上管理学课时不经意地提到有一家杭州本地的开发商产品做得极致,金庸先生都在他们家买了房,我马上动用课堂提问权,得知这家开发商叫作"绿城",金庸先生买的是他们开发的九溪玫瑰园的别墅。

20世纪90年代其实是适合穿越的最近的时代,盖因那是一个适合写江湖前传的时期,江湖还是那个有古风的江湖。许多的人和事又与当下的时代紧密相关,当时的人与人之间还有许多无用的非功利的交流,学生不需要补太多的课,老师也真的是在传道授业解惑,师生之间情谊多,朋友之间格局大,而名人也很有烟火气。据说金庸先生下单九溪玫瑰园时,说了句"与清风明月为伴,与文人雅士为伍,我以后可以请隔壁房子的琼瑶女士喝龙井茶了。"彼时琼瑶在隔壁的常安度假村买了套房产,那一带那一代比较有文化的房产中介也都知道。

我这么边跑边想,到达灵隐寺时,已经跑出了20世纪90年代,现在买飞来峰的门票与灵隐寺的香花券已经都是支付宝和微信扫码了,两个当年参加西湖论剑的小青年,改变了大家的生活。填身份证号、填浙江的健康卡一顿操作之后,我到了来过无数次的飞来峰前。

神峰兀立水中倒影,冷泉之中锦鳞游弋,一片水大鱼大的吉祥盛景,灵隐寺背靠北高峰,面朝飞来峰,真是无敌风水。康熙题的"云林禅寺"四个大字依然发出跨越时代的墨光,底下"灵鹫飞来"四字草书笔力强劲飘飘欲腾空而去,与康熙帝沉稳大气的榜文相得益彰,题字者黄元秀(1884—1954

年），字文叔，是辛亥革命元老。早年与黄兴、秋瑾、徐锡麟、蔡元培、章太炎等交游，为光复浙江作出过极大的贡献，民国后在浙江军政诸界享有很高的声誉。黄文叔学识渊博，书法自成一派，杭州名胜中，除了眼前的"灵鹫飞来"，还有宝石山下、断桥对面，石函路靠山崖壁上的"南无大日如来"六个字也是他所题。我本以为那是一处不大为人知的景点，丙申年四月初七（2016年5月13日），佛诞前一日我拍了这六字发朋友圈，难得的是，答的朋友都答对了出处。

灵隐寺内，药师殿前，正在举行鲤鱼放生的仪式。这一天正好是释迦牟尼佛涅槃日，佛陀在无忧树下出生，菩提树下成佛，娑罗树下涅槃。纪念日，人们缅怀伟大的佛陀，学习佛陀的智慧，感恩佛陀的教诲。佛教之"普度众生"亦有"为人民服务"意，所以祈愿国泰民安、风调雨顺、世界和平、正法久住、灾疫远离都是分内的事。

从灵隐寺回来，路过九里松，本来想去云松书舍看看，查到1996年金庸先生捐赠云松书舍给杭州市之后，先是一些文化单位陆续入住云松书舍，开展一些文化活动，后来重新装修，变成豪华会所提供餐饮服务了；再后来，中央党的群众路线教育实践活动领导小组联合下发严肃整治"会所中的歪风"的通知，杭州市委、市政府迅速采取了一系列措施。云松书舍、江南会等高档经营场所主动关停，现在如果还有餐饮服务，应该对普罗大众了。

早一日，在葛岭路18号乐墅与朋友相聚，乐墅又称乐庐、林庄，民国西式青砖别墅，院内花木扶疏，假山嶙峋，民国时期浙江省教育厅长、蒋介石的一号文胆陈布雷曾居住于此。

2021年4月1日

温州记：消失的信托业

4月2日，乘坐一早的航班从上海飞温州，原本以为这么早鸟的航班应该坐不满，没想到基本满员。遇到两位已然落座的大咖，一位是同乡，一位是同学，两人加起来持掌四家A股上市公司。寒暄之余，不由钦佩，又是一个"比你优秀的人还比你努力"的版本。

敬意未消，温州就到了，这条还乡的航路我走过千遍不厌倦。因为空中飞行时间也就半小时多一点，眼睛一闭一睁就到了，总是来不及酝酿"近乡情更怯"的情绪。本来"经冬复历春"，疫苗上市，大局可控，空中一望，底下都是希望的田野，差不多能看到三洋湿地的油菜花和郊野山上的映山红，应该可以有很多感触的。

结果感触都集中安排在下午了，阿潘兄安排原温信同事们一起在瓯江边的茶社品茗叙旧，坐在茶社洒满阳光的二楼，可以看到远处的瓯越大桥和近处的航标码头，正是明前好时光，东方风来满眼春。许多年过去，故乡已不经意地从塘河时代进入瓯江时代，而后又向东海时代奔去，那些山水宜人、空气清新、曾需远足的地方，几乎都成了点对点可达的可亲可近的目的地。

潘兄散讲之中随手给我发了两个永嘉的民宿资料，"楠溪花开""江枫渔火"，都很吸睛，永嘉民宿很有网红的潜质，我去过两次同学开的"云上安夏"，那种山青水绿诚意满满的魏晋风度，在别处并不多见。永嘉的烟云水汽、清峻通脱，在当下尤为可贵，稍晚点来的王兄曾经当过雁荡山卧龙山庄的庄主，对浙南山水有研究，也在永嘉置办了房产。我也认为要说体验渔樵耕读，像当过皇帝的一灯大师那样归隐，哪里都比不过永嘉。

我们隔江而望的被王羲之和谢灵运背书过的山水，白鹿古城北斗状的七座山丘，泰顺不乏遗梦的廊桥，文成刘基故里，洞头百岛平阳南麂苍南炎亭的海，东西南北中的雁荡山，瑞安的玉海楼九山的籀园……那是温州旅游的基本盘，似乎也很有底蕴，在产业集聚越来越难的时候，也许把旅游做大做强也不失为强市之道。

陆续来了八位同事，我们曾经一起在浙南唯一的信托公司工作过，在行业内做了多项创新，其中就有惠及全市公务员和医生教师的温信基金，由一万个1000元组成，堪称中国基金业的鼻祖。温信基金的回报和口碑都非常不错，最早启蒙了理财市场，我因此结交了不少包括医生在内的朋友，都是因为看到"温信"两字说起的。曾经当过温信基金负责人的陈兄是第三位到的，当年叱咤风云，如今也是旅游达人，朋友圈全是山水行旅。

温信是温州非银行金融机构的基本盘，也是银行行长和证券部经理的输送带，还摸错了分配出几个搞期货的，还有几位从事交通基础设施投资，几乎涵盖了三线城市生产力配置中最顶流的资源。按照沈兄的说法："90%的人的温信记忆都是温暖的。"温信没能保留下来，却培养了好几位银行行长，沈兄就是其中之翘楚，八仙之中唯一一位女同事也当过行长，现在着力培养二代成为钢琴家。温信证券辗转成了上海证券的一部分，虽然还没有投行业务，但我和担任营业部老总的金老弟说，上海证券是不世出的品牌，哪有一个证券公司的名字加上"交易所"三个字都不违和的？品牌在，梦就在。

老同事中年轻的关心养老，升级做了爷爷的一般都承揽了接送孙辈的任务，也有笔耕不辍的，沈兄刚刚换笔，能够熟练地使用电脑写作了，我们交流了一些写公众号的心得。事关生活方式的调整和升级，大家讨论得都很认真，就像当年开经济活动分析会一样。

也有聊到产业升级和招商的问题，这个问题比较沉重，因为留给温州产业升级的时间已经不多了。今天看上海召开全球投资促进大会的新闻,嘉定新城要打响"国际汽车智慧城"品牌,青浦新城要打响"长三角数字干线"品牌,松江新城要打响"G60科创走廊"品牌,奉贤新城要打响"东方美谷"品牌,南汇新城要打响"数联智造"品牌。市、区两级将携手加快新城产业升级、产城融合、功能提升,努力将"五个新城"建设成为各类市场主体和人才成长的新热土;南虹桥集聚区将重点发展国际贸易、生命健康、文创电竞等业态;张江集聚区将引育一批集成电路、生物医药、人工智能等领域头部企业;市北高新集聚区将聚焦金融科技、健康医疗、文化旅游、专业服务等领域。与会的有不少温商,企业走出温州之后,人可以经常回来,但基本盘一定是留在上海了,即便勤奋得比我起得还早的大咖,也没法兼顾两个总部的,而上海就在那儿,打不过,就加入。

　　上海的大领导也是温州过去的,上海市领导在全球投资大会上再次强调:努力做到好项目不缺土地、好产业不缺空间、好应用不缺场景、好创意不缺人才、好团队不缺资源……真的是"五好家庭"啊!只可惜温州缺了一个系统的、创新的、成建制的非银行金融机构,使得在欢迎全球优秀企业、机构和人才来温州投资兴业,共享发展机遇,共创美好未来和创新发展方面没有配置顶级干部资源的地方了。

2021年4月8日

温州记：数学家之乡

2021年4月2日下午，走在惠民路去往瓯江路的路上，收到女儿的期中考试成绩，数学考了满分。女儿虽然在上海出生长大，温州的基因却很明显，喜欢吃海鲜，数学成绩一直比较拔尖。初中在上海最著名的理科班当班长，我记得有一年全上海数学竞赛30个一等奖，这个班拿了十六七个，占了全市的一半多；高中进了一个全国级别的学霸班，继续当班长，班里一半同学进了清北，数学当然是看家本领。但是，她也知道，浙江的数学要比上海的难许多，高考前刷浙江的题，还有不会做的，而上海题，不是满分就算失手了。

2024年3月24日下午，葡萄牙中部城市圣塔伦，二女儿获得第42届葡萄牙数学奥林匹克竞赛银奖，上台领奖。三个金奖得主都是男生，三个银奖当中她是唯一的女生，算下来应该是女生第一名了。我再一次借力故乡，说温州人数学好，暑假回去到老家看看温州数学名人馆和设在温州大学的苏步青、谷超豪纪念馆，沾沾先贤的光。

为了鉴别一下葡萄牙的奥数水平，我动手做了竞赛的卷子，难度与上海的竞赛题没大区别。数学都是宇宙语言了，别说中葡，就是三体与地球，也是一个标准啊，只是葡萄牙没中国那么卷而已。中国的数学内卷是闻名的，浙江尤甚，温州更加。1988年我在温州参加高考，切菜一般把数学考完，提前一小时交卷，因为偏科加之温州录取分数高，结果也只能进温州大学（不过也收获意外之喜:大学毕业证书上有名誉校长东方数学之王苏步青教授的签名)。

近日,从新华社到《温州人》杂志,掀起一股探究温州"数学家之乡"谜底的热潮,有关研究表明,近百年来,温州籍在数学方面的学者、教授超过200人;曾担任过著名大学数学系主任或数学研究所所长职务的超过30人;解放初期,国内大学里的数学系主任,四分之一是温州人……同一个城市走出如此众多的数学家和数学研究者,这在中国乃至世界数学史上都是极为罕见的。叶永烈先生在自传中提到:我在采访我的同乡、著名数学家苏步青教授的时候,曾经问及,为什么温州出了那么多的数学家——世界上有二十多个大学的数学系主任是温州人。苏老回答说:"学物理、化学,离不开实验室,而学数学只需要一支笔,一张纸。那时候温州太穷,所以我们只能选择学习数学。"——要是用现在的眼光看,苏老的回答也有那么一点凡尔赛啊,即使现在温州很富了,数学家不还是层出不穷?引起这次探究热潮的是一位叫陈杲的温籍青年数学家,2021年2月底,一项复微分几何领域的"世界难题"被陈杲攻克,这项串联起相对论和量子力学的研究成果,在国际数学界引起了不小的轰动。

我没有见过苏老,可是我太喜欢他的风格,对苏老的人生经历极其崇敬。2019年6月22日,在上海院士馆中我看到了苏老的诗词集,他是数学家中的诗人,他排在上海院士馆数学部分的最前面,上面就是柏拉图的名言:"数学是一切知识中的最高形式。"有意思的是紧接着是法国大文豪雨果赞誉数学是开启人类智慧的"钥匙"。像苏老这样的数学家,早已经打通了数学和文学,他在微分几何学和计算几何学方面已经到了造界的高度,"K展空间"我们听过算数,实在看不懂啊。苏老最得意的弟子依然是温州人,2009年8月,经国际小行星中心和小行星命名委员会批准,浩渺宇宙中一颗小行星被正式命名为"谷超豪星"。人们用这颗距地球大约1.31亿公里的小行星的名字,纪念和褒奖苏老的学生温州籍数学家谷超豪院士的研究与贡献;上海院士馆谷超豪院士的介绍紧接着苏老,谷院士的夫人胡和生是上海人,中国数学界唯一的女院士,看到一张他们摄于1957年的结婚照,俊男靓女才貌皆登对,可谓神仙伴侣。

这则关于"谷超豪星"命名的新闻却在15岁的少年陈杲心中留下了深刻的印象,彼时刚进入中科大少年班求学的他,将之视为一颗探求未知道路上的启明星……温州的数学基因从来没有消退,传承也一直在。昨日温州中学公众号发了中国科学技术大学招生办发来的喜报,在2020年度中科大各类评奖评优中,温州中学毛清扬等33位毕业生(少年班和数学科学学院占了一半多)荣获"国家奖学金""郭沫若奖学金""奋进奖学金""宝钢奖学金""优秀学生奖学金""优秀新生奖学金"等多项荣誉,可以断定能进中科大少年班的,都是数学大神。

根据温州人杂志的报道:漫步温州中学校园,记者发现在紧挨学生日常学习活动的区域,有一处建筑面积约300平方米的"数学学习体验中心",这里建有"几何体验室""应用探究室""数学文化长廊"等专用教室,凸显着温州作为数学家之乡的文化底蕴和教育特色……在历年的数学奥林匹克竞赛中,温州中学共有5人入选国家集训队。同时,在其他赛事方面也异彩纷呈:2008年首届面向全世界华人的"丘成桐中学数学奖",温州中学在国内外800多支参赛队伍中,夺得全球唯一一个金奖;2018年8月在第十五届中国东南地区数学奥林匹克竞赛中,温州中学获得团体总分第一。

数是万物之本,滔滔瓯江水,也是流动着的数。这一方水土,更有数。

2021年4月9日
2024年4月9日修订

温州记：开满山茶花的云中城

因为响应上海市就地过年的号召,辛丑春节不曾回乡;庚子春节更不用说了。当然,庚子春节所有的活动也都取消了,算起来我已经两年没有回乡过年了,明前阅江访友,就是一个因时而变的安排,而清明踏青扫墓更是重要的节目。

疫情之前事关全城的危难事件是1979年的温州电化厂的"氯气爆炸",我们在下午上课时得知这一突发事件,不记得是否听到了几声巨响,空气中都是那种弥漫的氯气的味道,据说当天的风向是东南风往西北吹,城中的小孩还算幸运。爆炸的后果很严重,造成了59人死亡,近千人中毒,惊动了中央。学校停课了几天,乡下有亲戚的都出城投奔亲戚去了,我们坐船去了瓯海,那里有亲戚,附近有姑父姑妈工作的矿山,总之是氯气吹不到的地方。忘了住在哪边了,但肯定两边都去过,这是人生中第一次紧急避难的经历,当然希望是最后一次。

祖母的墓地就在当年避难处不远的山上,山清水秀。少时每一次去扫墓,泉水叮咚响,山上都开满了温州叫"山茶花"的映山红,采摘回来放在瓷瓶里,差不多可以看两个星期,有时候顽皮,还会把花嚼了吃了。有一次下雨,我爬得很高,发现对面山上还有一个庙,看上去像《刺杀小说家》中的云中城,觉得遥不可及,充满了神秘感。

祖母在世时对我非常疼爱,她是家里的总管,大风大浪过来,把一个并不富裕而又有许多孩子的家庭操持得井井有条,我在《温州日报》夜读中听到自己写的《怀念蝉街祝福禅街》被 ALinda 充满温情的语调娓娓读来:我出生在蝉街,那时这条街连上五马街统称"红卫路",拉开我祖母平常上锁的带有樟脑丸香味的抽屉,和布票、油票、肉票、肥皂票躺一起的草黄的户口本上有毛笔写着行楷"红卫路 158 弄 1 号"的地址……"那个平常上锁的带有樟脑丸香味的抽屉"是我童年阅历的一部分,我想起在我读小学四年级的时候去世的祖母,眼泪夺眶而出。

祖父是在我去上海之后走的,祖父经历了清朝、民国,活了 90 多岁,和菲利普亲王一样都是活过两个世纪的人,他一生做了很多好事,撑船时救过多条人命。城中无数的孩子都吃过他做的麦芽糖,拿牙膏皮什么的都可以换,我每天都可以吃到新鲜出炉的麦芽糖,童年过于甜蜜,现在得定期去看牙医,也算甜蜜的纪念吧。祖父后面几年得了阿尔茨海默病,不认识我了,非常遗憾。阿尔茨海默病是老年病中最常见的,黄渤带着好几个患有阿尔茨海默病,也就是我们平常说的老年痴呆的爷爷奶奶一起开了名叫"忘不了"的餐馆,让普通人走进他们的日常,看看他们是怎么生活的?我认为他干了一件有功德的事,但温州朋友认为最有效的抗击阿尔茨海默的方式是乐观与倔强的麻将。

4 月 3 日上午 9 点,天气不错,不冷不热,有点太阳影,也不晒,一大家族人约在芙蓉村森林公园的牌坊下聚齐,上山扫墓。爸妈和姑父姑妈们的腿脚都还矫健,一起上山,表兄弟一众年轻人负责除草清理,现在移风易俗也不用香烛,摆上鲜花,父亲主持了祷告,程序完毕,略作休息,一大家人说说笑笑吃着母亲一早煎的扁儿(一种温州小吃),聊了聊天,一起下山。

2021 年 4 月 11 日

温州记：芙蓉村记

在上海20多年，认识了许许多多的永嘉朋友，也听陈康汉秘书长讲了许多永嘉往事，20世纪90年代在温州的时候，我们只是编作往来，我还不知道他是永嘉人，到上海后了解多了，知道他老家就在永嘉书院边上的，在温州要看书院势必要去他家祖屋那边的。慢慢发现永嘉乡贤在温商中占了很大的比例，上海温州商会李丐腾会长是永嘉人，在交大CEO俱乐部的活动中我们走访了在青浦有一条街、要打造中国版沃尔玛的朱千猛，得知他也是永嘉人，而永嘉人在超市产业已经成为"中国力量"。前几日，温大校友祝贺陈瑛当选永嘉中学上海校友会会长，我看永嘉中学的公众号报道：上海有130名永嘉中学校友参加活动，取得联系的在沪校友有600多人。这是一个不小的数字，相信上海五大新城开放落户之后，更多的永嘉子弟会来到上海，融入这个城市不一样的生活。

永嘉的芙蓉村，我深度游过几次。1991年我大学毕业分配到温州市二轻工业总公司，在财务科工作，1992年去永嘉开会。会毕，永嘉公司的同仁安排了楠溪江一游，先是吃吃麦饼，再是爬爬山岭，最后压轴的是参观芙蓉村。那时候芙蓉村养在深闺，并无名气，当然也不用门票了，有客人来，乡亲们很热情，同去的一位是县委书记的弟弟，对芙蓉村的典故如数家珍。可惜我当时年少，很多事未往心里去，只记得他说村里藏有黄金印，可以让村民取来给我们一睹。我们等了半晌,见一个村民挑着担子来了,撂下担子,先取出两个桃糕印,最后一个取出的是"黄金印",上面刻的是什么,谁也看不懂。大家以为是哪个朝代的皇帝印,纷纷拿了纸啊手帕啊什么的出来,一人盖了一个印,沾了皇气,心满意足地回去了。

第二次去是1993年我到温州国际信托投资公司工作以后,参观红十三军旧址,是温信的一次团建活动,顺道又安排了芙蓉村行。自古江山说永嘉,永嘉也说江山。红十三军旧址有一个高大的纪念碑,党团员合影留念。《平路易行》出版后在一次分享活动中我才得知红十三军的创建者李得钊是温信同事李蛟的爷爷,李得钊1925年进入上海大学学习,后到莫斯科东方大学学习,1927年回国担任第三国际代表翻译,1930年任中央军委秘书,协助军委书记周恩来工作,组织调配干部推动了浙南红军游击总指挥部的建立和红十三军的创建。1933年李得钊任中共上海中央局秘书长,在革命斗争中被捕后受尽折磨威武不屈,在狱中牺牲。我在《平路记:人民就是江山》一文中写到这些时,对绿水青山里的永嘉革命者充满了敬仰,从读书到革命到去上海,永嘉先贤都是引领者。

红十三军是革命的,芙蓉村是宿命的。山水之中有玄学,芙蓉村饱含风水与科举的元素,封建社会科举是通过"学好文武艺,货与帝王家"之单一渠道间接地服务于人民。那一池洗墨的水,那石板路为笔、条石为墨、青山当笔架的气魄隐在一个永远的渔樵耕读的梦里。虽然经历代变革,文化符号已被磨损大多,村落的硬件也不复当年的莲花美态,但那气场还是有,先人的一些东西在我们日渐开放的心胸里激荡,出水芙蓉一般。

再次去是21世纪初的冬天,大雪前后,陪同爱建信托来考察和办商调的人事干部做了永嘉半日游。安排定位是不能太累,又要基本能代表温州的去处,雁荡太远太深,玩不转。正好当时市面上有本新书《楠溪江的古村落》,怀古风帜,便安排了狮子岩、芙蓉村一游,顺路还看了琵琶井。那时我正要离开故乡,开始我人生一次重要的迁徙,对故乡的山水还有一丝留恋。我记得鲁迅坐船离开故乡望着远去的老屋时,他这样写:"故乡的山水也都渐渐远离了我,但我却并不感到怎样的留恋。"所谓"并不感到怎样的留恋"我想有两层意思:一是还有一丝留恋,二是有一种离开的毅然。那一年,我坐在竹排上,穿着一件墨绿色的皮夹克,闭上眼睛,冬天的风吹来,并无真的寒意。

当我再睁开眼睛时,已是2007年的冬天,江上依然还有几米阳光。我坐在楠溪江的竹排上,身旁有我的妻子,还有我5岁的女儿,对面的竹排上,有我的父亲母亲和兄弟姐妹。我不知道撑排的老大是否还是从前的,但身后的狮子岩仍是那不老的容颜。

2007年芙蓉村的门票已经从3元涨到15元了,村里的好多东西都修葺过。七星八斗的布局以前人说了你都未必看懂,现在图画详尽得怕你不知道。山上下来的泉水流过每一家的门前,道理和丽江古城是一样的,只是规模小一些,村里还有一个悦来客栈,就差酒吧和咖啡了。这个村有700来户人家,3000多居民,大姓是陈。入村左边是一个古乐台,大官来时,这里是奏乐的地方;右边就是陈氏宗祠,我们进来时马上上来招呼的一个导游就姓陈,老陈拉着我们看宗祠,我觉得这个宗祠里面的古戏台好像是《自娱自乐》里面陶红报幕,李炆表演的那个舞台,一问,果然,笑场。老陈还做过《自娱自乐》里面的群众演员,给尊龙拉过什么绳子,有时候你真得感谢这些影视作品,他们在推广文化遗产方面的作用非常之大。就像你看了2007年情人节公映的美国片《博物馆奇妙夜》,就会对纽约的自然和历史博物馆心有所动一样。

芙蓉村在宋代出了18个进士,号称18金带,那年头,在朱熹理学的感召下,村里的小伙学习是特别用功,学而优则仕,朝为田舍郎,暮登天子堂,最高做到集贤殿大学士、尚书左仆射,相当于现在的中央军委副主席。往下还有浙东观察使、大理寺评事(相当于最高人民法院审判长)等一大摞。奇怪的是,进士集中于宋代,元以后便不出高官,书还是读着,做官的少了。如果2006年出版了《明朝那些事儿》的当年明月再写《宋朝那些事儿》,芙蓉村应该是可以帮点忙的,2021年7月,当年明月也移民到上海,当上了上海市人民政府研究室副主任,那是后话了。

与离开故乡时不同,芙蓉书院现在给恢复出来了,门前有洗墨池,屋左有竹林,这么好的读书的地方,拍梁祝都可以。老同事阿潘在永嘉投资了民宿,一日,他给我发了"楠溪花开""江枫渔火"的全景展示,还有一段文章《逍遥归小园》:一直梦想着有处这样的山居。屋前有个院子,院子里种花草、栽果树。柿树必须有,"秋去冬来万物休,唯有柿树挂灯笼",这满树红彤彤的多喜庆!几竿紫竹、数丛芭蕉,各自东西墙角,无他,只因我喜听雨打芭蕉风敲竹。屋后有个篱笆小菜园,种些时蔬瓜果,想吃就摘,很是方便……到饭点了,就煮些柴排饭,凉拌拍黄瓜,家烧溪鱼,白落地炒鸡蛋,素炒四季豆,没有酒足,只管饭饱。

　　差点忘了说那个黄金印,就是1992年我见到的那个,现在在一个专门的陈列室里。我怎么看都像是一个铜印,我肯定它与皇帝无关,也许是哪个将领用的。但它是什么都没有关系,永嘉与我,它都代表29年的光阴过隙,一年好景君须记,又是冬月大雪时。

2021年12月7日

温州记：时空流中的军民足球赛

大年初一国足惨败越南，早上我去上海博物馆刚刚看到一张崇祯四年的古画，上题四字"不可思议"。我就将此题字发了朋友圈：早在崇祯四年就有人预测过391年后大年初一有场球赛会惨败给越南，从此赢了都没有什么用的比赛也赢不了了。除了讽刺国足和不看中超，我们能做的非常有限。中国足球是一个非常复杂的系统，和要不要打疫苗、要不要测核酸一样，有很大的政治和经济因素在里面；又是一个非常简单的系统，那就是所有举措都导向成绩每况愈下，现在压力已经给到缅甸了。

历史证明足球这东西靠吹牛是不行的。一般运动包括各行各业各城各地可以有千百种方式隐匿真相搞虚假繁荣，唯有足球这件事，是骡子是马一眼看去不要太清爽。国足惨败越南之后，各地业余队出现挑战国足的，一方面有些没踢过球的球迷谆谆告诫不要用自己的业余爱好挑战别人的专业，另一方面听说国足回复"中国人不踢中国人"（这个估计是编的）。关于业余爱好一事，爱因斯坦出相对论一开始也只是业余爱好，结果在专利局工作的他带着一众物理学家飞。我这还有一篇古文，写的也是业余爱好的事，看看有没有机会将来退休后竞聘男足教练当材料，因为实在看不下去了。竞聘是开玩笑的，就是为"时空流"系列增加一个足球品种，为后面的"世界杯"系列预热一下。

23年前，在南方的海防前线，地方白领和部队官兵进行了一场足球赛，那场比赛之特殊，令我终生难忘。那时我的年纪和2007年沙特队的马列克差不多，在我们国信队当前锋。这个前锋当得非常偶然，我记得我们1997年组队时，在人民广场进行了第一场比赛，没有教练、没有领队、没有训练，凑合着就上了，每个位置基本是大家自己报名的，由于没人愿意当守门员，我作为组织者就当了守门员。那场比赛失了三个球，有两个都是我的责任，我虽然身高臂长，但不会猫扑，在那个有石渣的泥土地上也不敢猫扑，好像两次都是球打出去没打远，被人家补射进了。好在我们的前锋还行，0∶2落后时扳回两个，2∶3落后时扳回一个，最后打平。那场比赛是没输，但我在一次奋勇出击中受了伤（和对方前锋相撞），伤了韧带，将养了一个月。

伤愈，我就改打前锋了。先是试试看，但由于每场比赛都进球，前锋的位置愈打愈稳，一直打进了市金融队，1998年夺得市运动会的冠军。我们的教练姓潘，非常好的一位教练，愣是把我们给带出来了，1998年上半年，我们每周都训练，硬是从一盘散沙练成一块铁板，竟然战无不胜起来，我那小腿上，居然练出了几块肌肉，很得意，腹肌也是有的，脱了远胜现时的国足，没有文身，也没他们那么白。市运会是循环赛，我们提前一轮就获得了冠军。最后一场比赛对实力也很强的乐清队，潘指导索性不来了，让我当教练。我大大过了一把调兵遣将的瘾，最后一战打平，以不败战绩夺冠。我相信潘指导来的话一定是赢的，很遗憾，他没去带中国队，不然世界杯亚洲12强赛不至于输给越南。那一届市运会，我做前锋，还兼做领队，最后还做了教练，可谓人生难得的一段经历。

时间到了1999年建军节前夕，我们携市运会冠军班底之威和部队商议进行一场友谊赛，部队欣然同意，派出了估计是最强的海防营，在我们看来和海军陆战队差不多，还真有点不清楚是否能赢。7月31日那天，我们带去了好多慰问品，先是公司领导和部队领导举行赠送仪式，合了影，然后我们就走进了部队的球场。这是一个山坡上的球场，猛一看是绿幽幽的，和我们夺冠时的市体育场差不多，可一下脚，我们都傻眼了，草下是泥潭，估计是前日下过雨，草地几乎成了沼泽，一抬腿一脚泥，部队的小伙子嗖嗖嗖从我们身旁过去，草上飞一样，敢情是熟得不得了，司空见惯的样子。

刚开始，我们还真找不到北，这球一落地，扑一声，弹不起来，眼看就被白袍军（部队着白，我们着红）给扫出去了，我们跑来跑去好久才第一次拿到球，身上已经沾满了泥，泥猴似的。那球根本就是一个泥球，那穿红衣服的被俩白衣球员夹击的泥腿子就是我啊。不过我那次突围出去，是进了一个球的，首开纪录，也是运气好，角球罚出，落到我面前，扑一声，连个反弹都没有，我就像罚 12 码一样，一捅就把个泥球捅进球门去了。

进球鼓舞了我们的士气，知道虽然场地对我们不利，但我们毕竟半职业训练有一年之久，基本功还是在的，而且泥球还有很多好处，一砸一个坑，像我打定位球一直还可以的，就占便宜了。到处都是定位球，泥浆和汗水齐飞，草皮和球衣共色（最后都是黑的了），上半场我队以 2∶0 领先。下半场我队还进了一球，具体是谁进的我都忘了，海防营给打兴奋起来了，开始反攻，在一片泥浆飞溅中，也攻入一球。结果大家都鼓掌，毕竟，这是一场友谊赛，大家都很开心。第二天是建军 72 周年，日报头版登了我们比赛的照片，这一转眼就是建军 95 周年了。不知道海防营的队员和原国信队的队员现在都去了哪里，是否还记得这场比赛？

2022 年 2 月 11 日

2024 年 4 月 9 日修订

温州记：人生如南戏，现象级爱情故事

宅家50多天，可以写一本南戏了。每隔15天左右，我就会爬上屋顶眺望远处的上海中心，中国第一高楼的顶部，走马灯式地转着"上海加油，我们的心在一起"几个字，这是在梦里还是在戏里？上海中心的对面，是被称作万国建筑博览会的外滩建筑群，从南京路往南数过来第四条马路是福州路，是上海的文化一条街。福州路与云南路交界处，有创建于1925年的"天蟾剧场"，此地曾为上海剧场之最，其演出之兴旺，无处可出其右。南北名伶巨匠竞相粉墨登场于此，以至梨园有"不进天蟾不成名"之说。20世纪90年代初天蟾剧场由邵逸夫先生捐助改建为逸夫舞台，再度成为上海的文化地标。

我在上海已经生活了22年，但只在2011年进过一次逸夫舞台，仅此一次天蟾之约便是应邀参加上海文化节活动的温州瓯剧团演出。近日与温州文旅界的领导和同学探讨东亚文化之都的活动策划，得知去年8月，温州、济南与日本大分县、韩国庆州市当选2022年"东亚文化之都"，我是很震撼的。得知温州非遗世界级4项，国家级35项，国家级数量是除直辖市外，全国排名前三。温州是戏曲故里，是中国戏曲的源头。回想唯一一次的逸夫剧场行，确是不可多得的海上戏曲体验。瓯剧团在逸夫舞台天蟾剧场演出了《高机与吴三春》和《酒楼杀场》等经典曲目。

"高机与吴三春"是现象级的爱情故事,几十年来通过山歌、道情、花鼓、渔鼓、温州鼓词、布袋戏等不同的形式在浙西南一带的民间广为传唱,还被编写成戏剧(越剧、瓯剧、婺剧等)、连环画、章回小说等文艺形式流传至台州、杭州、广东的潮州、福建等地,被称为是"浙南的梁祝"故事与中国版的《罗密欧与朱丽叶》。越剧、瓯剧、婺剧都是南戏的剧种,我猛然发现在中国戏曲舞台上,南戏是一种大象无形的存在,它从《珍珠塔》《红楼梦》开始串起我的童年、青年,并追到上海,用《高机与吴三春》补上了中年。

"非遗可以选廊桥和戏曲,都是世界级的非遗。"建筑是凝固的音乐,廊桥是创世的天籁;戏曲是流动的建筑,南戏是文化的廊桥,是宋韵瓯风元宇宙中流动的基石。我很满意流动的基石这个比喻,当东亚文化一起向未来进入元宇宙时代时,戏曲作为影音流动的非遗,舞台上的出相入将和咿咿呀呀对爱情和生活的述说,可不就搭建了一座可随意折叠铺陈、美到无边的廊桥?一座城池只能坚守,但文化或许可以打包带走。一个城市可以被封困,但创作之"兼爱"与"非攻"终将突围。而数字搭建的元宇宙中,文化是城市的核心,团购不是。

在少有的几次包括折子戏的南戏现场体验中,我打包了这个被人称为"E时代的瓯越乡愁"之非遗,在封控的上海细细把玩。"800年前诞生在东南沿海温州的南戏,就是中国戏曲艺术最早的成熟形式。八百年来,南戏以它强大的生命力滋润了中国近360种地方戏曲剧种,南戏的血脉贯穿于中国戏曲全部历史。"关于温州是中国戏曲的源头一事我谨慎地向戏曲评论家朱闻武请教,既然梨园始祖公认是唐明皇,为何温州是戏曲的故乡?朱老师的解释是唐明皇组建了梨园班子,但作为一个文化大类,光有班子是不够的,故事、人物、规则、裁判……都得跟上,戏曲的发展与康王南渡建立南宋,北方文人南迁密切相关,南戏最终在温州完成了文化品类的升级,并在明代形成了南戏四大声腔:海盐腔(浙江)、余姚腔(浙江)、昆山腔(江苏)、弋阳腔(江西)。昆腔发展出昆曲、昆剧风靡上海,郁闷时念两句,不无疗伤之效。

温州地区长期以来就有着"尚歌舞"(《隋书·地理志》)的传统,还有

"拦街福"这种民俗活动,庙会也少不了请戏班演戏。南宋定都临安后,大批"路歧人"(流动演出者)南下"作场",温州处处莺歌燕舞,"九山书会"开始营业。各种技艺都在九山展演,包括说唱艺术、戏班等。1920年,当时在西欧游学的中国学者叶恭绰,在伦敦古玩店发现并购回了一卷散失在外的《永乐大典》第13991卷,上有三种戏文,《张协状元》即其中之一。《永乐大典》让人们看到了一个完整的南戏剧本。中国的戏曲得以与希腊悲剧和喜剧、印度梵剧并称为世界三大古老的戏剧文化。许多年来,人们在宋韵中研究南戏的成因,在瓯风中寻访南戏的踪迹,直至今日试图在东亚文化中还原南戏的斑斓,又是何其有意义!人生如戏,如果没有文化,人生只剩投喂,岂非都是猪头三?

故友画家施昌秀先生凭着对戏曲的了解,对人物的把握,把国画、戏曲、书法"三位一体"结合在一起,创作了许多的戏曲人物画,被东亚各国博物馆收藏。据朱老师评价,《张协状元》系列是其巅峰之作。施先生是温州文成人,温州人画南戏,水到渠成的默契。他从剧团的专业舞美设计,到创作南戏戏画,在戏与画交融的艺术道路上孜孜不倦行走了一辈子。其胞兄,著名美学家施昌东曾书赠顾恺之语"传神写照,正在阿堵之中",著名美术评论家王镛称"昌秀戏画贵在传神,舞台人物跃然纸上",漫画大师廖冰兄认为施昌秀是"中国戏画的佼佼者"。在当下中国艺术界,施昌秀是继关良、高马得之后极具艺术特色的戏画大家。2017年初施先生不幸病逝,10月6日我到文成观看"施昌秀中国戏画精品展",见"一笔三粹人间事,昌秀乾坤袖中生"。观乎人文,以化成天下。赞戏曲国画造界之奇妙,忆海上宴聚、宋庄雅集、黄山看展……叹友人竟已驾鹤西去。

施昌秀中国戏画精品展,共展出其精品画作100余件,这些作品生动传神,各具异趣,既是对戏曲(南戏)文化的精彩演绎,也是对戏曲艺术与绘画艺术融合的全方位诠释。中国戏曲是中华民族文化宝库中的一颗璀璨明珠,历史悠久,源远流长,为历代民众所喜闻乐见。而追根溯源,在中国戏曲的发展史上,最早、最成熟的戏曲形式,就是始于南宋光宗年间浙江温州(古称永嘉）的南戏。温州在中国戏曲史上的戏曲故里地位无可替代，800年弹指一挥间，南戏血脉贯穿中国戏曲全部历史的始终，既如此，为什么不发行一套南戏数字藏品以作纪念呢？

何时又可以到逸夫舞台天蟾剧场看南戏呢？文化在，便无须多虑猪头三，终归小满胜万全。

2022年5月22日

温州记：瓯江的风吹来，糖霜一般

"东亚文化之都的第一高地是南戏，第二高地是江心。"——江心是什么？昔日从现在长草的北外滩公平路码头登船，过杨浦大桥出吴淞口进长江往东进入东海向南，20小时后进入瓯江口，走一段两岸青山遮不住的水路，直到两座古塔灯塔在望，古塔所在的江心之屿便是"江心"。将心比心，如此唐宋双塔当灯塔之用，千万里神州，没有他处。2014年沪上一大佬以2.8亿元拍得成化斗彩鸡缸杯，刷新中国瓷器世界拍卖纪录后，施施然往杯里倒茶而品，名噪一时。殊不知，还有拿唐宋双塔当灯塔用的任性在兹。细品温州人拿古建当基建的豪情，如此灯塔界的喜马拉雅，搁谁家都是今日头条，在江心一屿，习以为常的静默却达千年，要说东亚文化之都，此处应收尽收的底蕴连上海也是学不来的。

1997年10月，国际灯塔（航标）协会在法国召开会议，审查世界各地具有重要导航作用的历史文物灯塔106座。经中国海事局申请，温州江心屿双塔等5座中国灯塔，被宣布为"世界航标遗产"，并列入"百座世界著名灯塔"名录。2002年5月18日，国家邮电部发行我国首套灯塔专题邮票，第二枚《江心屿双塔》邮票以钢笔画的手法描绘出双塔雄姿。双塔建于唐宋，据《温州府志》《孤屿志》等史料记载，自宋代至清光绪年间，双塔塔顶夜灯高照，成为引导船只来往温州港的重要"灯塔"。清光绪二年（1876年）签毕《烟台条约》，多少条开向中国的船从这里进港，江心之南，便是东晋郭璞建的风水大观,白鹿衔花之地,温州古城。

余生于温州古城,1980年,小高桥小学组织第一次出城春游便是去江心,小学三年级年少识浅,不知此处乃是温州千年商港启航地,更不知东塔下的普寂禅院是宋高宗驻跸之地。既然不能领悟低调奢华之内涵,只好写一写瓯江一渡之浪漫,描述一下江心孤屿之雄傲,作文形容江心屿是巡洋舰,这个不记得是从《少年文艺》还是在《新民晚报》看来的巡洋舰概念在20世纪80年代初堪称骨骼惊奇,一举突破唐诗宋词的结界,便是自江心一文始。所以要说今日在上海封控之中还能"吐血"码字,大抵也是当年被江心弥漫的文昌链幸运击中。

江心屿古木葱茏,郁郁翁翁,江心遍布舞榭歌台,风流未被雨打风吹去,向有"瓯江蓬莱"之称。各代诗人题咏诗词就有500余首;如唐代诗人李白、杜甫、孟浩然、张子容、韩愈、张又新等均有名篇佳作咏及孤屿。又以中国"诗之岛"著称!

唐代诗人杜甫写的诗句"孤屿亭何处?天涯水气中。"

江心孤屿东首有建于清光绪二十年(1894年)英国驻温州领事馆旧址,再往东便是一片卧虎藏龙般的礁石和随风飘荡的芦苇。20世纪90年代江心屿开放了夜游,有几次谈恋爱带了女友到礁石边小坐,眺望江上的行船。那是南戏瓯剧《高机与吴三春》中的场景,两人在江心屿定情一折中,高机在江心盟誓中提议"我带你去温州城里走一走",就像那时的我们。瓯江的风吹来,糖霜一般。20世纪90年代大部分时间我在温信工作,兼任青年工作,温信曾经和《温州日报》联合投资了一批公益阅报栏在温州各处,但最有影响力和代表性的便是在英国驻温州领事馆旧址对面码头上的阅报栏,我和报社的吴敏因此去了江心屿多次。当我离开温州的时候,这个阅报栏还在。2012年龙年春节走归,我带家人再登江心屿,从番人馆边上拾级而上走到东塔,带孩子们仰望宋塔中悬空的榕树气根,告诉他们这根是江心三绝之一,兴许是瓯越之根,得留住。

2022年5月23日

温州记：诚意满满乡情酽酽的刘伯温

今天神兜斗的居委会说明天发出门证了，还取了个名字叫观光证。堂堂上海市民出自己家的小区上街叫观光，没文化真可怕。这两个月闷在上海时刻让我觉得提高全民文化素质刻不容缓，也再一次感受到中国文化和旅游部、浙江省人民政府主办东亚文化之都活动的高瞻远瞩和良苦用心，文化破除愚昧，科学扫除群氓。

海固然可纳百川，但如没有文化且远离正义，海亦可藏千垢，收万愚，容不可赦之十恶。没有文化镇着，天下太平时岁月静好，稍有风吹草动恶人便会作天作地。所以不久前我在公众号发了姊妹篇《魔都是被书镇着的》《魔都是靠书压着的》，表达"常识天王盖地虎、文化宝塔镇河妖"之妙用。在东亚文化之都的温州老家，711年前的7月1日出了一位精通天文、兵法和数理，尤以诗文预测国运见长的诚意伯。其诗文古朴雄放，不乏抨击统治者腐朽、同情民间疾苦之作。与宋濂、高启并称"明初诗文三大家"。著作均收入《诚意伯文集》。杂史云"三分天下诸葛亮，一统江山刘伯温；前朝军师诸葛亮，后朝军师刘伯温"，说的就是诚意伯刘基刘伯温，乡亲们也有喊他刘诚意的，可谓诚意满满、乡情酽酽。

十多年前，有位诚意伯粉丝、商界大咖经常和我聊起诚意伯原创的《烧饼歌》，对其先知般用通俗易懂的诗歌预测了明朝的国运敬佩不已。烧饼歌脍炙人口,唱起来朗朗上口。话说于公元 1368 年某一日的早上,明太祖朱元璋在内殿里吃烧饼,只咬了一口,便听到内监报告刘伯温觐见。太祖心想测试刘基一下,于是便以碗盖着只咬了一口的烧饼,再召刘基入殿觐见。帝问曰:"先生深明数理,可知碗中是何物件?"基乃捏指轮算,对曰:"半似日兮半似月,曾被金龙咬一缺,此乃饼也。"

开视果然,金龙之喻乃彩虹屁也,龙颜大悦,加伯十分。帝随即问以天下后世之事若何?诚意伯便一口气背出了烧饼歌:

……天下饥寒有怪异,栋梁龙德乘婴儿;禁宫阔大任横走,长大金龙太平时;老拣金精尤壮旺,相传昆玉继龙堂;阉人任用保社稷,八千女鬼乱朝纲……

后一句我听过便不忘,八千女鬼么,魏也,自然是指魏忠贤了。虽然后世有对明史更精炼的概括:开头一个讨饭碗,结束一根上吊绳,中间一群锦衣卫……但那毕竟是事后总结,哪比得上阿伯烧饼歌里对明朝国运的神预测?他在《烧饼歌》中预测到的很多事情在历史中基本实现了,一直讲到今时。

说到国运,20 世纪 80 年代,女排拿了世界冠军,我们喊出了"振兴中华",国庆 35 周年大阅兵,北大学生打出了"小平您好",20 世纪 90 年代北京工体的甲 A 有多疯狂,中国男足跻身亚洲杯决赛有多么给力,21 世纪初男足杀入世界杯是何等荣耀,2008 年北京奥运多骄傲,2010 年上海世博会多国际化……再说越南,昔日朱元璋的儿子明成祖朱棣趁乱占领的越南,在升龙设立了交趾布政司(行省),由明朝进行直接统治的越南,郑和下西洋开辟海上丝绸之路的重要站点越南,前两天,在东南亚运动会男子足球决赛上,1∶0 战胜泰国队夺得冠军,看越南人民庆祝胜利的视频如 20 世纪 80 年代女排夺冠的中国。

25 年前,温信团建去文成瞻仰诚意伯故里,光阴似箭,弹指一挥间 1/4 世纪过去了,阅尽世上潮,特别是当前事。脸上的胶原蛋白日渐流失,但对诚意伯的景仰又多几分。温州市文成县,明武宗时赠刘伯温太师,谥号"文成",就是在这个以"文成"得名的文成县,访刘基故里。话说刘伯温出山后,以

"帝师""王佐"的身份,为朱元璋定了西平陈友谅,东征灭张士诚而后一统大业的战略。朱元璋依计在鄱阳湖用火攻一举歼灭了陈友谅60万大军。然后率师东进,兵临姑苏城下,活捉吴王张士诚。终完成统一大业,建立明朝。刘伯温大智慧半似日兮半似月,辅助朱元璋开始了政治改革兼铲除异己,金龙到处咬一口。政治斗争穿越时空,才艺比拼叹为观止。

2022 年 5 月 28 日

温州记：公元 422 年，永嘉郡迎来流量明星谢太守

上海是平原，但公园中的山水小品一直都不缺。从雕塑公园的樱花飞舞到桃浦中央绿地登高雅望，那时候的我，就是宜川路谢灵运。在这个骄傲的大城中，我是一个小小的山水诗人。

我的心中，一直住着一个桀骜的少年。羽扇纶巾的，赛博朋克的；木屐云梯的，极限攀岩的；高台歌赋的，酷跑潮玩的；世界的，世界杯的；宇宙的，元宇宙的……"我欲因之梦吴越，一夜飞渡镜湖月。湖月照我影，送我至剡溪。谢公宿处今尚在，渌水荡漾清猿啼……" 2022 年 3 月至 5 月的上海，和李白一样，我们都是中国梦游者。我们的心中，都有一位谢公。"脚著谢公屐，身登青云梯。半壁见海日，空中闻天鸡……"

世间行乐亦如此，古来万事东流水。三个月来，谢公一直在我的梦里。时光倒流 40 多年回到"文革"后期，那个带着妹妹在山水斗城到处游玩的五岁小童，花三分钱买中山公园门票，再花五分钱坐旋转飞机奔向星辰大海的；在池上楼前玩中国的鱿鱼游戏，在"池塘生春草，园柳变鸣禽"的九曲桥边玩耍，找一匹雕塑的马骑了的就是我。从中山公园的边门出去，是谢池巷，20 多年后这里建了谢池商城。古城唯一的信托公司后来搬到这里，信托公司旗下浙南第一家证券部也搬来这里，我在这里工作，午间到楼下的书店买

一本霍金的《时间简史》,下午饿了,会去巷子里吃一碗鱼丸面再回去。1997年2月的一天,公司领导急急召集中层干部在谢池商城二楼的豪华会议室开会,小平同志去世,应对突变而部署工作并进行悼念。

上面说的谢池,千年前叫过"谢村""谢池坊",是中国山水诗鼻祖谢灵运和他的后人居住过的地方。北宋温州知州杨蟠规划36坊时,将这里划为"谢池坊"。古往今来,多少"谢粉"纷至沓来,在这里探访谢灵运的足迹。曾居谢池巷的夏承焘先生便是以"谢邻"自称。北宋"元丰九先生"之一的周行己,罢职回温后在谢池坊故宅创建"浮沚书院",授徒讲学,传习洛、关之学,影响深远。而我在谢池工作多年,曾在此写了《踏上有中国特色的金融信托的未来之路——信托业后二十年的发展模式构想》入选99年度中国金融改革文选,2002年我在上海主导设计并实施了中国第一个集合资金信托计划,随后20年中国信托业的发展见证了我的预言。不敢与历史名人争流,仅为借谢池巷之光所用。斗城之中,"斜阳草树,寻常巷陌,人道寄奴曾住"。

公元422年,被京城一带称为南蛮之地的永嘉郡迎来了一位堪称流量明星的新太守,他身材伟岸,气质洒脱,英气勃勃,目光深邃睿智。他就是为永嘉(今温州)写了许多千古传诵的山水诗的谢灵运,他也因此而成为中国山水诗鼻祖。那一年,谢灵运坐船离开京城建康,由长江入吴淞口转东海再转钱塘江(经过长草的上海滩),途经始宁、富春江、桐庐,最后由青田溪而入永嘉。他边游赏边思考,一路赋诗,留下了《过始宁墅》《富春渚》《初往新安至桐庐口》《七里濑》等山水诗篇。诗就之后,谢灵运被贬的痛苦逐渐消除,这也是为何看到北外滩长草时我亦东施效颦奋笔疾书,无他,心理调适也。这城不解封,宋韵瓯风或可成集了。

谢灵运脱离了尔虞我诈的朝廷生活,抛开了拍马上位的各种梦想,心灵自由后文思泉涌。楠溪江的青山绿水进一步激发了他的诗情画意和发明创造的灵感。为了捕捉每一处大自然风光的秀气,发展他的古典极限运动,他还发明了一种登山"木屐",穿上它,上山去其前齿,下山去其后齿,能防止打滑,打造了世称"谢公屐"的独立 IP。他写的石室山就是现在的大若岩。

清旦索幽异,放舟越坰郊。苺苺兰渚急,藐藐苔岭高。石室冠林陬,飞泉发山椒。虚泛经千载,峥嵘非一朝。乡村绝闻见,樵苏限风霄。微戎无远览,总笄羡升乔。灵域久韬隐,如与心赏交。合欢不容言,摘芳弄寒条。

我高一时去大若岩春游,手指不慎划破,在山泉中清洗伤口,倒也应了这句"合欢不容言,摘芳弄寒条。"

白居易有诗云:"谢公才廓落,与世不相遇。壮志郁不用,须有所泄处,泄为山水诗,逸韵谐奇趣。"谢灵运的山水诗对唐代诗歌发展有很大的影响,除了白乐天,李白、杜甫、王维、孟浩然、韦应物、柳宗元等也都曾从他的作品中汲取过营养。在他之后,陶弘景、徐陵、张又新、孟浩然、王维、陆游、朱彝尊等著名诗人,都因谢灵运而慕名永嘉山水接踵而至来温州打卡,苏轼云:"自言长官如灵运,能使江山似永嘉。"更是将谢灵运与永嘉江山融为一体。现在温州的小孩坐车经过楠溪江大桥时,不懂的会指着桥旁谢公的雕像问"那个老老是谁?"

我从中国梦中醒来,告诉小孩,李白说"且放白鹿青崖间,须行即骑访名山"就是受了这个老老的影响,他是中国山水诗的鼻祖,温州最牛的乡贤谢灵运。鹿得草而鸣其群,蜂见花而聚其众。所以,放好你的"鹿"。

2022 年 5 月 29 日

温州记：春许冬还愿若何，家家齐唱太平歌

山水藩篱对公元 422 年的谢灵运来说不是监狱而是台阶，按照常规模式，王谢崔卢等家族子弟出众者，应该担任皇帝身边的侍郎或侍中。谢家可直接影响国家政策出台制定，妥妥的政治核心层，4 万亿还是 12 万亿都有发言权。任永嘉太守对门阀世族大姓谢家来说简直就是耻辱，但谢氏将每一段经历都看作是财富，硬把贬低化作莲花，功名利禄全抛下。治民、进贤、决讼、检奸等郡守的主要职责，他一概不闻不问。他无论到哪个地方，都吟诗作赋，表达他的感受和心意，山水诗篇汩汩面世。楠溪江旁白鹿城中施无为而治，复工复产居然也没落下，因为喜好游山陟岭、纵情山水，没少做开山造湖的事情，曾大兴劳役，从始宁南山到临海一路伐木开道，拉动了一些基建。

"今年是谢灵运来温 1600 年，失意的他却让'永嘉'（指现在温州）山水从此名闻天下，虽然在温时间不长，但影响之深远，很少人能与之伦比！"——听文旅局的领导这样评价谢灵运。除《谢公记 1》中提到的谢池坊外，温州 36 坊中还有一处"春许冬还愿若何，家家齐唱太平歌"的康乐坊因谢公而名，盖因谢灵运 18 岁袭封康乐公，故时人称其为谢康乐。康乐坊东起华盖山北麓，西至老城大街，是古城东门（镇海门）进出第一坊，史载街东头建有谢灵运牌坊。到清代，这里还有一条"国史巷"，因巷内设有相当于市级"国史馆"而得名。旧时温州城内流行的"拦街福"民俗活动，康乐坊

是出发点,到第一桥收工,意头甚好,高考中考前搞一次,至少信心满满。

康乐坊南面有个竹马坊是为了纪念谢灵运的善政而得名的。李白《赠宣城宇文太守兼呈崔侍御》中,就写道:"竹马数小儿,拜迎白鹿前。含笑问使君,日晚可回旋。"《长干行》中写"郎骑竹马来,绕床弄青梅。同居长干里,两小无嫌猜";岑参的《凤翔府行军送程使君赴成州》有"竹马诸童子,朝朝待使君"之句说的都是这里。李白让"竹马"成为"青梅"的"固定搭配",又有几人知道竹马坊在温州呢?所以东亚文化之都一定要好好宣传。明弘治《温州府志》记载,竹马坊内曾有"乐游坊"。晚清时期,因巷内有童子殿而改称"童子殿巷"。20世纪80年代时曾一度改名为"瓦市巷88弄"。

毗邻88弄的瓦市巷86号白屋是英国著名汉学家、教育家苏慧廉(William Edward Soothill)和他女儿(享誉欧美的作家有英国的赛珍珠之称的谢福芸)的故居,2018年《英国名媛旅华四部曲》一书的汉语主编、温籍学者沈迦带着一部拍摄1936年温州影像的6分钟短片,来温参加一场读书分享会,片子开头的白屋影像是沈迦从原藏于英国电影协会档案库中找来的。1950年9月,最后一位传教士离开后,白屋大院收归国有,草地后来被浇为水泥地,道坦上盖起了三层高的办公楼。温州市机械工业、化学工业和纺织工业等公司,及二轻职工技校、市工艺美术学校等先后在此办公、办学。1991年9月我大学毕业分配到温州市二轻工业总公司,就在这里办公,直到1993年3月离开,在白屋大院工作了一年半。86号大院外面,是一个极具烟火气的菜场。谢福芸当然和谢灵运没有关系,但跨越时空的街坊关系还是有的,就像我查到瓦市殿巷86号的前世今生一样,心中也有一些风云际会的激荡。

2022年5月31日

温州记：艾叶香满堂，龙舟争水上

艾叶香满堂，桃枝插门旁。

岁月如飞，又到端午。在上海市内划龙舟，苏州河、银锄湖是首选；在温州划，南塘河、九山湖是主场。万水相连，百舸奔流。端午节把宋韵瓯风十里洋场都绑在一起，千舟竞渡，群龙争首，既是最炫民族风的时刻，也是国际大秀的辰光，这里面是有文化自信的。翻开《2022年东亚文化之都·中国温州活动年重点活动》的手册，龙舟活动有三项，5月有浙江省第三届国际龙舟公开赛，9月有亚运会温州赛区龙舟比赛，中间还有长三角城市龙舟邀请赛……虽然被疫情影响，取消的取消，延期的延期，但心中还是有那份热闹的。

温州今年受疫情影响，暂停民间划龙舟活动一年。但6月2日下午，"全民健身、喜迎亚运"温州市端午龙舟文化活动在温州市龙舟公园还是热闹开桨了。据说这是今年端午节期间，温州举办的唯一一场龙舟文化活动，官方的，不受暂停令的影响。旨在传承温州龙舟文化，提升传统文化节日的"仪式感"，释放一下市民群众对龙舟运动的喜爱之情。在温州，龙舟向来列端午节民俗之头部，我最早的主队是九山队。在端午撞蛋、雄黄涂脸、悬菖蒲艾叶、吃粽子、啖薄饼、佩香包等小儿科的快乐之后，站到九山赵州桥弟弟的游泳桥上，看远处龙舟齐发奔来，喊声震天，龙舟鼓手、舵手、旗手、桨手各司其职，同气连枝，这个成人的集体游戏往往有荷尔蒙炸裂的感觉。

温州把龙舟置于东亚文化之都的头部,强化龙舟品牌赛事的影响力,全力打造"运动之城",擦亮"看龙舟,到温州"的城市金名片,是为进一步营造亚运氛围,践行"体育让生活更美好"的理念,高质量推进共同富裕示范区建设,加快建设"千年商港、幸福温州"贡献体育力量和文化力量。改革开放40多年来,中国人没日没夜地劳作换来举世瞩目的经济成就,却一不小心,让韩国抢先把端午祭注册成世界非物质文化遗产。韩国还算客气,在申请文件里摆了一句:端午节起源于中国。言下之意,是发扬于韩国?所以,这一次东亚文化之都活动布局发源地之龙舟项目也是补救行动之一。谁让你忽视呢?未必你当端午节是草,但人家早拿去当宝,尽管他们家几百代都打不到和屈原的关系。亡羊补牢为时不晚。

上海今年肯定是不办龙舟赛了。暂停民间划龙舟无妨,听说端午节三胎航母要在上海下水,媒体戏称"超大龙舟""和平龙舟",也算是安慰,祈盼早点宣布疫情结束,省下这15分钟核酸圈的投入,航母随便造了。要看普通龙舟且让我带你穿越到2009年的长风公园看一看民间划龙舟的盛况吧。

那一日我在长风公园里闲坐着,湖畔清风拂面,阳光晒得人舒爽,水面上有几艘龙舟在操练。有人击鼓,有人喊号,一水的救生马甲,和着桨声一颤一颤,十分养眼。

我坐在海上宴前面的甲板上,操起相机就拍,那龙船兜了个圈子就迎过来,长焦拉近了看,居然是一船老外,那奋勇击鼓的,竟然是一位白人女士,那橙色的救生衣背后赫然写着"军训"两个汉字。

一艘船过去,再来一艘,又是一船老外,只是救生衣换成迷彩的了,疑似模仿海军陆战队,原来这一汪湖水,早成了洋人的练兵场。当别国人过你的节日的时候,你国必有可人之处。

对文化的认同是终极的认可。和平是我们的文化在他国人心中开出花来的结果,是载满了老外的龙舟,是毛茸茸的手掌中握紧的听你号令的桨。

2022年6月3日

温州记：猪脏粉，你才是天生要强

总觉得要给朋友们一些天生要强的美食力量，美食也是希望。

报业这幢大楼突兀地矗立在公园路历史文化街区，改造之后，华盖山下的早间市集就消失了，那是妥妥的人间烟火啊！多少次在世界杯特刊清样之后，我们仍挤在一起拎着啤酒看球，走出大楼，天已大亮，从电视屏幕中的"魔幻世界"中回过神来，摇摇晃晃走在大街上，夏天早晨的日头晒下来，头晕目眩，早间市集熙熙攘攘，极为拥挤，我想象着在人群中奋力地带球过人，事实上只是一张苍白的脸在人群中若隐若现。

闻武笔下的公园路，除了"人间烟火"后面一个感叹号，其余全部是逗号，像一个一镜到底的长镜头，带一点摇晃，既致敬《重庆森林》《东邪西毒》和《一代宗师》，也带有90年代温籍作家王手《少年少年》中扑面而来的温州旧城感。每个人心中都有一条公园路，而闻武的公园路宇宙，我也曾经身在其中，90年代，除了送稿，偶尔也会去报社看球。于我这只写不编的编外作者，去日报社就不仅是黑夜，白天更多，甚至还在报社参加过当年市直机关青年联谊会的成立大会，当年的发起人之一如今已是分管宣传的市领导。

在公园路 La ville Cafe 南面的一米阳光中签了两本《评球》之后，我对这个神奇的宇宙拐角既敬畏又亲切。午饭时间到了，我问闻武："你就说转角有没有猪脏粉吧？"闻武这个写过炊饭、猪脏粉和白蛇烧饼的非主流美食版主立马来了精神,随即带我和王奇、维纲三人从公园路西行穿过解放路走到五马街口温州大酒家边上的一条小巷中的邵记。为了烘托气氛还不忘说一句,温州大酒家的馒头小时候有钱人才买得起。喏,猪脏粉就在边上。

小小的邵记还是个复式的餐厅,田螺壳里做道场,餐巾纸装在墙上,处处体现温州人的智慧与倔强。我们到楼上坐下,不一会,猪脏粉上来。这是我多少次在寒冷的冬夜中补胃的美食啊,大蒜叶、新鲜的鸭血、无腥、极有弹性又好嚼的猪大肠,还有那串起一切荣耀的粗粉干。我还记得1982年,我的初中历史老师王朝曙上课举例说一角六分的猪脏粉的历史性和经济性,王老师那时还是姆巴佩这个年纪,后来当了温州中学校长、温州市教育局局长,学术成长路上,猪脏粉应该也立功。

我吃了一口,汤汁中的黄豆酱略不比童年,大蒜叶似乎也小了一些,看来还是我的童年口味重啊,但大肠是极糯的,粉干是到位的!我发了九宫格到朋友圈,结果"古城美景你不看,就对大肠狂点赞",面对如此爱美食的朋友圈我放心了。朋友!即使你暂时失去味觉,一周之后你仍然是一条好汉!40年来,世界杯举办了11届,猪脏粉尤立世界民族美食之林,世界杯1982—2022,如果要选一款美食合作的话,我以为非猪脏粉莫属。猪脏粉,你才是天生要强。

2022 年 12 月 23 日

温州记：划一根火柴，可以照亮整个星空

5月6日,我辗转欧洲和国内多地回到母校,回到温大校友之家。我上一次回"家"是140天前卡塔尔世界杯决赛前夜,在这里和全球近6000名校友分享了从世界到世界杯的体会与感悟,我甚至收到了北美校友也是中学同学妈妈的问候,这让我激动不已。Web3.0时代的温大将时间和地点全部虚化了,时空流中的校友之家通过一次线上线下联动的思享会把我的大学变成了一种元宇宙里的状态。我在世界杯决赛前拥有了一种从宇宙到元宇宙皆不迷茫不懊悔不焦虑的大自在,我都怀疑温大是不是帮我打通了什么?

从进温大读书至今三十多年来,我第一次见识了遍布全球的温大校友力量,我深为自己身在其中而自豪,随着时间的推移,我越来越对"温大人"这个标签感到舒适。我在担任上海校友会副会长期间,参加了上海校友会组织的多次活动,从读书会到音乐会,从集体团建到个体走访,从抗疫救灾到共同富裕,从书法金石雅集到超现实主义油画……在高天乐会长的带领和陈康汉秘书长不遗余力的推动下,许多上海滩的资源和人脉逐浪而来,搞得我也有点晕眩,这个一分钱会费不收的校友会怎么做到比著名的某江商学院逛吃逛吃的做派还潇洒和更有文化底蕴的?

我这次来是赴温大欧洲校友会成立之约,应79级物理系学长孙运之邀请来主持欧洲校友会的成立仪式。说起来也是"玄幻"的,我定居葡萄牙不

久,在新建的欧洲校友群中,得知欧洲还有100多位校友,筹备群中就有来自欧洲十个国家22个城市的校友,且大多是原温师院的校友,我从没想过他乡明月下还可晤一众同学人。关于这一点,我曾经在为沪杭甬三地校友会联合活动写的《执大学之道御白鹿而行》中提到:我记得2012年重回温大参加同学会,温大起点已可追溯至1933年,时代大潮天地熔炉,且夫大学为炉兮,师长为工;岁月为炭兮,友情似金。得益于师院温大之合,于我,则新增无数为工之师长,多得赋能之古炭,幸哉!

1988年我明明是在第四志愿报的成立才四年时间的温州大学,在全球温大人的共同努力下都快成为一所百年名校了,不能不让人感慨选择比努力重要。当年我要是去了第一志愿,母校历史还没有现在这个排面。我在中学的时候曾从零花钱中捐过三元给在建的温州大学,这可能是只有温州人才有的经历,我这不是拥有最低成本的捐资建大学的体验吗?这个大学还成了自己的母校,在人类历史上也不多见吧?5月8日,陈振洲学长担任总导演和制片人的纪录片《三元券》播出,他特别关照我予以关注。当我看到"我划一根火柴,把整个校园都照亮了"时,由衷点赞,这句话太酷了!一句话道尽老温大筚路蓝缕的创业史,亦凡尔赛了普罗米修斯式的神之孤独和玉汝于成的人之功德,该凡尔赛绝不卢浮宫,母校都90岁了,还客气啥?如今的温大是浙南闽北赣东第一的综合性大学,正在加快建设高水平研究教学型大学,是习主席嘱咐要办好的大学。杏坛之上,圣焰熊熊。

我赶到学校时正好下午两点,随欧洲校友参观了校史馆。90年前,黄溯初先生慷慨兴学,创办省立温州师范学校,拉开温州大学办学序幕。1984年,老温大在三元券的托举下以600万人抵一个包玉刚的四千精神为寄光荣成立,苏步青先生出任名誉校长。我1991年毕业时毕业证书上有苏步青先生的签名章,苏先生是几何大王、东方数学之王,且文理兼修著作等身,实我毕生之偶像。能通过温大获得苏先生的签名,也是我从未想过的,感觉上温大就是抓了一个时光盲盒,好多意想不到的事物在时空流中依次露出来,让你莫名中奖,故作无辜地顾盼,暗暗窃喜(年少时我们喜欢故意用这样的病句,比现时"挖呀挖"什么的要高端许多,毕竟兼容了文言文和白话文)。谷超豪是苏先生的弟子,也是大数学家,2004年谷先生担任老温大校长期间完成了温大和温师院的合并,他说是完成了苏先生交办的任务。可见温大和师院之合,是苏先生的一大心愿。温州大学正是有这样的两代学术泰斗著名乡贤领军,九秩芳华坎坷才终成平路,才从小小火光发展到如今煌煌之亮。

上海校友会会长高天乐在13日的办学90周年纪念大会上代表全体校友发言:回味4年母校学习生涯,我感到终身受益又永志难忘的是,老师倾心倾力教书育人的师范是那样的崇高令人敬佩不已,学生倾心倾力刻苦钻研的学风是那样的浓厚令人振奋不已,同学倾心倾力互帮互助的品德是那样的纯粹令人沉醉不已……我想正是这点点星光汇聚成的璀璨,成就了我们的温大,成就了我们温大人。

所以,90周年校庆之日,划一根火柴,能把整个星空照亮。

2023年5月15日

温州记：敢为人先微芒成炬，四千精神滋润你我

在温州大学欧洲校友会的成立仪式上，校领导蔡曙光学长特地用了一个PPT来介绍我们已经不太了解的温州大学，特别提到摘自中共中央党校出版社出版的《干在实处 走在前列》中习近平主席的一段话："要高度重视教育和人才工作，特别要办好温州大学等高等院校。"这句话在学校的墙上就有，147天前我回母校兴冲冲地和主席题词合影，桃李春风中笑容灿烂。147天后这张照片上了商学院仲辉商道讲堂外的海报"我的大学 我的专业"。三十多年前，我到了温大，是命运的选择；三十多年后，在中央领导的勉励中，再读前不久刷屏的李强总理关于四千精神的讲话，我看到的是时代的需要。

回顾温大人筚路蓝缕栉风沐雨的创业史，我们不难看出改革开放是极其需要我们这一批颠沛流离自寻出路的温州人的。总理说的四千精神别人听了可能还是新词，我们早已融入血液，"走遍千山万水、想尽千方百计、说尽千言万语、吃尽千辛万苦"。这种精神在1988年我入学时已经在温商的江湖中传唱，在之后江浙等地发展个体私营经济、乡镇企业时得到了广泛的传承和发扬。说来惭愧，我到现在还在这个状态，走遍七大

洲五大洋，刚刚还加入了欧洲校友会，不为人先都没有饭吃。我为《平路易行——人类极简史 地理小发现》写的广告语"千锤出山坎坷终成平路，百炼成钢江湖莫不易行"哪里是什么原创，就是对联版的"四千精神"啊。

《划一根火柴可以照亮整个星空》发出后，校友和朋友圈反响强烈，同班王同学转发时还批注了一下：温州有山有水气候宜人，真的是个好地方，但为什么难"留"人？其实跟温州人身上志在四方"闯"的精神有关，就像李总理说的使出"四千精神"闯世界，这篇温大校友的文章就是最好的写照，同时也回答了温州为什么成了原生家庭——游子遍世界。而我在"人类极简史 地理小发现"里面表达的意思是敢为人先是温州人的生存方式，四千精神真是不得已为之，这个七山二水一分田的家乡，困难时粮食都吃不饱。当年又是海防前线，国家也不给投资，不出去闯能好啊？而且祖上又是南戏发源地，宋韵瓯风文化源远流长，人又聪明。温大名誉校长和校长都是世界顶流的数学家咱不说了，温州人中还有国际象棋棋王棋后，我们88财会班里42个同学，二代三个清华，一个北大，这么能打还待那里等国家给饭吃吗？

温州大学的校训是"求学问是，敢为人先"，其中"敢为人先"是温州精神的精髓，意为开拓进取、敢想敢为、追求卓越。"敢为人先"要求温大师生敢于迎接新挑战，冲破旧框框，探索新路子，取得新成就。就欧美校友来说吧，或在侨居之国白手起家无中生有，或猛龙过江继续敢为人先。即便是养老，也要和中国式的现代化结合，贡献光和热的。我主持欧洲校友会的成立大会，听了诸多欧美校友情真意切的发言，深为敬佩和感动。孟子说的"不吝微芒，造炬成阳"可不就是说平凡而努力的我们吗？

百年树人江湖莫不易行，大学之道并不是培养完美的人，而是从培养出拥有"真心、正义、无畏和同情"的人开始。这一点温大做得很好，我们有更多实业报国的校友、更多独木成林的师长，我当年的大学班主任周星增老师在上海办了一所名叫"建桥"的大学,他在某一期的学生毕业典礼上勉励学生做好人中人,弘扬微芒成炬之大义。大学就是建一座桥,90周年的温大,就是90年来的学子共同的摆渡人。我再次祝愿我的学兄学姐学弟学妹一生都有吉祥的白鹿相伴,做最好最美的自己,克明峻德,无问西东。

2023 年 5 月 16 日

乐山记：神秘的大佛

我第一次去看大佛，以为是释迦牟尼佛。你不用笑我，大多数中国人很难将乐山大佛的外形和弥勒佛对应起来，中国人心里的弥勒都是天王殿前大肚含笑之佛，少见如此正襟危坐的弥勒。

第一次去看大佛那时年少，从武汉上船，四天在船上，经三峡至重庆，再从重庆辗转到乐山，与林语堂在《苏东坡传》里描写苏氏父子三人的快意出川之旅线路重合，方向相反，只是少了滟滪大如象，瞿塘随便上了。多了个葛洲坝，三峡工程也快要上马，媒体已经在叫嚣三峡告别游了。那时一个快乐少年郎，正初试人间路，路里崎岖不见阳光亦无所谓，泥尘里，快乐自然有几多方向。丰都看幽魂、白帝城看三国、入川看倩女，峨眉山下一脸盆装的黄辣丁直入饥肠，走进邮票中的报国寺之前，到了乐山。

那一日，乐山大雨，在乐山港码头登船，披着雨衣，像个水手一般晃到大佛前的江面上。第一次看到神秘的大佛，因为船晃得厉害，如同在电影院看不合格的放映员在放一部摇晃的3D片，人的手在动、心在动，于是，看大佛也在动了。20世纪90年代初期，还没有数码相机，胶卷记录的镜头上的雨水终不曾被PS过，寒风冷雨中，以为见了释迦牟尼佛，不曾想是弥勒，以为是现在，其实已未来。

第二次去是戊子鼠年，汶川地震后的一个月，灾区重建的标语犹在，乐山大佛景区人迹罕至，凌云栈道左右随意，垂直跑三分钟可速降到大佛脚下，寂静的三江畔，很有如来气质的弥勒望着远方，脚下是祈福的我。这一年，金融危机、地震，否是否极了，顽强的人都在坚守，坚守一个终于会有的泰来。

那一日，再去乐山，见人满山，栈道上全是蚂蚁一样的人群，摩肩接踵，蜿蜒而下再逶迤而上，专家预计需耗时三个钟头，我绕到佛首后面，看1051个肉髻，肉髻上，竟看到一群队列整齐的蚂蚁正在行动，他们要搬去哪里？

很快到了庚子鼠年，乐山大佛景区又变得人迹罕至，凌云栈道再度左右随意，垂直跑三分钟可速降到大佛脚下，寂静的三江畔，很有如来气质的弥勒望着远方，脚下是意念的我。这一年，科比出了意外，马拉多纳也走了，否是否极了，顽强的人都在坚守，坚守一个必然会有的泰来。辛丑年的清明，大佛前又全是蚂蚁一样的人群，据报在乐山城区吃个跷脚牛肉，也要排队3个小时，五一长假大佛所在的凌云山景区更实行分时游览，每日限量2.8万人，景区工作人员严阵以待，迎接全国各地奔来、摩肩接踵的朋友。举国有效抗疫与全民辛勤劳动，使得景气恢复得出人意料。

今天是劳动节，摘一段布袋和尚作的插秧歌：手捏青苗种福田，低头便见水中天。六根清净方成稻，后退原来是向前。这首诗是把劳作与修行二合为一的顶级作品，寥寥数语却能将佛教文化中的主张的积德行善与福报的因果关系，正与反、进与退的辩证关系说得明明白白，田为福田，稻亦为道。眼、耳、鼻、舌、身、意六根清净方成道，暗喻方便修行之法，劳动成佛之乐。

布袋和尚出家前名为"契此"，由于长在明州奉化（现浙江宁波奉化）长汀村，故号"长汀子"，传说唐朝时，宁波龙溪上漂着一捆柴，柴上有一幼儿，有恻隐之心人将其救起，只见孩子圆头大耳、眉清目秀，对人眯眯笑，后来，这孩子长大剃度到香火鼎盛的岳林寺。出家后，他总随身带着一个大布袋，人称"布袋和尚"。布袋和尚在农家长大，插秧自是本行。相传有赵、钱、孙、李四家同时请他帮忙插秧，他全都答应。至晚，各家来请吃饭，他亦分身赴席。众人见各家的田均已插好，始识他绝非普通的劳动模范。有人问插秧感想，他随口吟出饱蕴禅机、生动活泼的插秧歌。此诗浅白平易，却富含哲理,至此布袋和尚神通渐为人识,不但大肚能容,而且法力无边。

后梁贞明三年(917年)的某一天,布袋和尚坐在岳林寺东廊磐石上,说了《辞世偈》后圆寂:弥勒真弥勒,分身百千亿,时时示世人,世人总不识。人们恍然大悟,以为此即弥勒菩萨显化,从北宋开始,就画或塑了他的形象,供奉于天王殿中,称为大肚弥勒;有的还让他带着那个"布袋",各佛寺中、飞来峰上那位笑口常开、袒腹露胸的弥勒菩萨像,即由此而来。

乐山大佛开凿于唐代开元元年(713年),完成于贞元十九年(803年),历时约90年。那时世间还未有布袋和尚,故而弥勒佛的造型与如来佛相差并不大。唐代善于造阁,亦是基建狂魔,乐山大佛原本不是露天的,而是在阁中端坐。乐山(古称嘉州)人苏轼在《送吕昌明知嘉州》诗中,有"卧看古佛凌云阁"之名句。浙江人陆游《谒凌云大像》也有"不辞疾步登重阁"句,这"凌云大像"就是乐山大佛。

世上尚有一处不辞疾步登重阁的地方是敦煌的九层楼,楼高45米,依山崖而建,在莫高窟上寺石窟群的正中,亦称莫高窟第96窟,里边供奉的是世界最大的室内盘腿而坐的泥胎弥勒菩萨的造像,九层楼也称"大佛殿"(《莫高》,见《平路易行——人类极简史,地理的发现》),因为建造时武则天当政,武则天对民间宣扬自己是弥勒的化身,故而大佛造型丰盈圆润,完全不是后世"大肚能容容天下难容之事,开口便笑笑世间可笑之人"的弥勒佛形象。

2021年5月1日

嘉兴记：百炼成钢坎坷终成平路

这一日，朋友圈庆祝建党百年的言语和早一日的外滩灯光秀刷屏，我想应景地发条朋友圈，算是七一到达南湖的纪念。思来想去，写了一联"百炼成钢坎坷终成平路，千锤出山江湖莫不易行"，又选了"不忘初心，牢记使命"八个字放在自制海报的C位。次日参观南湖革命纪念馆新馆，发现新馆正门就刻着"不忘初心，牢记使命"八个大字。《华严经》经文中有"不忘初心方得始终"，王阳明心学更有"不忘初心砥砺前行"，中国共产党因为治国和抗疫成绩好，到了建党百年之时愈发自信，儒学佛学皆可为用，而对于党史的普及也更加实事求是。近年在党史宣传中肯定了陈独秀革命导师的历史地位，把之前着墨不多的陈延年、陈乔年也推至台前，《觉醒年代》在上海电视节上拿了最佳编剧、最佳导演和最佳男主三个白玉兰大奖，年轻人称之为"YYDS"，主旋律的电视剧能拍出这个水平，可以说是巅峰之作。

而号称《觉醒年代》电影版的《1921》就弱了一些，陈坤演陈独秀除了也姓陈之外其他方面和于和伟实在不能比肩。陈独秀比李大钊大10岁，位高名重，于和伟在《觉醒年代》中演出了陈的才情、霸气、国学功底、演讲水平、国际视野和大家长味道，这样的人才是比他大11岁的蔡元培三顾要请的北大文科长啊。

南湖革命纪念馆新馆比旧馆排场，也讲究，馆外水池种了很多荷花，荷叶亭亭如盖,衬着100周年的标志和远处宣誓墙上的党旗亦很好看。政治原本是生活的一部分,这一点,《1921》倒是呈现得不错,年轻人的婚礼、理发,渔阳里、望志路(现兴业路)、辅德里,一大二大都在石库门里展开,这些地方原本就带着浓重的生活气息。100年前的上海,即使被列强欺辱,上海人仍然熬过了生活的重锤,活得并不难看。不是每个大学生都能像朱怡真一样义无反顾投身革命,但那时的大学生大都有初心的美。如果《觉醒年代》《叛逆者》《1921》这些作品能鼓舞当代青年振作起来面对沸腾的生活,起码不要躺平,那也是功德。

2021年7月6日

大连记：夏天在渤海的船上，秋天在大连的岸

2009年8月6日，从北京华侨城出发到天津港，车子上了滚装船，横渡渤海内海，一夜时间，到了大连。滚装船到岸的那一天，是立秋。以为是夏访大连的，到了，才知是秋天了。当时就发了这句：夏天在渤海的船上，秋天在大连的岸上。

20世纪90年代的大连一度被称作"北方香港"，2009年离我第一次去大连也已经过了八年之久。大连已经过了最红的时候，但我第一次驾车在大连码头登陆，抬眼望去，整齐干净的现代建筑，空气清新，阳光温暖，竟有几分别样的异国情调。东北亚的城市里面，要说能和东京、首尔别别苗头的，真是非大连莫属，在《东京攻略》和《韩城攻略》之后，2009年的大连，遇上梁朝伟这种电眼，拍一部《大连攻略》也是无妨的。

除了建筑和空气，最能别苗头的是人。人好，一切便都好。那种奔放地低调着，优雅地张扬着的人多了，整个城市也就鲜活起来。大连的美女多，好车也多，我在星海广场上看见"小平岛之夏　纵贯线'8·24'演唱会"的广告，想起那个小邓演的开着英菲尼迪在这个城市艰难泡妞的地产商，美女擦肩，海风掠头，便得出钻石王老五纵贯一日便能遭遇艰难爱情的结论。

带了车来，大连确实是一个一天可以走完的城市，大连和青岛不一样，青

岛都是浴场，从第一到第 N，很休闲。大连都是广场，从"五一"到"人民"到"劳动"，很励志。毕竟是关东的城市，气质里面有股闯姿，当很多洗得干净的名车排在霓虹灯下的海滨时，你应该承认，这里的人们是努力和有业绩的。当很多气质优雅的女子路过街头时，你也应该承认，这里的女子也是很努力的，想必因此鼓舞了很多自强的男儿。

2022 年 1 月 8 日

丹东记：边城，总有那么些东西待你跨界探索

2009年南方的台风莫拉克肆虐的时候，中朝边境的丹东一片风和日丽。鸭绿江温和得像一条可以传递的绿丝带。一年前地震过去一个多月，我去四川，大渡河也像这么一根绿丝带。几天前大渡河突然变脸，河水直夺乐山，十几万人转移。

千万里山河，不是天变脸，就是人变脸，丹东这个风光旖旎的边城，最有名的景点竟然是被美军炸成几段的铁桥，桥头是志愿军入朝的群雕，1950年10月19日，彭德怀从此过江。

在桥头群雕里面，彭德怀的右手边是毛泽东的儿子毛岸英，跨过了鸭绿江就再也没有回来。十多年后，对岸的金刚川、长津湖被中国的文艺老中青合力拍成同名电影，票房很高，只是因为疫情，才没有趁势成为旅游目的地。

那几天，朝鲜旅游的大节目出来了，十万人参与演出的《阿里郎》开始吸引改革开放30年后的中国人雄赳赳地跨过鸭绿江，气昂昂地进入平壤，寻找一个失落的世界，对一个人的意志规划出来的、整齐划一的社会生活充满好奇，如同验证自身改革开放的成果。

我当时到边境的时候，克林顿的专机刚带两个被朝鲜逮捕的美国女记者离开，美朝关系因为这个风流前总统的到来而变得缓和，克林顿成了美国政

坛传出来的一条绿丝带。鸭绿江的上游甚至还可以游泳,有一条支流居然叫爱河,爱河边还建有度假村,估计可以在里面洗浴,便可号称永浴爱河。不过十几年过去,现在的流行说法是女人离开男人,就像鱼离开自行车一样,爱情神话不再,爱河似乎也没有什么号召力了。

再上游,是虎山长城,是中国最东端的长城。长城脚下没有公社,对面也许是公社。有一条小河沟,叫做一步跨,水少的时候,一步就跨到朝鲜去了,现在有几艘小船在河上揽生意,主推朝鲜一跨游。边城,总有那么些东西待你跨界探索,因为差异,就有好奇。其实那不过是一块似曾相识的土地。新华社平壤2022年1月6日电,据朝中社6日报道,朝鲜5日成功试射了一枚高超音速导弹。

2022年1月8日

葫芦岛记：时空流中的温泉汤与兴城攻略

从沈阳东陵出来，一拐弯就上沈阳绕城，路顺得让你几乎能感觉到努尔哈赤的注视，从盛京到宁远到山海关直插北京，这一路650公里，就是清军入关的路啊。努尔哈赤起家的时候，只有爷爷和老爸传下的13副铠甲，经过20多年打拼，建立了后金，即后来的清政权，与大明分庭抗礼多年，最终夺取了大明的江山。

这条路，一直是我想走一遍的路，最感兴趣的是明朝的关宁防线，在这条防线上，明军无数次地抗击了清军，甚至重伤了清太祖努尔哈赤，令其不治身亡。到最后却以非战争原因拱手相让，13万清军直抵北京，清王朝在忐忑不安中接管了中原，在踌躇满志中开始了康乾盛世，在满腹狐疑中度过了衰退，在彷徨屈辱中被列强瓜分，在无处可逃中被辛亥革命推翻。

明朝的湮没和清朝的兴起是这几年反复被诠释和演绎的，以史为鉴，可以知兴替。开国前后的清政权文化是弱势，管理是弱势，法制是弱势，但他们拥有的是一个新朝代的朝气，一腔舍我其谁的豪情，一帮有争斗更有团结的雄才，一个以汉治汉的大略。入关的时候，他们的脚步必然是轻盈的，心怀是开放的，胸襟是宽广的，那一千里征程和李白"朝辞白帝彩云间"没什么分别。在山海关天下第一关的箭楼上，我看到1948年解放军四野入关的老照片，即使是臃肿的冬衣仍然无法遮盖那从内至外的江山在手的喜悦。

只有山海关,能让你体会这种情怀,而关外第一市葫芦岛则让你酝酿这种情怀。山海关,能让你对明朝和清朝都生点敬意,这样一座雄关,在冷兵器为主的时代,几乎是攻破不了的,明朝的伟大在于建设和经营了这条防线,清朝的高明在于突破了这条防线,不论他们是以父之名还是以陈圆圆之名。历史告诉我们:有时候突破不需要攻破。明王朝的灭亡有各式各样的原因,腐败、陈旧、没有创新、官员素质低下、贪污横行、公款吃喝、结党营私、冒名顶替,应有尽有。关外的葫芦岛曾经是对抗大清的第一条防线,静静地看着盛京与东北,有位研究货币的老兄甚至说明朝的灭亡是因为没有发行货币,没法制造通货膨胀,当年要是按时发军饷,把购买力贬值的事儿扔给社会,就不会有部队哗变,关宁铁骑怎么着都得买房按揭珍惜这份工作,哪里会随便引清军入关啊!看来领导干部确实要懂金融。

在宁远(现葫芦岛市兴城)低矮的古城墙上,我曾经泛起一丝对清军的轻看,就这样甚至没有古树高的老墙,都能夺了清太祖的命去,清军入关,无非是明朝弱到极致,那13万人也不过是压垮骆驼的最后稻草,绝称不了豪强。2017年一个寒风刺骨的冬日,我再次到了兴城,方知兴城是温泉城,早在辽、金时代,就享有盛誉。明代曾在温泉修建"致爽亭",以备达官贵人淋浴和游乐观赏。最有名的温泉在明万历二十四年就被开发利用,当时称为"热水汤"。清康熙二十五年(1686年),被改称为"汤上温泉",民国时,张作霖在此建别墅,可谓时空流中的温泉汤啊。

家住沈阳的李总带我去了兴城的温泉,上了觉华岛,此岛400年前为明军辽西海上囤积粮料的重要基地,1626年正月努尔哈赤进攻宁远被袁崇焕击退损失惨重,转向攻打觉华岛,时后金并无水师,但那一年冬天奇寒,冰冻海面,后金骑兵策马踏冰上岛,明军失守,战况惨烈。今时要开发旅游,供奉渤海观音与妈祖,一堵一千多年前辽金时代的古寺院墙被保护起来。岛上还安排了一家银行,我们就在银行楼上吃的午饭。晚上和当地的朋友吃饭,才得知如今的兴城泳装业已经发展成为一个百亿级的产业集群,占国际市场20%的份额,国内市场占有率达40%,线上销售额占到80%,我想这大概与夏天游海冬天泡汤都需要泳衣大有关系。378年过去了,关防的宁远变成了做生意的兴城,也是进步,在"投资不出山海关"的喊声山呼海啸之际,亦算是"兴城攻略"下默默的反击。

2022年1月8日

抚顺记：清王朝的龙兴之地

2007年1月8日，我从首都机场出发飞沈阳，北京已经有奥运的气息，福娃似乎代表了中华民族一次复兴的机会。到达沈阳机场直接去了抚顺，抚顺是努尔哈赤的龙兴之地，几乎可以看到一个王朝的背影。而我去谈的是一个橡胶厂的并购项目，在大雪、冰凌、落日与高炉的映衬之中，尽见北国之疏朗。这座城市最著名的一座教堂改成咖啡屋，叫做1913纯真咖啡，晚上便在这里的炉火旁商谈。1913年，大清皇帝退位后的2年，溥仪还住在宫里，仍用宣统纪年，这里发生了什么事？后来了解到是为了纪念1913年抚顺市东七路朝鲜族基督教会建立的日子，教众们在新建的哥特式教堂二楼正面的外墙上留下了"1913"这个醒目的年号，那时朝鲜已被日本占领，这里可能是朝鲜流亡者的精神家园。纯真咖啡接力了这个年号，与溥仪没有关系，与溥仪有关的是抚顺战犯管理所，他从1950年开始在那里服刑了10年，1959年获特赦。

我第二次去抚顺是10年后的夏天，工作之余，去了永陵，永陵是著名的清初关外三陵之首，另外二陵是坐落在沈阳城内的东陵和昭陵，东陵清幽闹中取静，昭陵喧哗几成城市公园，我都去过，永陵在群山郊野之间，但给我的震撼是空前的。永陵位于新宾永陵镇西北1公里处，龙祖为长白山，被清顺治朝钦天监杜如予评为"天下第一福地"，风水绝佳。周围有青龙、白虎、近案三山,这些山距永陵都是 12 里。永陵后方的坐山有 12 个山头,陵宫恰好位于其中。前方的苏子河流经此地长度正好也是 12 里。12 这个数字象征着清朝 12 代皇帝,而永陵的风水地势所有的数据都与 12 相吻合。玄而又玄的是永陵后山有十二星峰,高低错落与清朝 12 个皇帝的在位时间长短完全一致。中间三个星峰最高,此与顺治、康熙、乾隆时期之鼎盛正相对应。嘉庆以后,清朝逐渐衰落;最后一个星峰隐约难见,如小小沙丘,正好对应末代皇帝溥仪。这个千万年长成的山峰高低与 12 个皇帝在位时间的长短如榫头般契合,如要用概率算这个偶然性,恐怕要用量子计算机了。

  传说努尔哈赤在长白山被其他部落打败,背着父亲的骨灰盒,逃到苏子河畔,当地人怕犯忌讳,说什么也不让他住店,无奈中他只能将骨灰盒取下来夹到了一根树杈上(当地习俗骨灰盒是不能着地的,不然就等于落葬了),准备次日来取,然后回客店住下。第二天要走时却发现怎么也拿不下来,一着急,他拿出腰刀猛力朝小树杈砍去,树杈竟然流血,转瞬间,砍开的口子又愈合了。努尔哈赤终于明白了原来后面的启运山就是一条龙脉,不着地,是一条悬龙悬在半空中,而自己在无意中放骨灰盒压中了龙脉。这个概率恐怕也不好算,启运山暗藏玄机,如果是命中注定,那也不用计算机了,就是 100% 的概率了。努尔哈赤葬好骨灰匣,回到长白山,把部落迁到离龙岗山不远的赫图阿拉住了下来。后来,以父祖被害为由,发布"七大恨"起兵,虽然他死于宁远之败,但确是当仁不让的清王朝开国皇帝,清朝也真的出了 12 代真龙天子。努尔哈赤从这里走出,溥仪最后又到了这里服刑,一个冒号,一个句号,藏在启运山苍茫的绿色之中。你说千万里山河像不像一个生造出来的世界?你叫他元宇宙也行。

  抚顺有亚洲最大的露天煤矿,也是被日本人运走 2 亿吨煤的地方,从资源型城市逐渐变为资源枯竭型城市,从中央直辖市变为普通的地级市。原来的矿坑现在开发旅游了。抚顺的朋友送我一个煤精制作的仙鹤笔筒,煤精是中国抚顺天然特产,产于抚顺西露天矿,是我国雕刻工艺品特种原料之一。

这种稀有的煤种,比煤坚韧,但比煤轻,黝黑发亮,可以看出有些颗粒带清晰的本质细胞结构,甚至可辨树木年轮线,因为它均斜夹杂在一般的煤层中间,故称之为煤中之精华。自然之物中有天地之密码,宇宙之算法。

2022 年 1 月 9 日

重庆记：火锅英雄大桥江湖

2021年7月28日，在重庆过了一晚，第二天早起，回想半个世纪以来自己到过重庆多少次了？应该不下15次吧？第一次是1996年，从武汉上船过三峡到重庆，三峡工程还没怎么样，但那时已经叫做三峡告别游了（见《峨眉山：宇宙神猴》。如今三峡犹在，当时登陆重庆的朝天门上已不见棒棒军，四分之一世纪如白驹过隙，层层叠叠的印象重庆被大力神抛掷在时空流里。

1996年至1998年，每次去重庆，都是重庆国投的朋友安排住人民宾馆，住在重庆的标志建筑，那个有天坛顶的人民大礼堂附属建筑群里，有一种被金融国企关照的得意。因为三峡工程等原因，重庆被中央关照，这期间，直辖了，所有的干部官升一级，处长变局长、局长变厅长；那段时间，全国的信托公司按一省一家的原则整顿，从249家减至60家不到，重庆国投岿然不动，很大程度就是因为市国投变省国投了。这个阶段对重庆居民的生活影响某种程度上比香港回归对香港居民的影响还大，所有的车牌都换了，川B变成了渝A。

1998年至2001年没去过重庆。2001年至2002年，每次去都住渝中区的万豪，五星级万豪酒店的对面是待拆迁的破房，楼上是当时重庆最豪华的夜总会，叫白宫，建筑和商业业态都体现出一股土洋杂处的味儿。2003年没去。2004年的国庆，参加一个重庆朋友的婚礼，住哪儿都忘记了，但记得坐船去了磁器口,毛血旺味道好来兮。2005年至2007年没去,网上最著名的重庆新闻是最牛的钉子户。2008年去,住金科大酒店,金科大酒店在江北,从前是鸟不下蛋的地方,当时已经车水马龙,到了晚上更是热闹,餐饮比客房还赚钱。

2005年至2008年,重庆的变化很大,有人说是得益于交通部长调来做市委书记,重庆进入了路桥时代、轻轨时代,交通完全改观了。2002年,上海去的黄副市长分管交通时,我考察过重庆的过江交通,坐车从渝中区到弹子石一圈兜下来要1个多小时,如今隧道过去了,10多分钟。我乘坐过跨长江和嘉陵江的索道,票价只有2块钱。2006年,电影《疯狂的石头》里面可乐罐就从长江索道的轿厢里扔下去的,是那谁在坐索道过江的时候叽叽歪歪城市啊、子宫啊、泡妞的地方。索道轿厢是重庆人必不可少的生活空间,重庆是一个盒子里的城市。跨座式的轻轨是横着的一串盒子,大楼是竖着摞起来的盒子,横盒子从竖盒子中穿出来蔚为壮观。到了2016年,便是电影《火锅英雄》中的场景。

山城嘛,有时候十多层出去也接着路。江城之跨河也有许多种妖娆的方式。菜园坝大桥是请上海的团队过去代建的,重庆人看了卢浦大桥升腾起拱桥念想,想了,就做了。要说基建狂魔这个概念,重庆是浓缩的样板间。友方林同棪国际工程咨询(中国)有限公司接了无数设计的活,设计了重庆绝大多数的大桥,林同棪国际的总经理杨进先生曾与我一同考察了庐山观音桥(见《庐山记:古道国士观音桥》)。2016年我去重庆,董事长邓文中院士送给我一本他写的书《造桥构思》,是清华大学出版社出版的。邓先生是美国中国工程院双料院士,被称为"百桥之父",设计了全球100多座桥梁,有"太阳始终照在他的桥上"一说。就在那一年他提出在福建平潭和台湾新竹之间,建一座大桥,"让两岸往来无间"。

以前到重庆,会收到一个短信:欢迎您来到中国最具有地理禀赋的城市,江城……山城……2008年领导换了,不发了,大概是让客官自己体会了。2002年的重庆,报纸上一会儿重庆VS香港,一会儿VS上海,甚至VS巴黎和纽约的，感觉城市的心态很浮躁，老喜欢和几个世界名城别苗头，实际上还差很远。2008年消停了，但看上去差距反而小了。我去看过金科房产做的几个楼盘，其中"金科10年城"的洋房做得非常好，即使是拿到北京、上海也绝对是一类住宅产品。老板是从做榨菜有名的涪陵出来白手起家的，但2008年时公司的产品也已经一点都不输给老牌地产龙头万科。

又过去了十几年，南岸区的滨江路如今还是餐饮一条街，但原来是一排临时建筑，现在都变成高楼大厦，金碧辉煌的喜来登酒店树起来了，看上去有点像澳门的样子。重庆的市花大约是海棠，滨江路有一个金色海棠的雕塑，可惜长得和香港的紫荆花太像，恍惚又到了香港。在南岸看渝中区，是密密麻麻的重庆森林，长得有点像从九龙看过去的港岛，又有几分像新加坡河看过去的圣淘沙。明显不同的是，香港的霓虹大都是国际品牌，2008年的重庆，霓虹灯以做摩托车的力帆为龙头，远远的还有一个重庆银行的牌子，比较有本乡本土的气息。2003年力帆集团曾斥资收购云南红塔足球俱乐部，改名为重庆力帆。我想不到的是，2021年7月底，当我再一次住在南岸，远眺渝中半岛的朝天门上建成不久名为"朝天扬帆"的莱福士广场时，重庆自己的力帆已经申请破产。

当今晚的12强赛，中国队毫无悬念地输掉与日本队的比赛之时，当伊东纯野像C罗一样跃起头球破门的时刻，我才猛然意识到中国碰足球的民营企业基本都逃不过中国足球惨败的魔咒。重庆力帆、广州恒大、大连万达、辽宁实德、江苏苏宁……它们原本是金元足球的催生者，却被中国足球反噬。我从来不看中超，是怕被负面的气场影响到。但中国队对日本队，我舍命陪君子看了10分钟，实在是胸闷，人家是朝天扬帆，咱这连巴西裔中国人都包括在内的国家队，却连帆都升不起来。练拳不练功，到老一场空。练功不练拳，如同无舵船。

2022年1月28日

昆明记：一万年不曾迟暮的美人

1. 七夕

2009年8月26日,14点10分,MU5806开始登机,这是一架上海飞丽江的班机,经停昆明。这一天,是七夕。高原是离银河最近的地方,丽江号称是艳遇之乡,如是我闻,人间的牛郎赴一个不知织女是谁的七夕之约,也算是一种现代的浪漫。同机大约有1/3的人是去丽江的,从行头上能看得出来,神态上也可见端倪,看上去都对丽江充满了期待。

又遇航空管制,还好牛郎不用搭飞机去见织女,如此频繁的晚点很容易误掉重要的鹊桥约会的。干坐无聊,我刚翻开一本书,七夕主题的短信就见缝插针地吱进去三条。诙谐的、煽动的、搞笑的,短信真是一项很好的发明,它让你无法装作不知道今夕是何夕。当然,社会上很快就会有微信和朋友圈了,再往后还会有元宇宙。

2008年的七夕,我在温州,2020年的七夕,在青岛。还有些七夕记不大清了,飞云南的七夕将几多柔情几多粗犷的疆土,揉在一起。吴三桂的云南、远征军的云南、阿诗玛的云南,终于变成旅游和度假目的地的云南。对我而言,则是一个商务的云南。云层之上,美不胜收。很久没有看过机舱外的风景了,既是七夕,就应景地看看。

快到昆明的时候,彩云之上的风光迎面撞上一场大雾,如同一场恋爱遭遇了风暴,高原天气多变幻,但很快也云开见月明了。巫家坝机场,一个罕见的离市区很近的高原机场。去丽江的也要先下飞机,大家上不同的摆渡车,市区的归市区,丽江的归丽江。昆明的交通太堵了,很近的路走了一个小时,当我们到达晚宴的地方时,那些旅行的人八成已经到了丽江。

2. 翠湖

这两次来昆明,都被安排住在离翠湖两千米远的震庄。忙忙碌碌直到七夕才知道震庄的来历,原来还是大有来头的。震庄曾是民国时期云南省主席龙云的私人别墅。震为八卦之一,表东方,东方属青龙,与主人的姓氏相符,震庄一名由此得来。震卦属雷,即龙所居。有讲究的地方都与易经脱不了干系,震庄内还有乾楼、坤楼,乾卦,表阳刚、自强不息、亨通、成功、重大;坤卦,表阴柔、地道贤生、厚载万物、运行不息。易与天下准。

第二天中午在翠湖的一个园子里吃饭,春城秋日依旧无处不飞花,那种明媚,在江南,也只有三四月的西湖才有。园子外的黄墙,竟然是云南陆军讲武堂,云南陆军讲武堂是中国近代一所著名军事院校,开办于1909年,号称"黄埔军校的摇篮",至辛亥革命时,讲武堂已为云南新军输送中下级军官600余名。很多行业人士比喻自己的专业学堂正宗,常说自己的学堂是××行业的黄埔军校,看来都不曾知晓还有一个陆军讲武堂更源远流长。曾经是云南陆军讲武堂的学员,后来成为共和国元帅的朱德,称云南陆军讲武堂为"革命熔炉"。百岁的云南陆军讲武堂这栋仍保留完好的米黄色砖木结构的四合院的二层建筑,是中国军事史不可撼动的一部分。

秋见春翠。在翠湖边上四合院内,说不定朱德还种过兰花。从古老的彝族山寨走来的龙云,从四川辗转到滇军,也是从云南陆军讲武堂开始他的军旅生涯。春是四季之始,春城于他也是大运之始。龙云主政云南期间,保持了云南相对稳定的局势,在军事、经济、文化、教育等方面进行了一些整顿和改革,对东南亚各国采取开放政策,收到一定成效,云南实力增强,被称为"云南王"。1949年8月13日,龙云在香港发表《我们对现阶段中国革命的认识与主张》的声明,正式宣布起义,拥护中国共产党的领导,历任中央人民政府委员、国防委员会副主席等职。

3. 石林

石林因为离昆明近,所以很少人在那儿过夜。一年300万的游客,流过,却没有留下,成了彝族自治县的领导很苦恼的事。

当丽江和中甸还没有名气的时候,石林已是云南旅游的老大。以前的情况是:如果你来昆明两天,你去不了版纳,去不了大理,那你就去石林。我第一次去石林是在15年前,到昆明参加"云天化"的网下发行,本来想完事了就去版纳,没想到出了点岔子。这一耽搁,版纳就没去成,结果是去石林看了阿诗玛,然后去了大理。石林当时还没有世界自然遗产一说,曲靖卷烟厂有种香烟叫石林牌香烟,十分有名,还有红塔玉溪卷烟厂的阿诗玛香烟。这俩香烟和凤凰牌香烟、金猴牌香烟的烟壳都是20世纪80年代可供收集的上品,和现在的茅台酒瓶一样。

石林现在是世界地质公园、世界自然遗产、国家5A景区、国家重点风景名胜区,头衔越来越多,但人气却被香格里拉和丽江超越,石林的问题在于缺少像九寨天堂、悦榕庄一样上品的酒店,缺少异族风情的街区,缺少小资们传诵的话题,现在的名胜界就像娱乐界,你得有话题,结婚是话题、不结婚也是话题、生孩子更是话题。风景名胜区一样需要晒幸福,一个阿诗玛是不够的,要有千万个阿诗玛坐飞机来这里晒幸福,酒吧得有,客栈得有,除了石头,得有水,石林的阳光是无比温暖和舒适的,可晒的地方还需要发掘。

在石林吃了顿早晚饭,出来时彩霞满天,那些石头都被镀过彩金一般,分外可人,石林的夜如同雁荡的夜,是最迷离的,不同的是雁荡住的人多,而石林住的人少。不留下,夜色就消失了;宁可消失地平线也不要消失夜色。消失了地平线,多了一个风情万种的香格里拉,而消失了夜色,就少了一个迷情的石林。

2009年光棍节,本来计划去北京的,计划不如变化快,改去了云南。在春意盎然的昆明,有点庆幸避过了北京的大雪和上海的阴雨,除了高原上的太阳有些热辣、光棍节几个临时光棍只能斗斗地主消遣之外,还真挑不出这个旅程有什么不爽。对于天赐的温暖的阳光和翡翠的彩云,不由得生出一些感恩之心来。光棍节的下午,又去了石林。

石林的边上,有一个彝族的村庄,叫阿玉林村,村里有几棵百年历史的古树,老房子的墙上挂满了金灿灿的玉米,有牧童牵着牛走过,后面还跟着一群羊。村西面有一个湖,湖对岸有一些和石林景区里一样风貌的石头,像一支石头军派出来侦察的小分队,湖水漾着夕照,村南面还有一条叫巴江河的小河,一直流到石林县城去的,在这个镀金的黄昏,我想起了一个名字,叫做黄金河谷。

石昆高速已经通了很久了,但石林到昆明的火车还在开,只是游客不多,一天一两趟,可以达到离村子很近的地方,步行就可以过来。火车是很浪漫的交通工具,如果是对眼的男光棍和女光棍一起坐火车过来,在黄金河谷流连,即便原本陌生,也难免就成了双。可惜游客大都坐着大巴过来,转一圈,看看石林又坐大巴回去了,光棍就还是光棍。

4. 滇池

日落时分,在堤坝上散步,遇到一对拍婚纱照的青年,女孩幸福地依在男孩的肩头,男孩虽然被高原落日的强辉晃得睁不开眼,但在摄影师喊"一二三"的时候,仍奋勇地睁开眼睛。在滇池最负盛名的景观西山睡美人的对岸,也许每一刻都能在摄影师的手中写真出一番韵味,但是,夕照时一定是最美的。信步着,又见一对新人,男孩子靠着防洪堤,面对着西山,女孩很漂亮,盛装坐在一米多高的堤上,想必是男孩子用力给举上去的,这是一个幸福指数不低的城市啊。

  我对着这对新人由衷地笑笑,笑意往西穿过他们的肩头,在八百里奔来眼底的滇池上打着水漂而去,直投那一万年不曾迟暮的美人。这是永不能忘的景观。在太阳妈妈喊太阳回家吃饭的催促下,日终于薄了西山。滇池边温度骤降。日落对高原温度的打击是垂直的,那一瞬,你会觉得几秒钟之前的温度都是值得想念的,虽然昆明高原上的阳光普照在你脸的时候,你还曾觉得有点辣。

  滇池东是海埂公园,每一个资深中国球迷都知道的一处所在,这里的训练条件是极好的,皇马在这里训练的时候,卖过300元一张的训练票。当然,这里更多时奔跑着不曾有功名的国之臭脚。我很多次想象过海埂的模样,没想到是这么不经意地遇上。现在的国脚好像很少去高原训练了,真是可惜。放着大好的高原不去练胸肺,昨天在东京琦玉球场被海平面上零高度起跳的日本队打成沙袋一样。

2022年1月29日

成都记：开门见雪山　闭户自读书

1. 黄龙

那一年，我们翻过海拔 4007 米的雪山梁，在漫天飞雪中到了黄龙。一直有黄龙封山之说，可实际上黄龙很少封山，真正常封的是导游怕事的心。除此之外，有些导游随口瞎掰，是为了把游客的时间弄到高回扣的神仙池之类的景点。初来乍到的游客根本就没有能力怀疑，人云亦云，网上的游记，大多是大雪封山，望景兴叹之类的感慨，几乎没看到正面的关于雪中黄龙的描述，与雄美壮丽擦肩而过的人们数以万计。

初冬的成都，吃辣还冒汗，黄龙却早已飘雪。成都的朋友很惊异于我们那时候去黄龙，我们笑着说：还不就是图淡季门票便宜。雪国黄龙，一车独入。天地无语，空气中只有清冽的味道。买票的时候，问今天有几个游客？答曰：就你们俩。那个高兴啊，好多年没有过了。120 元人民币包下了整个黄龙，我们大笑着踏雪而上。还没进山门，司机赶忙追上来，一人发了一瓶氧气。盛情难却，我们揣包里了，想想应该不至于。

钙化池的水还没有全冻住，但冰雪包着，别样温柔，似乎还冒热气，也许是我的幻觉。我在初中的时候，看梁羽生的《冰川天女传》，其乐道的雪山温泉,想必就是眼下的光景。至寒则暖,水始终是黄龙的眼睛,那一年黄龙的眼波,居然是这八九分的温润。风过,弹落了树枝上的雪。水声,那种奇怪的汩汩声,传音入密一般过来,看不到山的嘴形,只听到它的腹语,难道在地下吗?

冰瀑!瀑布冻住了!在冰层里面,还有一些山的体温,水还在流。我看到冰瀑时做了一个夸张的动作,是身体自己的意愿,它很迫切地要在这没有人的雪国舒展。我只有依它。我们在拍了很多张照片以后,听到了后面来的人声。一对年近半百的夫妻相伴着上来,和我们打招呼,问山下的那车是不是我们的?他们也是从九寨过来,开玩笑说早知道就搭我们的车了。这是雪国黄龙唯一的社交活动了。

我们因为下午就要离开黄龙,所以只在黄龙盘桓了一个多小时,当我们离开时,那对夫妻继续往黄龙寺方向走。晚上,在成都的暖风里,想念那满山的雪,感觉像很久以前的事。

2. 巷子

和宽窄巷子的缘分来得很突然。2004年的国庆节去重庆,参加朋友的婚礼,国庆+婚庆,名副其实的"重庆"。庆完以后搭大巴去成都,在路上看到一张报纸:说现在宽窄巷子很热,黄金周有很多老外慕名而去。我一喜,作为来过N次成都的我,不管成都今夜会不会把我忘记,我总算找到一个有点新意思的地方了。

于是就去了宽窄巷子,其实是两条巷子,宽的叫宽巷子,窄的叫窄巷子。名字既感性又性感,比新天地更有韵味。巷子不长,各有个300米左右,两边都是老院子,有点四合院的气息,又有点皇城根的味道,银杏、青苔、旧门上的虎头铜环、一抹绝美的夕阳……这里的下午静悄悄,甚至有些颓废。比较有印象的是一家国际青年旅社,叫龙堂;一个院子叫宽居,都在宽巷子里。龙堂对面是一个茶社,墙上有很多手写的诗歌与手绘的画,整条巷子除了多少个院子里的东西不让人看之外,给人看的都是愤青、知识分子和拆迁户的颜色了。

2008年的7月,我再一次来到宽窄巷子,几乎是到了一个新天地、后海和凤凰的综合体。院子们都在,但焕发了时尚的青春。原来四年前大家伙咋呼的不是反拆迁是反迁啊! 这么好的地界,换谁也不肯迁走啊。这一次,我住在龙堂,龙堂已经不再是以前的样子了。但住龙堂的人基本还是那样子,一半中一半外,墙上是拼团去哪去哪的告示。在一本叫《窄门》的书中,宽窄巷子被称为是三千岁古蜀成都的两根脐带。这就不由得让人对宽窄巷子刮目相看了。一句很武断的话:成都人今天的休闲方式,就是宽窄巷子的休闲方式。"勤稼穑,尚奢侈,崇文学,好娱乐","好音乐,少愁苦,尚奢靡,喜虚称"——成都人触手可及的安逸与悠闲,也许正是许多追求现代化的都市多年之后才能达到的乌托邦境界。

这一点,长三角只有杭州有这么点意思。杭州的悠闲中更有几分妩媚,得之于那一汪湖水。成都城内没有特别秀美的山水风光,但成都周边风光爆强,"窗含西岭千秋雪,门泊东吴万里船",成都浣花溪草堂的杜甫古韵使得访客骨头渐酥的效果与杭州各有短长……城里弱了一些,只剩下三大"人文盆景":大慈寺、文殊院和宽窄巷子。丽江旅游成功之后,各地都在拼命找寻集城市文脉和风光的适合装新酒的旧瓶,把星巴克装进老屋,把酒吧装进旧房,把茶马古道装进城市,把古道西风装进四合院,把愤青变成小资,把游客变成住家,把住家变成图画,把图画变成商品,把商品变成生活,把生活变成想象,把想象变成乌托邦,把乌托邦变成明清小说。

如果说大慈寺应对唐宋的诗篇,宽窄巷子则像是在舞弄着明清的小说。宽窄巷子这个地界以前叫做少城。公元前311年秦惠文王时代,成都便有太城(亦称大城)和少城(亦称小城)。少城到了清代称满城,宽窄巷子成了八旗子弟耍的地方,到现在剩下竹椅、茶碗和书店。书店告诉我们八旗中也有爱读书的,书读不好,事必然也是忽悠的多。2016年,李克强总理夜访宽窄巷子见山书局时，说了句求真务实的名言："书中能见山见水，见大千世界，也能见古今中外，见世道人心。"我把这句话写在了《平路易行》的导读中，在"南方有昆仑"中努力践行。

2022年1月30日

成都记：纳达尔的青铜神树

1. 三星堆

三星堆在德阳，但德阳喜自称北成都，所以我姑且将三星堆放在名城系列成都记里，城市在大的时空流中纵横交错，并没有严格的边界，这也是我将名城系列命名为"无忌之城"的缘由。

三星堆遗址位于德阳广汉市西北的鸭子河南岸，往南 40 公里到成都。在过去的 2021 年，几乎每个季度都有考古新发现，并传出三星堆遗址将联合金沙遗址申报世界文化遗产，加快建设三星堆国家遗址公园的消息。

2017 年 2 月，元宵刚过，乍暖还寒之际我到了三星堆，我对古蜀文明是有一些心理准备的。金沙遗址就在成都市中心城区青羊。考古界比较确定是公元前 12 至公元前 7 世纪（距今 3200~2900 年）长江上游古代文明中心——古蜀王国的都邑。但看了四年后要与金沙同申遗的更早时期的三星堆，我感觉与其说古蜀与中原夏商周是同一年代并存的两大文明，不如说是两个平行世界。

三星堆出土的宝物更像是《山海经》中的世界遗存。青铜神树、纵目大祭司和一个巨大的青铜方向盘，完全颠覆我对古蜀的认知。高达 3.95 米、集

"扶桑""建木""若木"等多种神树功能于一身的神树共分三层九枝,每个枝头上立有一鸟,完全是山海经的 Style。我见过新石器时代的半坡遗址的遗存,那里的人面鱼身陶盘与这里的青铜方向盘能比?考古学家说三星堆也是从新石器时代延续来的,我怎么看像是新能源车时代来的呢?

听闻 2021 年 9 月三星堆又挖出了一棵青铜神树,专家说上面的九只鸟不是一般意义上的鸟,而是一种代表太阳的神鸟。九个太阳,后羿射日?三星堆遗址是与我们熟悉的先民古迹完全不一样的景观。在夏朝因为证据不足而被怀疑是否真的存在时,三星堆居然挖出了证明代际融合社区最早存在的古城墙。

貌似外星文明的遗存被电视上的专家坚决否认事关外星人存在之后,我们也很乐意把这些脸如雷震子,喜欢戴青铜面具的上古朋友看作是往前推早了两三千年的中华文明的一部分。也许他们只是热衷于在岁末年初办化妆舞会。仰望星空,用连成一线的三堆向宇宙发射一些求关注的信号。他们代表了最久远的只争朝夕、不负韶华的中国梦。我还看到了一只超写实的青铜鸡,这又是一个多么"脚踏实地辞旧岁,杀鸡宰牛迎新年"的中华文明啊。

写完三星堆,35 岁的纳达尔历经 5 个多小时鏖战,在大比分 0∶2 落后,第三盘面临 3 个破发点时,实现大满贯史上惊天大逆转,拿下人生第 21 个大满贯。这一刻,我犹如见到青铜神树般惊叹。或许青铜神树和宇宙没有关系,它只代表某一位三星英雄九次连庄?

2. 加气站

成都,常常是一副黏人的模样。说是来了就不想走的城市,可能是因为堵车。从温江到成都,打表也就 60 多块,司机说路上会很堵,来回要三个小时,要 100 元,我同意了。车在温江一个气站加气,排很长很长的队,司机大概琢磨着成都气站多,可能没那么挤,就先奔成都了。结果到了成都,堵车堵得一塌糊涂,好不容易见到一个加气站,队伍排得闹饥荒似的。眼看车都快没气了，司机只好舍财去加油，加油站一部车都没有，服务又好，头等舱一样。

那些在寒风中的瑟瑟的排队人宁可排一个小时的队，不多花 20 块钱。可见对收入微薄的出租车司机来说，价格的敏感性是很高的。在悠闲成都的盛名之下，其实生活着很多奔命的人。我有几次从双流机场出来，都听到黑车司机 100 元到乐山的呼喊，我算算里程，如果用汽油的话，这 100 元不够油钱和过路费的。自己排队加气，靠节能把价格内卷下来回馈社会，这还是黑车吗？我怎么看像学雷锋呢？

上一次在宽巷子转的时候，遇到张国立在拍《大生活》。半年后播映了，在上海断断续续地看了点。片中一个下岗工人让张国立帮忙做工作，承租厕所讨生活，足见居在第四城，也是大不易。张国立去央求的对象是个生了绝症的老板，多金快死且无后，是个潇洒的可怜人。演老板的演员后来又出演了当年很红的《蜗居》，演市委宋秘书，宋秘书一度风光无限终于也叫生活夺了命去。再后来这哥们又演了《装台》，场景换到了西安。

城里人的生活看似有很多选择，却没有太多选择。在成都今夜怎么怎么的呐喊声此起之时，很多城里人的生活却彼伏了下去。即使是成都娱乐象征的麻将，输赢也有那么一点注定的意思，发到你手里的牌便是小小的宿命。尽管成都人一再要求，但在我温江行那一次，成都举办的第一届全国智力运动会也没能将麻将列入项目里面去，理由是站得住脚的：摸一手好牌不打都赢了，你能做得并不太多。

少城、宽窄巷子、井巷子，把你可以自己做主的闲暇再消磨掉，你便只剩下一点温柔的意识，随便你去了。我喜欢成都只是缘于经常能在成都见到大家普遍说不太多见的太阳，于是我便认为我与成都有缘。金沙遗址的标志是太阳神鸟，也可能是因为罕见所以崇拜，那我见到的太阳是不是与金沙人崇拜的是同一个太阳？这块土地到底还有多少奥妙？

2022 年 1 月 31 日

三亚记：文昌链与九色鹿

1. 南山

海边有一艘快艇。

本是一个沙滩散步的段落,却被邀去南山。

第一次从海上经过天涯海角,真有一种遗世独立的感觉,往北望,从天涯海角开始,三亚、分界洲、海口、琼州海峡然后是中国大陆,望到最北的漠河和最新的半个黑瞎子岛。

从天涯海角边的海上望去,佛是一指观音。从南山边的海上看去,你是一指人类。

很多人称南山海上观音为大佛,108米高,还有更大的佛吗？要说有,也只有在你心里。心无界,海无疆,佛无限。

两个月前,观音东面的海上出现了龙吸水的奇观,海水被吸上天空,犹如一条巨龙在吸纳南海。船老大说他没看见,但朋友看见了,报纸上还有照片。船老大对神秘现象比较淡然,只有在路过一个以前一起混、如今发了家,买了好几辆奔驰的熟人的码头时,他才兴奋起来,说快看快看,那是那谁的船。他仰慕俗世的成功,省略了全部过程。

观音有三面,我以前很多次地看到的都是她手持经卷的一面,从海上过去,先是看到手持木鱼的一面,再是手持佛珠的一面,最后才是经卷。

无比的慈祥和庄严。

在这里建一座举世无双的大佛,不知是创意还是天意,但我们每一次的到达,都是天意。

在碧波万顷的南海上,你甚至担心大佛会消失,一切都很迷幻,《黑客帝国》中的那个把汤匙弄弯的男孩告诉你汤匙并不存在。老和尚对小和尚说:不是幡动,也不是风动,而是你的心动。宇宙和你说:是元宇宙,你一直在里面。而你还要搞,还说书中自有元宇宙。你仰慕天地法则,在乎过程的正义。

你的心平常不怎么动,你认为你很幸福,尽管你处在一个错觉、贪婪和仇恨的世界。文殊菩萨是手持一把利剑对付这些毒害的菩萨,而观音则是大慈大悲地救世。所以你写了《五台山》,写了《普陀山:跑步中的"信条"》。

我心动了,因为佛在那儿。

认识你自己。

菩萨保佑。

2. 除夕

年三十,三亚湾。

面向大海,春暖花开。

烟花在海岸边腾空而起,落回百花丛中,那是在别处难见的过年景致。除夕街上飘舞的少女的热裙着实让三亚有八九分异域的味道。

那是我第二次在三亚过年,那年叫丁亥年、金猪年,于我,也叫本命年。如今,已是壬寅年,听着像任赢年。

回想已是15年前。一部车子,两渡琼海,三代同行,四处游玩,五六千公里,七八座城池,九十分乐趣。走着走着时间过去了一年。

哲人说:世界上任何东西的节省归根到底都是时间的节省。商人说:花多少时间值多少钱。

在时空流里,丁亥年的前一天,开始收到拜年的短信了。纯文字无画面无视频,那个时代,我们现在称之为"古典互联网时代",短信是近古的见信如晤。我感谢所有祝福我的人,如同在今日元宇宙时代感谢率先送给我九色鹿 NFT 的 Ferlive 朋友。

即使是转发群发,那须臾之间能把我选进收信人,也是不易,那一秒的注视,也许也要五百年的修炼。

能把我的名字置于短信上方,显得有一对一的祝福感觉的,给予千年级别的感谢。

绝对原创又只对一人的,那应该是万年级别的感谢,感谢你一万年!

都是祝福,不一样的是所花的时间。

和《平路易行》一样,你写了,你花了时间;人看了,人费了光阴;如有回复,又是时间的馈赠;你再写《南方有昆仑》,相当于再回馈。我给报社写体育专栏的时候,一直自勉要给人阅读的快感,以对得起别人的时间。

《北京青年报》创刊十周年,找了出道十年的李冰冰作形象代言人,问:你最喜欢哪种奢侈品?美女答:时间。创刊25年,那还不更是时间?

百达翡丽广告大意是:没有人能够真正拥有,你只是为后代保存。——因为时间无涯,而你有寿。15年后,我和康汉兄邀了百达翡丽中国的负责人三平兄探讨如何用区块链保护这种传承。

我喜欢在异域买表,谈不上收藏,只是因为对时间的敬畏和对旅程的纪念。有生命才有时间,滴滴答答中,似水流年。

我喜欢驾驶,喜欢车,谈不上追风,只是因为轮子丈量着距离,几百公里几乎就等于几小时,在高速公路上,空间等于时间。

我喜欢投资,那是我的工作。谈不上财迷,只是因为时间可以换来生存的空间。

那年说:不多说了,把买来的红裤头穿上,上街!迎丁亥新年一大堆的事儿,都得花时间。而壬寅新年,是第三次就地过年,有的是时间。我在 Ferlive

抽了个盲盒，一群数字九色鹿入我宇宙，发给温州一家人里的孩子，以老爸、大伯、大舅舅的身份把数字资产传给这些源于鹿城、分布世界的孩子，算是元宇宙的启蒙，而宇宙归根结底是他们的。

有意思的是，九色鹿用的是文昌链，海南数字资产交易所的产物。文昌就是那一年我们路过的"椰子半海南"的文昌，宋氏三姐妹的故乡。既曰文昌，必然对读书好，起码多个念想。以后多想想文昌链，不要光知道吃文昌鸡。

3. 初一

丁亥年正月初一，起个早，去南山，拜海上观音。

灵隐寺和普陀山早就限制香客烧高香了，任你心潮澎湃，不能自已，也只能是三根檀香敬献三宝，点到为止。而南山海上观音高 108 米，远在海上，佛前的听法广场空旷寂寥，基本是鼓励烧高香的。请齐眉高的香，在熊熊烈火中点燃，像举着冬奥圣火一般走到炉前，插上。天、地、人、佛、香、海、巨烛、宏愿，一幅壮丽的人间画卷。

听法广场前，几个小伙子在整理座椅，初一夜，有一个新年祈愿大会，濮存昕是主持人，齐秦、齐豫专门赶来唱佛乐。濮存昕是个仁厚之人，主持慈善晚会，担当预防艾滋病宣传大使，着力于北京人艺的发扬光大，在话剧《茶馆》中叩问人的灵魂。而那个唱《大约在冬季》和"我是一匹来自北方的狼"的狼一样的齐秦似乎也已悟道，本有慧根的齐豫更是直接推出了佛乐专辑。不是每个明星都可以站在佛前的广场的，除了有善心，还得有善举。这三个人都是 20 世纪 70 年代生人中的明星，即使是三人中与佛略远的齐秦，1987、1988 那两年也以《大约在冬季》和《狼》积了功德。

当时的大学没有现在这么好的条件，冬天，不愿去浴室排队的男生在盥洗室里端一盆冷水从头浇下，就高唱"我是一匹来自北方的狼"，是齐秦的歌声陪伴他们度过"狼"狈不堪的岁月，到现在终于人模"狗"样。当物质充裕中成长起来的"90后"全面登场时，经历了甘苦愁乐的"70后"已全过不惑之年。不惑，有时便是慈悲。张爱玲有句名言：因为懂得，所以慈悲。

既然慈悲，就与佛共鸣。南山，那真是举头三尺有神明啊！再早一年的正月初八夜，月光如水水如天。由当年主持海上观音建设的朋友带着，我携全家老幼到听法广场瞻佛，晚八点半，佛乐齐鸣，灯光变幻，疑似观音踏莲、渡海而来。观音手中的经卷亦变幻不同的颜色，般若智慧，尽在其中。

再往前推至2003年，我和几个朋友到南山去，海上观音正在建设，工地上基金会在募善款。当时很佩服这个基金会，在古典互联网时代既可以刷卡捐款，还能上网查询善款到位情况。海上观音开光以后，我又去了南山两次，观音在栈桥一边，但整体工程未完，还是过不去，我很想过去看看，那边的金刚墙上，是否真刻有我的名字？

丁亥年，栈桥通了，远望可见好多人上了莲台，我又不想过去了，我觉得远远地看着，挺好。壬寅年，我在上海，更是远远地看着南海。一炷心香开天门，心无界，海无疆，佛无限。愿世间安好！

2022年2月1日

三亚记：阳光知道中国男足为何输给越南

1. 输越南

许多年前，一次在三亚休息了3天之后准备返沪。

在三亚武警疗养院的门口，截了辆的士，司机一看我背着行囊，先问：去哪里？我答：机场。司机道：30元。说话时，隔壁三亚凤凰机场的飞机马达声轰鸣，打表估计13元的路程。

怎么不打表算？

去机场都不打表。

不信，挥手，你走吧，拜拜。

第二辆车至。

先问：去哪里？答：机场。

30元。

一听不对，怎么都约好似的？20元！先讲讲价再说。

摇头，25元！不去拉倒。

果然拉倒了。

第三部车至。

……

30元。OK,走吧。

上车,问:为什么你们要宰我们呢?非得要30元?

答:大哥啊,我们去机场只能空车回啊,又不能接客,空驶费不得算您的呀?

纳闷:你们不会排队接客吗?每次我到达的时候,你们从来不客气,也是往上加钱的,开到海坡都要40的。

答:大哥,机场接客都是××人占领的,我们拉不到您的。

乖乖,小小机场不大的生意,犯不着搞种族冲突吧。

冲突?我们哪敢?我们有口饭吃就行了。

一个月拉多少钱?

份钱要交7000元,剩下还有2000多元,大哥,不骗您。

7000元?这么多?

大哥,这算少的,你知道我们的营运证转个户,公司收多少钱吗?收千元!

车子回收,公司才给8万元那!押金还要12万元呢。

这公司够黑的嘛,你们不会告啊?

谁告收谁的车。

司机不会联合抵制吗?

大哥,你也知道吧,人心哪里齐得起来?700个司机,有一大半都是意志不坚定的,几句好话就叛变了。

那不会向《焦点访谈》反映啊?

哎哟,大哥,要是您能将《焦点访谈》请来,那车费咱就不收了。送您到北京都行。

本来是为30元讨个说法的,却大有演变成为民请命的势头了。

你们这么个宰客法,不怕游客投诉?

大哥,我们也不想宰啊,可不宰,我们能活吗?

这是什么话！上次来，出租车司机的态度就很好嘛。

大哥！您可是说对了！前些日子，公司有个规定：凡是一年被游客投诉5次的，没收押金！

就那12万元押金？

对啊，大哥，那段时间我们都快崩溃了。

那后来呢？

后来取消了，这下好多了。

该宰还宰了。我心说。

车到机场。

喏，30元，给个票。

大哥，真没票了。

呵呵，还是怕投诉。

我记得你的公司和你的名字，如果《焦点访谈》来，可要找你的哦。

一定一定。

许多年后，中国足球队在大年初一输给了越南，这不是一场打平就出线的比赛啊！没有出线的压力，就是让你们上去尬走一下，别太丢人就行。结果，就被踢了一堂教学课，输了个无可辩驳。

这11个场上队员病猫般的衰样，让你不得不对"前有春晚尬除夕，后有国足毁初一"的评论表示认同。人心哪里齐得起来？十几年前三亚司机尬聊的这句话重新拉黑了虎年新春，在虎虎生威、如虎添翼的祝愿声中一个虚假的中超繁荣被撕成碎片。在最考验综合素质和协同能力的体育项目上输成这样，留给我们太多的思考。输给日本两球，我们早已经接受了不如日本，再输越南两球（差一点三球），难道还要接受不如越南？

一钵一世界，一话一乾坤。中国足球壬寅年大年初一被越南人赢了，你能说和以上对话没关系吗？

2024年9月5日，中国队0：7负于日本。

2. 传圣火

我喜欢三亚，中国最阳光的城市，还摊上了一批挺卖力的公务员。

先是2007年举办世界小姐总决赛，出了名。

后又成了2008年北京奥运圣火的首传城市，据说奥运火炬办（强，专设了一个火炬办）一开始没想到三亚，想到的是上海、深圳、哈尔滨。上海、深圳、哈尔滨也没太当回事，没盯紧，结果三亚来个"盯关跟"，主动申请首传。从三亚凤凰机场说起，大打凤凰牌，三亚市一位副市长说：北京的主会场叫鸟巢，如果我们有一个凤凰的雕塑，那么如果第一站从三亚走，最后一站到鸟巢，那么就是一个"凤还巢"的寓意了。

我喜欢这样的政府官员，有想象力，更有行动力。

可惜，冬奥会因为疫情原因火炬安排在北京到张家口内部传递，三亚没能再有发挥的机会。北京2022年冬奥会火炬传递将于今天至4日在北京、延庆、张家口三个赛区进行，包括11个闭环外的封闭传递区域和1个闭环内的独立传递区域，好像这一次不设火炬办了。

我喜欢在三亚当选世界小姐的张梓琳，有运动员气质，是个书也读得不错的美女，中国这样的美女不多，可为什么第一个获得世界小姐称号的张梓琳竟然没怎么红起来呢？难道中国的媒体只注意艳照和八卦吗？或者与主流格格不入？

三亚，有首传，还有首姐。有阳光，还有凤凰。阳光之下，熙熙攘攘。我不大认同"天下熙熙，皆为利来；天下攘攘，皆为利往"，把人间说得志气全无。习主席说的"坚持正确义利观，以义为先、义利兼顾"才是正道。以义利并重，以义为先为主流，中超就不会成为金元联赛，中国足球才不会垮掉，说到底还是三观出了问题，其实就是风气的问题。

阳光之下没有新鲜事。

2022年2月2日

2024年9月7日修订

张家口：千万里河山，大好的冰雪

张家口的英文翻译是 Kalgan，这是一个蒙古语单词，意思是"巨大的门"，它的千年历史都围绕着游牧民族和这道"门"展开。张家口在大宋就是个边城。在《射雕英雄传》中蒙古长大的郭靖便是从这进入中原，去桃花江南赴18岁的烟雨楼之约。而在张家口他遇到一生的爱人。当我第一次到张家口，在大境门旁一个古长城入口扶轼瞻远、顾辙思由时，不禁想起了这段小说中的往事。那个入口很小，如同一个小洞，可能是明代的长城入口，是维护清长城时挖出来的一个地理小发现。

收纳了宋朝极简史的《射雕英雄传》中的中原入口该在何处？那个对郭靖来说如同哈利·波特的伦敦国王十字车站 9 3/4 站台的地方又在哪里？于18岁的蒙古金刀驸马而言中原何尝不是一个魔法世界？我环顾左右群山，那些张家口境内战国（燕、赵）、秦、北魏、北齐、金、明等各个朝代的各式长城层峦叠嶂、蜿蜒流长，像时空流中站立的一个个年代。

这些立马鲜活起来的长城合计有 1476 公里，烽火台有 1000 多个，其分布十分广泛，延伸张家口市区、康保、沽源、尚义、张北、崇礼、怀安、万全、宣化、赤城、怀来、涿鹿、蔚县，有夯土的，有堆石的，有砖砌的。张家口是现行长城最多、时代跨度最大的地区，整个城市号称长城博物馆。在我看来，它还连通了金庸先生一个人创立的"射雕元宇宙"。

东方人类发源地泥河湾在的张家口的阳原县,阳原县也是冬奥会火炬的传递站之一。《史记·五帝本纪》记载:"蚩尤作乱,不用帝命,于是黄帝乃征师诸侯,与蚩尤战于涿鹿之野。"4600年前,黄帝、炎帝两拨华夏帮已然联盟,与蚩尤带领的九黎帮战于涿鹿。涿鹿如今是张家口的一个县,千古文明开涿鹿。在张家口开车,经常路过桥东区五一东大街与快速路东外环交界处的黄帝、炎帝、蚩尤三祖雕像,蔚为壮观。三祖在涿鹿征战、耕作、融合,建立了中华民族历史上的第一个政权集中地,创造了中华民族的"龙"图腾,这里是中国的政治之源。三祖雕像不远有个拿着摄像机的秦俑塑像,似乎从封建始皇帝治下穿越而来。秦俑笑眼眯眯,将中原和塞外都拍了个遍,这是还要带小视频梦回秦关?

张家口的朋友带我登临过位于万全镇高处的军演观礼台,在那里一处地标餐厅吃饭,有说这里接待过首长。一边是大漠孤烟直长河落日圆,一边是深秋沃野遍地金。千万里山河,一眼不能穷尽,长城内外皆故乡。1927年暮春时节,察哈尔特别区都统高维岳在大境门题写"大好河山"四个大字,想必也曾登临某地高处。张家口,就是一个让你不由惊叹"大好河山"的地方。

五年前丁酉初五,我带家人登大境门长城之巅,见一联:"千寻岭上一峰峻,百尺亭前万树低。"此处北望乃古之蒙古大漠,孤烟落日均是标配。时朋友圈记:"上海飞两个小时就到张家口,五年以后这里是冬奥会的主赛场,雪质好,雪期有半年之久,滑雪有成为全民冬季体育运动首选的潜力,只要解决硬交通、提升软服务,后奥运场馆的利用问题应是不难解决的。历史给了此大好河山莫大的机遇,这里曾是炎黄蚩尤的主场、中华民族的源头,如今,一场复兴大幕正在拉开。"因为定位在万龙滑雪场,射击攀岩滑雪样样在行的周同学即留言建议"滑一下大奔头"。"大奔头"我至今没滑过,周同学已经当了冬奥火炬手。

丁酉年新春从张家口南站坐车回北京,在古典的绿皮车抢到一张卧铺,加上几张无座的票就这么到了北京,春运看长城也是欢快。我多次从张家口南站这一古典铁路站进出。上一次经过詹天佑像，还给孩子们上课，介绍这位"中国铁路之父""中国近代工程之父"，其负责修建了京张铁路等工程。特别强调了他是清光绪五年（1879年）耶鲁大学数学第一名奖金获得者。想不到那一次是最后一次的老南站之行。一年后张家口南站被拆除，张家口南站彻底成为历史，詹天佑像被搬走，想必现已安放在建好的史上最强的冬奥会基础设施某处。

我们给张家口规划过一条从张家口市区到崇礼的空中快车轨道交通线路，也算是为冬奥会提供过一些交通解决方案的参考吧，我看看能不能发在视频号上。预祝冬奥会圆满成功！希望冬奥会只是这个滑雪胜地的开始！习主席说：崇礼就是一个滑雪胜地，围绕着这个特色做好文章，不要再来个"大而全"的发展老路子。有朋友说这辈子有必要学会滑雪！最好是在冬奥会场地！那就等冬奥会结束后一起去吧，我也要滑一下"大奔头"的。

2022年2月3日

长沙记：恰同学少年

大年初六，我等原野的风，云彩又带来逆转的消息。女足姑娘们降日之后再伏韩，上演逆转绝杀奇迹，在亚洲杯决赛中 3:2 力克韩国队，时隔 16 年再夺亚洲杯冠军。湖南师大体育学院 21 级学子上海姑娘 18 号唐佳丽首发出战，一射一传，危难时刻，力挽狂澜！2021 年 1 月 10 日，唐佳丽入选亚足联官方公布的 2020 年最佳女足球员候选名单。一周后，获得中国女子金球奖。

小唐就读的湖南师范大学是所"211"大学，前身是国立师范学院，于 1938 年创立，其渊源可以追溯到公元 976 年由北宋潭州太守朱洞所创建的岳麓书院。1949 年底，国立师范学院并入湖南大学，从南岳迁址长沙岳麓山。岳麓书院由湖南师范学院代管，尊享过大学里面有大成殿的殊荣！后来湖南师大从湖南大学分出来，才将岳麓书院交给湖南大学。从岳麓书院的一排柱子中间看去，那红墙琉璃瓦的接近皇室规格的就是孔庙的大成殿。大成殿和书院是混为一体的，后人将岳麓书院定位是湖南大学的前身，湖大一下子超越国内历史较长的大学九百多年，成了一所千年大学，比牛津、剑桥还要历史悠久一些了。书院入口有匾额"学达性天"，是清康熙皇帝为表彰书院对传承理学，培养人才的贡献而御赐的。岳麓书院是湖南最高的讲坛，现在很多人知道毛泽东当年先是湖大的旁听生，再去做了北大的旁听生和图书管理员。

  书院还有一匾额曰"道南正脉",是乾隆爷的御笔,乾隆九年(1744年)正值中华盛世的时候送到岳麓山来。32年后,美国才建国,华盛顿与乾隆是同时代的人。清代的岳麓书院,集聚了一代常识博洽、德高望重的大师,培养出诸如王夫之、陶澍、魏源、胡林翼、曾国藩、郭嵩涛、李元度、唐才常、沈荩、杨昌济等著名的湖湘学者。半部清史全在那书院中孕育而来。初创于北宋的书院始有"讲堂五间,斋舍五十二间",其中"讲堂"是老师讲学道的场所,"斋舍"则是学生平时读书学习兼住宿的场所。这种中开讲堂、东西序列斋舍的格局一直流传至今,两毁两建。岳麓书院我去了两次。第一次去是从前门进,那一次先去了南岳衡山,朋友告诉我岳麓山是南岳之足,南岳从地底下几十公里逶迤过来,到此打住,那高处是祝融峰,低处就是岳麓书院了,叫我好生有神秘感,回去就买了风水学的书研读。

  第二次是先去爱晚亭,再上山拜了麓山寺,从隋舍利塔边上小路下来,在兰涧边上绕到书院后门进去,再从前门出来在湖南大学毛泽东像东侧打的回去的。这个线路一点都不浪费,岳麓书院依山而建,一路游下来等于是下了半座山,出门就能打车。麓山寺更夸张,始建于西晋,有将近1800年历史,号称汉魏最初名胜,湖湘第一道场,湖南佛学院和湖南省佛教协会均设在此。冬日的暖阳下,在岳麓山中行走,以书院收尾,不失为一大快事。那日从岳麓山下来,当晚就到了三亚。当日有语:如果说岳麓山是南岳之足的话,海南岛就是中国之足,三亚就是中国的涌泉穴啊!书院出来还是活学活用了一把。千里之行,始于足下。读万卷书,行万里路。《平路易行》之发轫可以追溯到2009年的1月。

  再说说橘子洲头。2009年1月12日晚在长沙,开了一个午夜会议,第二天早上醒来,阳光满屋。飞三亚的唯一航班是晚上的,睡不着又走不了,多出了大半天的时间,便去了橘子洲头。毛主席"指点江山,激扬文字"的地方有一个标语煞是醒目:街头抢劫、抢夺,抓一个奖一万。我甚是疑惑,问出租车司机:这里治安很不好吗?答曰:治安很好,长沙就是这个行情,抓一个奖一万，都这么贴，很久了。实在！见义勇为终于有了一个价码。见橘子洲头有一庞大的在建工程，以为此地要建一个五星级酒店，问之，答曰：这是毛主席的头像。

好大的一个半身像啊，光是头部，就像一座大楼，壮观！"恰同学少年，风华正茂；书生意气，挥斥方遒。指点江山，激扬文字"的地方便是此处了。橘子洲头凭身份证领参观门票免费。不过，橘子洲头面积甚大，要是不坐电瓶车，两三个小时走不完，电瓶车要收 20 元。终点在湘江大桥下面，不太好搭车，得候其他车进来，毛主席保佑，十分钟后，车子到了，下一站爱晚亭。

现在很多孩子只知道爱晚亭是湘菜馆的名字，"停车坐爱枫林晚"还常常被曲解。爱晚亭我心依旧在岳麓山的清风峡非诚勿扰地伫立着。历史一页一页地翻过，一个又一个黄昏来临。爱晚亭始建于清乾隆五十七年（1792年），由岳麓书院院长罗典创建。与安徽滁县的醉翁亭（1046 年），杭州西湖的湖心亭（1552 年），北京陶然亭公园的陶然亭（1695 年）并称中国四大名亭。1952 年湖南大学重修爱晚亭，校长李达专函请毛泽东题写了"爱晚亭"亭额。李达是一大代表，1948 年收到毛泽东的信："吾兄系本公司的发起人之一，现公司生意兴隆，望速前来参与经营。"于是先后做了湖南大学、武汉大学的校长。1969 年，岳麓山公园重修，刻毛泽东草书手迹《沁园春·长沙》于藻井内，更为古亭增添了光彩。在亭中，八面来风地站着，闻着兰涧中花的香味，望着不远处美誉"惟楚有材，于斯为盛"的岳麓书院，时空奔流至壬寅年大年初六，假期马上要结束的晚上。看到中国佳丽怒夺亚洲杯，这才是人生一个不得不爱的夜晚！

2022 年 2 月 7 日

南京记：金陵雪花也大如席

在北京冬奥会开幕式前的表演环节中，南京闪耀亮相。南京，因成功举办第二届青奥会，成为中国第二座奥运城市。如今，明城墙上的五环仍在，2014年南京举办青奥会时，就在这个明城墙上进行火炬传递。

2008年11月，我去了古鸡鸣寺。没想到鸡鸣寺通过一个廊桥能走到明城墙上，而那，能阅尽玄武。玄武湖中有李商隐的《南朝》与"鸡鸣"："玄武湖中玉漏催，鸡鸣埭口绣襦回。谁言琼树朝朝见，不及金莲步步来"；有王安石的"金陵"："覆舟山下龙光寺，玄武湖上五龙堂。想见旧时游历处，烟云渺渺水茫茫"；写"飞扬的雪花"1200多年后被冬奥会借用的李白也在此留下了"地拥金陵势，城回大江流。当时百万户，夹道起高楼。亡国生春草，离宫没古丘。空余后湖月，波上对江州"的千古名句。

那是北京奥运会过去的第一个秋天，还没有人想到南京与奥运还会有什么关系，我也没想到明城墙上会遇到一只喜鹊，还有一片奋勇长出的红叶。清晨是拜佛的好辰光，尤其在这称作鸡鸣的古寺，那玄武湖边鸡笼山上的活跃负离子直接冲进你氤氲着心愿的肺腑，朝日晨钟中，清醒如露珠的你直管去和佛讲你的肺腑之言吧。鸡鸣寺秋色无边。

鸡鸣寺是南朝首刹，"南朝四百八十寺"，它是多少烟雨中的楼台的王了。鸡鸣寺最早叫同泰寺，为南朝梁武帝所建。梁武帝四次去同泰寺为僧，讲经说法,被称作"皇帝菩萨"。那是一个乌托邦式的年代,与以佛治国的大理段氏有异曲同工之妙。同泰寺是当时南方佛教的中心,天望高僧达摩来建康(今南京)时就住在此地,现在鸡鸣寺的天王殿前还有达摩殿,正对着山门,此格局在我看过的寺庙中绝无仅有。

鸡鸣寺是朱元璋开叫的,朱重八是我最喜欢的皇帝之一,识字不多,但文化大,在帝王中也是绝无仅有。作为曾经的和尚,他和丘处机这个道士不一样,他假如没有路过牛家村,而是直接把元朝村给废了,他真正创造了历史。鸡鸣,隐含着表彰勤奋、良知之意。"鸡鸣而起,孳孳为善";鸡鸣亦有呼唤自由、光明之意,所谓"风雨如晦,鸡鸣不已"。朱重八即使是没有这样说,恐怕也是相近地这么想的。

鸡鸣寺康熙来过,乾隆也来过,康熙的字很塞北,乾隆的字很江南。据说鸡鸣寺求签很灵,郭沫若就来求过好几次,郭沫若这个认得甲骨文的四川乐山沙湾人自然特别能辨别何处是佳处,毛泽东还经常向他请教去哪里玩比较好呢。要我说,南京城中,鸡鸣玄武最好玩,你举目明城墙,到处是文人与帝王。

鸡鸣寺求签很有特色,和一般摇签筒不一样,是一个像ATM机一样的求签屋,10元换一个求签币,往一个投币机里一投,按一个按钮,求签屋里的汉装侍女便会转身走进一个小屋,出来的时候手上的托盘里就有一个黄卷,侍女被小马达带到你面前,把黄卷往一个漏斗里一倒,你只管接就是了。看不懂还可以花一元买个签文解析,回家慢慢看。

我拜的寺多,求的签少。细细数来,也不过雁荡山观音洞、重庆磁器口、大理洱海小普陀、香港黄大仙庙几处。看这个"ATM机"实在有意思,就求了一签。"李世民落海难,薛仁贵救驾。"呵呵,谁是谁的李世民,谁又是谁的薛仁贵?阿弥陀佛!而后许多年,当我遇到什么困难时,有时会想起这个签,会想:这一次又是哪个薛仁贵会来啰?

昨日,开工迎瑞雪,和杭州变身临安一样,南京又变身金陵。一场大雪让南京人沸腾了。南京人似乎尤其激动的是,排队买北京冬奥会吉祥物,冰墩墩和雪容融自由终于实现。我看到记者拍的南京城墙、鸡鸣寺、玄武湖……记者们煞有介事地带着第一手的冰墩墩和雪容融打卡了这些南京的地标性建筑。鸡鸣寺前,我看那金陵雪花也大如席,片片吹落明城墙。

2022 年 2 月 8 日

景德镇记：宋代便有"三胎政策"了

初九，在纷维数科开元宇宙商业合作模式分享会。会毕，交大校友，中国 CEO 俱乐部陆华副会长赠我一套"众缘和合"瓷碗，我在纷维数科办公室小心翼翼地打开来自中国景德镇精致内卷的包装，就像打开最贵的泡泡玛特或是除夕晚上抽 Ferlive 敦煌九色鹿盲盒时充满了期待；像中午目睹冠军已然在手的比尔克鲁德带着挪威国旗上 50 米高的大跳台时，期待他要使出怎样的"一跳开天门"的招数向他的祖国汇报一样。

这个期待来自于在会上获赠陆总主编的《诗画陶阳》《御窑景巷之老城邂逅》和一张陆总策划出版的景德镇老城博物馆地图，随意翻开仿古籍线装的《诗画陶阳》，"巧样瓷名尚脱胎，金边细彩暗炉开。寿溪不是侬家卖，昨日新窑试照来"。清嘉庆年间的浮梁名士郑廷桂的《陶阳竹枝词》（其八）刹那接通十年前壬辰龙年春节我到达景德镇时的时光，配画中古韵轩前一位着粉色旗袍身形袅娜的女子在端详一只仿宋的白瓷瓶，一树梅花探出墙外，映衬着老街上"细瓷""薄胎"的墨色店招和红色灯笼，最是人间春意浓时。我竟然呆了一呆，书中自有元宇宙，我是可以进入到这个江南春早的意境中去的，问问美女她手中的瓷瓶出自何处古窑？分享一下瓷瓶所寓的"平安"之意。

那一年，我从上海出发，到温州，经衢州、上饶到鹰潭，从龙虎山到景德镇,再上庐山,过九江长江大桥到湖北,从湖北到合肥,再过长江回到江南,从南京回上海。行程 2000 公里,寒梅香中走八天,六省一路皆春风。江河湖海走遍,阴晴雨雪皆尝。景德镇之行正好在行程最中间,参观古窑博物馆是最重要的文化活动。我第一次知道北有故宫,南有古窑。参观完古窑之后,在古窑艺术品店里购得仿乾隆瓷瓶两对,并与制作者张文月老先生合影留念。

陶瓷"瓷器"的英语是"china",大概是古代中国通过丝绸之路出口最多的是瓷器,所以"瓷器"的首字母大写"China"就成了"中国"。中国的陶瓷文化灿若银河,光是宋代就有"官哥汝定钧"五大名窑出品名瓷。古窑归来不久,我又带孩子们去了杭州南宋官窑博物馆,官窑是官家(皇帝)专用的,官窑出品的瓷器称作官瓷。博物馆离南宋皇城遗址很近,有三块青色的瓷片是镇馆之宝,据说这种颜色是宋徽宗发现和喜欢的,非常珍贵。拍出过 2.94 亿元的高价!物以稀为贵,这种存世不多的瓷片能体现我国宋代审美和工艺水平的巅峰,它们是文物,更是证据,表明我们存在过这样优秀和瑰丽的文明。虎年春晚的《只此青绿》火了之后,众人皆知《千里江山图》了。殊不知宋徽宗是王希孟的老师,赵老师尤喜青白,还能拍一部《只此青白》的。宋青白瓶莹缜如玉,光致茂美,能够满足人们对美好生活的所有想象。

盒盖徐徐升起,盒子一侧印有"让湖田窑重回生活",盖子上烫金的"课植窑"三字闪闪发亮,还有八个字"以器悦人,以美济心"。一幅宋画的局部占据了盖子半个面,八只仙鹤飞在只此青绿的空中,两只伫立于紫禁之巅,这是《千里江山图》的局部么?我觉得这已经不重要,但这肯定是美好生活的局部。当我看到四个无比精美的景德镇"课植窑"高仿(宋)景德镇湖田窑手工制作的瓷碗时,如见比尔克鲁德"一跳开天门"之后展示的挪威国旗,这个小帅哥是挪威版的"强国有我",代表了 Web3.0 时代的年轻人。而"只见青白"是千年前车马很慢时代中国梦的巅峰,或许我们可以用双向的 NFT 把他们连起来。万物皆可 NFT,万物互联,不是吗?

碗壁上隐藏了三个小孩，宋代便有三胎政策了？碗底有壬寅两字。陆总微信说："瓷碗留您作壬寅新年纪念，苏州寒山寺大和尚题字，作寒山寺新年三十敲钟贵客收藏。敬祝壬寅新年快乐吉祥！"真是万分感谢。这个作品让我想起十年前的往事，并接通了元宇宙的未来。在欣赏官窑的作品，感受中华文化的复兴方面，纷维可以做很多事，可以用区块链技术连接古今中外，让朋友们在瓷器的方寸之间体会伟大的中国梦。

2022年2月10日

聊城记:《水浒传》与《金瓶梅》的平行世界

1. 胭脂湖

2007年4月,在济南待了一晚,和朋友约好去聊城看看,高速公路聊城出口下,路牌上看到"江北水城"四个大字。鲁西平原,运河岸边,一座城池。当时这还是一座没有五星级酒店的山东地级市,也难怪,连济南都没有好酒店,何况离济南还有110公里的聊城?

因为京杭大运河,这座城市在四百多年前却是拥有最多最豪华会馆的城市。山陕会馆、浙江会馆、两广会馆、福建会馆等八大会馆着实旺了近百年,那时这里商贾云集、红袖满楼、才子佳人、夜夜笙歌。城中有光岳楼一座,方圆一千米的古城被湖围着,那湖,竟然叫做"胭脂湖"。

光岳楼还在,四根极品楠木高11.58米,分列四方,直达四层,乾隆爷御书"天下第一楼"。御碑有些斑驳,中间有续接的痕迹,我们都是有经验的看客,脱口而出"又是'文化大革命'惹的祸",果然。

山陕会馆是最值得去的地方,那里供关帝,右边是财神水神,左边是文曲星和火神。馆中有舞榭歌台,千年龙柏。当年的山西、陕西两地的才俊在此流连,留下佳话无数。有16个字,值得一记,上联是"金榜题名洞房花烛",

下联是"骏马坦途高帆顺风"。上联满世界都有,下联是山陕原创,我喜欢,当然了,前面的我也喜欢。据说当地还有个绝对,多少年没人对工整,上联是"来聊城,聊聊城,聊聊聊城"。结果同行的一位李大师随口就是一句"去曲阜,曲曲阜,曲曲曲阜"给对工整了。

晚上在运河游船天运吉祥号上喝景阳冈酒——英雄的酒,但英雄的酒不太好喝,三碗不下船。武松打虎的阳谷县就在聊城。

2. 金瓶梅

不知是出于什么原因,山东阳谷县有一年大概是要办养猪场,报告竟然打到毛主席那里,毛主席信笔写道:要知道,阳谷县是打虎武松的故乡……于是,昨天我们去景阳冈的时候,就看到毛主席的题词:"阳谷县是打虎武松的故乡。"武松的故乡,又何尝不是潘金莲的故乡?那一年,王思懿到阳谷县去,对着观众大声喊:"我是潘金莲,我回家了!"雷鸣般的掌声哦。

我们到时,正好是2008年的女神节,不免感慨多多。狮子楼里,只见《金瓶梅》的DVD,不见《水浒传》的,也许《金瓶梅》的比较好卖吧。狮子楼后面,是金瓶梅文化城,里头有西门庆的当铺、盐铺还有赌场。还有西门府在建。

问导游,看过《金瓶梅》吗?导游说:没读过。我说要是真没读过,那你是不敬业。

武大郎和潘金莲都在家,武大郎合影5元,潘金莲要10元,不仅是三八妇女节,一年都这样。

遗憾的是,那个在文化城里演潘金莲的演员"既没有靓丽的容貌,也没有行浪的举止",辜负了大好的春光。

问了一下,只有这么一个演员,天天站那儿,估计是身心俱疲了。潘金莲真不是谁都能演的。1995年版香港演员杨思敏演的潘金莲应该是最到位的。

3. 冠县案

2020年聊城出了轰动全国的冠县案。2004年,山东省聊城市冠县高三学生小陈被人冒名顶替上了大学,16年后事情被媒体曝光,引发社会关注。

据澎湃记者从山东省聊城市冠县组成的联合调查组获悉,冒名顶替她人上大学的女子,高考分数为303分(文科),比当年文科类专科分数线低243分。被顶替者高考分数为546分(理工科),超出理科类专科分数线27分,考上了山东理工大学,但录取通知书却被陈某某获取。

冠县的小陈在高考"落榜"16年后,打算报考成人教育学校。在信息填报时发现,"自己"在山东理工大学"就读"过,并顺利毕业。至此,她才发现,当年是被别人冒名顶替上了大学。顶替者为陈某某,系该县某街道办事处工作人员。案发后山东理工大学发布了注销冒名者学历的公示。后来又爆出了许多冒名顶替上大学的事件。许多年后再聊起聊城,竟然是这些杀"人生"事件,杀"人生"与杀人并无不同,不由愤怒!

碧浪静波的胭脂湖畔,多少不平事!岁月荡漾,被害者半生过去了,大学梦被人家圆了。报道中一手造成冤案的某班主任,一脸的丑恶,无德之人倒是有脸活在世间。

此2022年三八妇女节,愿天下妇女都被温柔和公平相待。

2022年3月8日

济南记：冬天的人们面庞是含笑的

在济南的冬天，入住贵和皇冠假日酒店。2006年的圣诞节快到了，酒店里尽是新年的气息。

撞了大运，被免费升级到套房，有水果和红酒相赠，但午饭还没吃，出去在泉城路上找了家麦当劳。麦当劳的金拱门有非常特殊的时空意义，它就是一个时空之门。1993年我第一次到北京，在天安门玩过了饭点，就去前门的麦当劳打卡。2017年俄罗斯联合会杯期间，我到了北极圈内400公里的摩尔曼斯克，也是在麦当劳解决了晚上十点太阳还不落山时的晚餐，麦当劳专治全球各种尴尬时间的饥饿。现在你再去北冰洋港口城市摩尔曼斯克，这家世界最北的麦当劳应该已经关闭了，站在高高的山上的，只剩孤独的阿廖沙。

顺便问一下：全世界最繁忙的麦当劳餐厅在哪里？很多人都想不到，坐落在莫斯科普希金广场的一家麦当劳在1990年创下了该品牌日接待最多顾客纪录。麦当劳"北京前门"坐拥无敌流量，竟然未能超越麦当劳"俄罗斯普希金"。作为通往"外面世界的窗口"，麦当劳一度成为一代俄罗斯人和中国人挥之不去的情结。30多年过去了，随着这家世界最大速食连锁店2022年3月8日宣布暂时关闭在俄所有门店，人们才恍然发现，一个时代又过去了。

从麦当劳出来，阳光正好，树叶还茂盛着，许是底下有泉在滋润。感觉 2006 年济南的冬天不太冷,像老舍说的一样:"济南的冬天是没有风声的……济南的冬天是响晴的……小山整把济南围了个圈儿,只有北边缺着点口儿。这一圈小山在冬天特别可爱,好像是把济南放在一个小摇篮里,它们安静不动地低声地说:'你们放心吧,这儿准保暖和。'真的,济南的人们在冬天是面上含笑的。"

看到一家拜丽德的专卖店,来自温州的拜丽德品牌初创时曾经赞助过温州经济电视台队,我和拜丽德电视台队交战的历史上,有至今难以忘怀的凌空飞射破门一脚。鉴于拜丽德给过我美好的记忆,我进去选了件羊毛衫。80% 羊毛,穿着非常暖和,只要 50 元。2011 年,从拜丽德分出来的森马上市,而拜丽德竟不复当年之勇。2022 年,元宇宙或许是一个老品牌复勇的机会?

离拜丽德不远的地方,有一座昔日的王府,朱门依旧。现在是人大所在地。半个世纪前,毛泽东在这里向山东省省级机关处级以上党员干部作过题为《思想问题》的报告。清康熙五年,山东巡抚在此建了行署大堂。大堂面阔五间,进深四间,歇山九脊,翘角飞檐。行署的边上有泉有潭,有鱼得大自在,悠哉悠哉。此潭名唤珍珠泉。

清乾隆帝爱新觉罗·弘历曾摆驾到此,御笔亲书《戊辰上巳后一日题珍珠泉》,御碑立于泉北岸。借着冬日午后的阳光,好多对情侣在此拍婚纱照。墙外便是围城里,抑或墙外便是围城外,有福。一个老爸带孩子在放风筝。

2009 年 2 月 19 日,还是和济南的冬天有缘。下午五点,堵车。经十路虽很宽,依然堵得水泄不通,济南是泉城,当时还没有地铁,所以到了上下班时分,地下是泉水叮咚,地上是车水马龙。

明洪武九年(1376 年)省治由青州移治济南,济南遂成为山东首府,是山东布政使司、都指挥使司及按察使司驻地,自宋元明清以来就是一个公务员很多的省城。公务员始终是我们很多城市的较富阶层,有皇家饭、铁饭碗一说,要是不博小道消息乱买股票的话,连金融危机都伤他不到。

司机一路抱怨机关的车多,济南堵车越来越严重,遇到前面开车面的新手,赶上去一看,是位女士,再感慨一下女同志开车手潮,收音机里播着"苏三起解":苏三离了洪洞县……这是济南一个让人谈完事就很想离开的黄昏。

没想到,当晚去北京的火车票都卖光了,航班也没了,春寒料峭的车站,仍有春运的味道,想在车站附近的汉庭对付一宿,没有房间了,咬咬牙如家也行啊,如家也没了。呵呵,这是一个不让你走也不让你好好留的夜晚。

常住的皇冠和银座索菲特在向我们招手,似乎要招安两个毅然离了大名府跑去梁山的壮士,我们终于在明晨堵车的恐惧中却步,找了一间离车站很近的商务酒店。

床很硬,但比火车上的软卧软。有宽带,比火车强。就当是在火车上吧,当火车晚点了。

2022 年 3 月 11 日

呼和浩特记：海棠花儿不会自己开

我没去过蒙古，但我去过西伯利亚的伊尔库茨克，伊尔库茨克州在中西伯利亚高原南部，贝加尔湖以西，南同蒙古相邻。小时候广播电台里说的来自西伯利亚的一股冷空气大都是从那里出发的。2016年9月16日，我去了一趟内蒙古，感受了一下北边吹来的风，骑了骑马。呼和浩特离蒙古首都乌兰巴托只有不到1000公里的距离，但已经是一个城市化很高的城市。呼市有310多万人口，人民不再是原始游牧的生活状态，早已实现了机械自动化，现在内蒙古也是我国北方重要的商品粮、畜牧业和能源基地。小孩骑马去上学当然是不存在的。但乌兰巴托确实才100多万人口，还处在牧民城市的阶段，生产力低下，骑马上学还是有可能的。

呼市的朋友带我们去看蒙古包，蒙古包通水通电有Wi-Fi，水泥钢筋都上了，已经不可移动，和游牧没关系了。远看挺激动的，入内看看就是简配版民宿，当场决定晚饭后撤回城内的香格里拉。但大蒙古包吃晚饭还是很好的，主位后面是一幅成吉思汗的画像，喝酒的气氛很好，又拉马头琴又唱歌还献哈达，敬酒的规矩是客人干杯主随意，基本上能扶包而退的都是汉子。蒙古包外面的确有草原，是我们下午骑马的地方。我们到的时候已是黄昏，一人骑了一匹马，"的挂的挂"地走着，走进草原深处还看到些别致的风光，只是水草肥美处被圈起来了，要收费。我们本是为体验"天苍苍野茫茫"而来,"风吹草低见牛羊"本该是自然无价的风光,这一收费,也不知道和谁说去了。我去过更北方的俄罗斯两次,人家对领土有那么强的执念,也没有这么收费的,不然的话,还用出口天然气换钱么?

蒙古马身躯粗壮,四肢坚实有力。载着我走到天黑,草原上随处可见敖包。这些在辽阔的草原上用石头堆成的道路和境界的标志,已经逐步演变成祭山神、路神及祈祷丰收和家人幸福平安的象征。"如果没有天上的雨水呀,海棠花儿不会自己开。只要哥哥我耐心地等待哟,我心上的人儿就会跑过来。"20世纪90年代雄霸卡拉OK的歌曲《敖包相会》便在耳畔响起。我想起我还是会几句蒙古语的,十几年前用原味蒙古语与女儿在中福会幼儿园对唱了《乌兰巴托的爸爸》。

草原的落日大且圆,"大漠孤烟直,长河落日圆"不是一句空话。2022年3月11日的黄昏,在上海城内体验了9天游牧民族生活的我,在前往宝山新居的路上又看到了和呼和浩特草原上一样大的落日,作为流浪者的我无限感慨,我们流浪在神工的元宇宙中。Ferlive铸造的第二批BAATARVERSE蒙古王数字头像在几小时后的元宇宙中被一抢而光,那里,应该也画一个太阳的。

2022年3月12日

安吉记：160年前出发的少年

2023年9月12日，我第二次去安吉，才知道安且吉兮这个说法。第一次是六年前的中秋，带两个孩子去参观吴昌硕纪念馆，他们都习书法，刚刚入门。带他们看看先生"书过于画，诗过于书，篆刻过于诗，德性尤过于篆刻"之五绝，纪念馆中有书、画、诗、金石之分类的多媒体演示，小朋友玩得很起劲。艺术熏陶立竿见影自然是不存在的，那次行程纯属带孩子在妈妈故乡的人杰地灵处打卡。再早几年的冬天，带他们去余杭超山缶庐山庄赏梅，那更是谈不上能看懂什么了。但是缘分就那么神奇，点点滴滴流过的时间之河，承托着孩子们的童年之舟，忽闻岸上踏歌声，已是少年将欲行。

今春，这两个在里斯本读书的孩子获得了首届海外华裔青少年中华文化实践大赛书法组金、银奖，葡萄牙总共四人获奖，结果我家就占了一半，实属享受快乐教育的孩子们的意外之喜。刚满12岁的张评逸回来独立参加国务院侨办指导、中国新闻社主办的夏令营暨颁奖典礼，在北京的艺术氛围中徜徉数日，而后单枪匹马从米兰转机回里斯本。当听到那首网红歌《大梦》唱到"十字路口，人往往返返，该怎么办？"时，我隐约想起160多年前，那个从湖州走向上海的少年，和30多年前，从温州走向上海的自己。南方有昆仑，时空流中的我和你，四千精神走四方。

那日与吴昌硕曾孙吴超老师及第四代弟子张吉相聚，我们聊吴昌硕，聊桥本关雪,聊西泠印社,聊雄甲辰,聊160年前出发的少年,也聊当下孩子们的未来……吴老师和张老师聊得开心,于是有了第二次去安吉,参加湖州市政府举办的金石传声诗书画——首届吴昌硕艺术国际论坛系列活动。鄣吴村,是吴昌硕出生的地方,也称半日村,因为竹海郁葱遮住了半个太阳而得名。此处毗邻申苏浙皖高速,早不是百年前的偏僻小村落,因为地方政府重视,主打一个绿水青山皆是金山银山,生态与文化并举,已经成为安吉旅游的重镇。

想必这里的山清水秀和淳朴民风,给吴昌硕留下许多童年的美好记忆,安且吉兮,故乡的山水暗藏玄机。故居门口有一座三拱石桥,横跨半月型荷塘之上,栏杆上雕刻着莲台,一个个都像微缩版的杭州亚运主赛场。据记载,明嘉靖年间吴氏一门叔侄四进士,故此桥亦称状元桥。明代浙江的"高考"倒有几分像当今的浙江省游泳队,四个人一连就是一个亚洲纪录甚至是世界纪录,即便是老将,也是越老越妖。

走进昌硕西路69号大屋,前厅有安吉白茶待客,第二进是个天井和纪念墙,纪念墙上有八方印,都是吴昌硕的金石代表作。其中一方《半日村》印,乃1914年,已定居上海71岁高龄的吴昌硕思乡心切时于上海书房一气呵成之作。该印整体给人感觉简洁流畅、曲直有度、凹凸有致、美不胜收,厚积而薄发、后发而先至,把一个文化人的乡愁,炼出了苍古烁今的味道。

故居里有书院,一班孩子在画画,书院外是花园。吴家是大户人家,如果不是太平军,岁月是静好的,未必会有160多年前那一次重要的出发。而中国梦里,也可能就少了西泠印社之金石昆仑,南方五绝之方寸天下。首届吴昌硕艺术国际论坛系列活动同时也是纪念吴昌硕担任西泠印社首任社长110周年的活动之一,南方有昆仑,就有了一条清晰的证据链。我正思量,同行的湖州市领导说有可能会下雨,大家抓紧去瞻仰吴昌硕衣冠冢。

走过鄣吴老街,路过章吴大队大会堂,一路上有许多非遗的展示,有竹编、雕刻,也有孝子糕、吴均汤包等小吃。衣冠冢在山上,但很近,几步路就到。青山绿水环抱,墓前牌坊上书"斯文在兹"四个字。大家排队献花,三鞠躬,合影留念……等我们回到车上,刚刚系好安全带,倾盆大雨从天而降,我连忙将雨刮器打到最强,不然便看不清路了。这雨真够大的,将村里村外畅洗了一遍。我猜鄣吴村如有179年来瞬间雨量排名,这雨都可能排到前十。

晚餐时和几位海派大师的夫人坐一桌,说到这雨解人意更通天意有点神奇,夫人们说有一次在陆家嘴中央绿地吴昌硕纪念馆搞活动,也是如此。2024年又是一个甲辰年,纪念吴昌硕诞辰180周年的活动会有很多,三个甲子弹指一挥间,我们从大师身上能学到什么?我想最重要的是每一次出发的少年感。我们拥抱这个不完美的世界,如同拥抱自己不完美的人生,那被遮住一半的阳光和不接受反驳的暴雨,却恰恰直指最完美的村庄:吴昌硕的半日,桥本关雪的白沙,你我心中各自的故乡。

癸卯中秋前夜,我带着12名12岁的定南少年从温州飞到米兰,前往地中海边的小城Montignoso,她们都是第一次坐飞机。从明天开始,将和欧洲著名足球俱乐部的青少年梯队一起参加首届女足环球杯的比赛。"我已十二岁,没离开过家,要去上中学,离家有几十里,该怎么办?"人生如果是大梦一场,我希望我能带你们去看看。

2023年9月28日

台北记:"平路易行"的起点,小变形金刚和小巨蛋

2018年7月的一天,我花了三千多块穿上了明星同款的支具鞋,左脚踝被A、B、C三个气囊环抱,局部已经有环太平洋机甲战士的着穿效果。左脚在小别大地75天的忐忑和怯懦中凭借气囊带来些许心理上的麻醉迈出了不坚实的第一步,疼痛感瞬间从足底神经直窜到大脑,我牢牢地拄定陪伴我72天的双拐,台北、上海、罗马、比萨、佛罗伦萨、都灵、威尼斯、马德里、波尔图、里斯本,平均2.5天一城的计划我是不敢对医生多言的,我只是告诉自己,我需要那部轮椅。

我的欧洲行程是三月份离骨折还有60天时就定好了,行程确定后还陪跑了孩子的上海少儿马拉松比赛、去了趟同学的千岛湖有机农庄、去温州参加了一位友二代的婚礼、出事当天还在选击剑面具准备当女儿的陪练、和牙科医生确认第二天的门诊时间、和朋友约周末的聚会、为七月七日的同学会打Call……世事无常,顷刻之间一只脚就不能用了,单脚在医院跳来跳去拍片,失望地凝视报告上的字眼十秒钟,接受了这个现实:在之后的100多天里,我都将是行动不便人士,把聚会都拒了吧,和运动有关的也只能是躺着看世界杯了,我会用到那些特别宽大的停车位、带斜坡的平路、易行的电梯与特别通道,我将体验从未体验过的被照顾与被关怀,当然也可能偶尔会因行动

不便被嫌弃。作为老江湖，自然要有正反两方面的预见和准备。

父亲默默地帮我在淘宝上订了一副双拐，三天以后，拐到了，父母先行取消了他们的欧洲行程，随后我们家族14人的大团缩编到7人，即使是七人的小团，原本我可以照顾大家，现在大家要照顾我，那也是一段异常的很难估量困难程度的旅程。我想到了"黑科技"，市场上有没有一种高能、便携、自带动力、安全且不惧斜坡、好看一些别让我看起来可怜兮兮的轮椅？我行程的第一站是台北，我去过台北多次，感受过很多温馨，我觉得买一部"黑科技"的轮椅在台北"试车"可能也是上天的安排，让我的远行在人文关怀氛围较浓的台北起步，不至于一出门就手足无措。

骨折第60天时，我边在与航空公司联系改签边在网上找轮椅，骨折时分无意中成为一个时间坐标，把我的夏天分成动如脱兔和静如处子两个阶段，而后又分成无轮椅和有轮椅两个阶段。市场上的轮椅有上千种，从几十块的到几万块的都有，满足各种不同的需求，值得欣慰的是，随着这几年工业设计水平的突飞猛进，一个折叠起来是一个行李箱、展开来是一辆电动三轮车的小变形金刚被我查到了，名字也好，叫"Movinglife"，极简精工，看上去听起来都不可怜兮兮，像是轮椅中的苹果，代理"Movinglife"的车行居然就在我家附近，我即约了老板前去现场看车。

车行的老板介绍了一下产品，当场向我展示了Movinglife的变形过程，我上去操控了一下，比较自如，脚下还有较大的空间，感觉老年人开去买菜也是可以的，你可以当它是轮椅也可以当它是代步车，它弱化了伤残人用品的元素，强化了解决不便的功能，总之在心理学方面颇有建树，看上去它是鼓励行动不便人士出行的神器。只是价格接近三万元，有点吓人。我和车行老板探讨了租的可能性，同时也看了两款类似的价格只有Movinglife三分之一的国产代步车，有点纠结，便约了半个月后去医院看了医生再来洽购代步车。

Movinglife是以色列原装进口的，其发明者Nino拥有30年高科技产业从业经验，也是一名小儿麻痹症患者，以己及人自无须多言，技术团队也很强，他们的网页回答了如何将代步车放进汽车里？如何进入空间狭小的电梯？如何上楼梯？如何乘坐出租车？因为在大城市，相比于行动不便者，司机们更喜欢搭载普通乘客，以避免搬动代步车的麻烦。使用现有代步车产品给用户造成的心理负担。这些代步车所产生的外部形象，深深影响了用户的自尊心，普通电动代步车则会无形中给人们留下残疾人的印象——在车行回来后通过半个月的产品尽调，这些都打动了我。

国产的仿制品因为电机的关系解决不了坡上驻停的问题，安全性是有瑕疵的，而且我是去欧洲旅行，万一因为知识产权的问题影响使用那可就尴尬了，所以从华山医院出来，我就去车行买了Movinglife，老板给了点优惠，送了放双拐的支架，车子折叠好放进行李箱带回家，我把宝押这小变形金刚上了。我买的是台北飞罗马的机票，于是带了这小变形金刚去了台北。坐着轮椅带着拐杖，带小朋友参观台北中山纪念堂，纪念堂中有《马关条约》的复本，用很工整的楷书记录一些屈辱的条款，孙中山之所以成为孙大炮，也是因为有了没落的清朝给的这些"基石"……

习总书记在纪念辛亥革命110周年大会上的讲话中说："台湾问题因民族弱乱而产生，必将随着民族复兴而解决。"在很长的一段时间内，大陆都给予台湾很好的礼遇，得益于对台湾开放自由行，我多次考察了台湾，曾经以空中快车（亚洲）公司董事的身份考察了堪称"台北名片"的台北捷运总部。台湾在保留中华文化的遗存方面有自己的独到之处，但是随着大陆经济的崛起，和岛内"台独"势力对大陆的排斥错失了许多发展经济的机会，台湾在经济方面与大陆的差距越来越大，高雄港从昔日的东方大港沦落为三线港口，而上海从十名以外迅速成为世界第一集装箱港口。当我在2018年7月30日，"平路易行"去欧洲考察文艺复兴之前，和"小变形金刚"一起降落在台北桃园机场之时，台湾早已没了亚洲四小龙之首的辉煌。

访问只有一天的时间，我带老大和老三去了台北，和台北的亲友吃了一顿午餐，然后去了台北中山纪念堂，纪念堂的背面有轮椅通行的道路，对面是台北的"小巨蛋"，这个当年名气很大的演出场所，如今也有些落寞，纪念馆的门外，几个姑娘在跳舞。三年以后的辛亥革命纪念日，习总书记的声音从北京传来:"海内外全体中华儿女更加紧密地团结起来,发扬孙中山先生等辛亥革命先驱的伟大精神,携手向着中华民族伟大复兴的目标继续奋勇前进。"

2024 年 5 月 7 日

赣州记：赣州与巴黎，每个城市都有自己的骄傲

2024 年 7 月 24 日，住在赣州长征大道的璞尔曼酒店，第二天早起跑步。收到儿子发来的和妈妈旅途中的照片，他跟妈妈从里斯本回上海，在巴黎有 7 个小时的转机时间，而且是大白天。在我的怂恿下，他们从戴高乐机场坐地铁进市区看奥运前的巴黎。

去年儿子刚满 12 岁，法律规定可以一个人坐飞机时，便独自从上海飞到里斯本，中间 5 小时在米兰转机，年轻人需要有冒险精神，更要有体育精神。25 岁的海明威说："假如年轻时你有幸在巴黎生活过，那么你此后一生中不论到哪里，她都与你同在，因为巴黎是一席流动的盛宴。"生活咱先不说，让你妈带你先去走走吧。

酒店的后街是一条步行街，清晨没什么店好逛。穿过一个绿植搭建的拱门，突见两排中老年人，男女沉默而欢快地在对练羽毛球。他们步态轻盈，神情专注。那阵势有点亚特兰大奥运会前我在国家体委训练局羽毛球馆拍明星球员时的即视感。亚特兰大奥运会前我去采访温籍奥运会羽毛球双打球员黄展忠，巴黎奥运会要看后辈郑思维了。这思绪一转场，28 年过去了。28 年前，这两排中老年人包括我，不都是青春少年么？

看到一位迟到的朋友开了辆代步车过来，拿拍子加入了欢快对打团。巴

黎那边,我提醒儿子路过塞纳河看一眼,下个月你要在赣州定南第一次挑战铁人三项短距离,看看啥叫公开水域游泳。铁人三项公开水域游泳在塞纳河举办,为说明水质没问题,巴黎市长刚刚下水游过泳。但定南铁人三项游泳场地龙归湖的水质达到饮用水的标准,可以直接喝。我借机夸耀龙归湖就是为了让他在一个月内满怀期待地完成巴黎到赣州的转场。

儿子发来一张巴黎街道照片,一群自行车友骑过他身旁。他其实还不怎么会骑车,原准备回上海扫一辆共享单车让他练练就好,可他一进巴黎看过专业装备可能共享单车就不能满足了。儿子还问为什么环法自行车这么有名没听说环其他的。我想想回答说可能法国大小刚刚好吧。要是在中国,环一圈岂不是人都老了?

微信回好已经穿过了对打团,到了会昌路,右手边是文清路小学豪德校区,隔着围墙望去,操场拾掇得干干净净,一尘不染。侧面对着操场的三幢校舍外墙上分别写着"每个人都有自己的骄傲""每个人都能发挥作用""每个人都是重要的"。就凭这几句话,就有名校范儿。会昌路边还有一个小小的樱花主题健康公园,穿过它的时候,晨曦中朝阳发着光。

我拍了几张照,发了个朋友圈:每个人都有自己的骄傲。老年代步车开过来,和女同学一起打羽毛球,是非常成功的人生。

巴黎与赣州,每个城市也都有自己的骄傲。

2024 年 8 月 2 日

赣州记：郁孤台边的蒋先生

2023年8月8日，癸卯立秋，登郁孤台。

山不在高，有仙则名。台不厌孤，有词则灵。有苏东坡、辛弃疾、岳飞、文天祥、王阳明等历代名人加持，就算是一土坡，也要起飞了，何况宋之名台。赣州以宋城为傲，除了水利工程福寿沟，便是脍炙人口的在江西全境只比滕王阁略逊的郁孤台。

与郁孤台渊源最深的当属南宋著名词人辛弃疾。辛弃疾文武双全，是本书姊妹篇《平路易行》的主角之一，草原丝绸之路上的名家，游走于我的阿勒泰。他在赣州任职时，留下名词《菩萨蛮·书江西造口壁》。一首《菩萨蛮》，多处白金句。"西北望长安，可怜无数山。青山遮不住，毕竟东流去。"五字一组论金句，A、B、C、D，以上都是。《菩萨蛮》全调才44字，书江西造口壁的每个字都很普通，但聚到一起，就都得有席卡。

现在的郁孤台是80年代建的，郁孤台历史文化街区属于江南宋城历史文化旅游区的一部分，市中心过去车程大约20分钟，附近有古城墙和蒋经国先生旧居。

疫情前三访庐山，也曾到过庐山之南蒋经国读书处。来赣州多次，第一次到江南宋城，未曾想夜访蒋经国先生旧居成了主要节目。蒋先生和辛老前辈一样，都是赣州的名人，当年应父之命到赣州历练，留下许多历史陈迹。市中心有民国风的太子楼,此处有旧居。一幢仿俄式的砖木结构杉木墙面的170多平方米的平房。

从旧居陈列的蒋经国在赣南大事年表看,他从苏联留学回来没多久就被派来江西省保安处任少将副处长,一直待到抗战结束,有七年之久。这期间当过督察专员、保安司令和赣县县长。他在赣县当了四年多的县长,提出"推行新政治、建设新赣南"的口号。他在赣南期间推行了一系列"新政",希望通过"建设新赣南"实现"五有"目标(人人有工做、有饭吃、有衣穿、有屋住、有书读),亲自撰写的《新赣南家训》于1942年发表。风评很不俗。

蒋经国不是一般的公子哥儿,不但字写得好,还会马术。在赣州创办《正气日报》社,兼社长。德智体美劳全面发展。1940年是他到赣南的第三个年头,3月他到重庆向父亲汇报赣南施政状,还接待了国民党军政部长兼第六战区司令陈诚视察赣县梅林"政治讲习院"。那一年,蒋经国正值而立之年,风华正茂。旧居亦是当年所建,踌躇满志,似乎在赣州有中长期打算。

蒋介石派儿子到赣州历练可能是出于阳明文化的考量。赣州是阳明文化的发源地,蒋介石和当年日本的很多将领一样,都是王阳明的粉丝。他给自己改名叫"中正",给儿子命名为"经国",意欲培养一个知行合一的接班人。这种培养方式和当下我们让孩子练足球和铁人三项没有太大的区别,都是为了培养完美人格。

蒋经国生于浙江奉化,中小学在上海就读,15岁就去了莫斯科。回来在大陆的主要经历都在赣州。抗战时期,他住在郁孤台边,辛老前辈吟诵的"郁孤台下清江水,中间多少行人泪?"想必常在耳边。"江晚正愁余,山深闻鹧鸪"的时刻应该也是有的。

2024年8月3日

定南记：环球杯也有 PIN

每次到定南，我都喜欢住在足球基地。这一次住的时间最长。14 日入住，预计要到 25 日"世一组"运动季全部结束才离开，前后要住 12 天，儿子要参加夜间铁人三项比赛，所以就和我一起来了。环球杯组委会的秘书长姚岚女士比我们来得更早，她是定居意大利的爱国华侨。2010 年，意大利人 Umberto 先生创办 UYC 环球杯的时候，她就参与了。这一次，因为定南之窗要搞一个环球馆，她带了一大箱环球杯的历史"文物"过来，先行入住了江西定南国家足球训练中心。

我们例行晚饭后散步，从基地散步到定南之窗。这也是预定 20 日晚开幕式入场的路线。我们想象球员们在定南之窗游玩合影，再参观环球馆和涂鸦墙，然后到环球广场草坪上互动，再乘坐电瓶车沿路观光到达足球基地风雨球场参加开幕式。这个入场式是参考了开放的巴黎奥运会开幕式因地制宜地安排的，我们边聊边讨论，一边盘点来定南比赛的十支国际队伍，一边商议怎么做得更好，走着走着就是一个来回。

我们发现定南的文创还是很欠缺的，"世一组"运动季要来几百位外国运动员、官员和家属，要买点冰箱贴之类的纪念品都没有。历史上定南就是一个战略之城，因为赣粤边境复岭崇岗，俗悍名刁，任其发展则匪患难除。江西都御史上奏要求在古粤港澳大湾区边境建立一个新县，称"岭表之所谓长治久安,实赖其地",明穆宗御批设定南县。1569 年"定南县"才横空出世,主要任务是平定南方,而不是促旅游和抓生产。所以建县 455 年以来,应该没来过多少外国人,冰箱贴更加是用不到了。周围河源和龙南的乡亲来串门,大家都是差不多的特产地貌客家风情,也没个旅游纪念品的需求。

参加了几次县里组织的"世一组"运动季调度会,深受震动。为了这次盛会,全县上下全调动了,成立了领导专班和专班办公室,每天通报各项工作进度,全力走好国际路线,态度方面犹胜巴黎办奥运。姚岚和我商量,还是要有点国际规格的纪念品,环球杯在意大利已经有 14 年的历史,来来往往的各国球员都喜欢买一些主办地的文化礼品回去分发。我又何尝不知,奥运会每天都有人秀 PIN,各国运动员换 PIN 可是传统。问题是马上要比赛了,做啥都来不及。

我们想到一个最简单、最迅速,足够燃情的办法:制作明信片!制作具有葡萄牙、瑞典、克罗地亚、塞尔维亚、波兰、意大利、俄罗斯、坦桑尼亚、印度尼西亚和马来西亚十个参赛国家及东道主中国特色的明信片,一套 11 张,供大家选购和交换,这不就成了 PIN 吗?待明年办赛时间宽裕些,可以提前制作金属徽章,不要忘记,曾经美国海军陆战队的徽章都是我老家温州做的。可以做的东西还有很多,直接将环球杯干成世博会也不是不可以,我在前面两稿的策划中本来就还有一个青少年健康博览会的计划,后来因为实在忙不过来才转到下一届再启动。我们主打一个求是问道,敢为人先。

路线决定了,干部是最重要的因素。我立马将设计任务交给"世一组"Logo 的设计师张添逸。她经历了三次环球杯之旅,既有设计天分又有运动细胞,因为要参加在上海举办的约翰·霍普金斯数学比赛晚一点来定南准备参加夜间铁人三项 U15 女子短距离比赛,但她想做好"世一组"的事数学也挡不住。当天晚上把奥数就先晾一边了,像发牌一样啪啪啪地发设计图过来,两天时间终于凑足 11 张。奥数比赛没得金奖也在所不惜。

有超巨的上超巨,C 罗、莫德里奇和莱万三个足球先生的漫画分别上了葡萄牙、克罗地亚和波兰的明信片;有美景的上美景——乞力马扎罗山、宫殿和双子塔也各自上了坦桑尼亚、瑞典和马来西亚的方寸天地……此时定南代表中国，她画了莲塘古城的迎阳门，看上去有点像长城的某个门楼。因为太多外国人在问：定南离长城远不远？给一张城楼让他们带回家也是一种回答。

　　明信片印出来后，人见人爱。本来可以卖个好价钱，但好客的定南决定送，让所有的球队都有获得感。定南以礼待人，在文化输出方面也走向了世界。

2024 年 8 月 16 日

定南记：赖布衣与刘伯温的学术交流

2024年8月19日，铁人三项U15女子组运动员张添逸抵达定南，这是她第二次来定南。第一次是8月4日，她和铁人三项U13男子组运动员张评逸一起跟随原铁人三项国家队选手、首届中国夜间铁人三项国际公开赛首席推荐官于姝珺老师试水龙归湖。那位以标准的自由泳身姿跟着于老师先行畅游龙归湖，从水里起来即接受五星体育采访，开心地说"感觉挺好的，水是比较暖和的，能见度也还可以。我觉得这边的话，入水体温（比其他铁三比赛）能够适应得更快一些"的女孩就是她了。

她的第一场铁三比赛在祖籍省浙江，7月6日参加中铁协主办的中国小铁人系列赛青田站的比赛。第一次公开水域游泳在爸爸老家的瓯江上游，撇开溯源的意义不说，将盛夏晨间的瓯江水温和秋将至时黄昏的龙归湖指标做对比在国家地理方面也是小有贡献的。女儿说，行万里路的所感和读万卷书相得益彰，为什么我总把体育说成是教育呢？因为年轻时爸爸带孩子玩儿很重要，寓教于乐，而体育是可以带来快乐的。铁人三项是个好运动，大可助力升名校，中可拒霸凌，小则抗抑郁。多巴胺和内菲肽之变量，不都是你体验人生快乐的重要数据吗？

7月7日，我发了条朋友圈："感谢各位朋友点赞，本人作为女儿的比赛助理晒了两天，黑了很多，火车站扫身份证核验不通过。不过铁人三项大不同，非常值得,欢迎大家参加铁人活动,8月24日在江西定南将举办首届夜间铁人三项比赛,夕阳下从龙归湖出发,夜幕降临时完赛,一起看湖上的水秀和烟花。"主要是写给儿女们看的,目的还是唤醒他俩参赛的渴望,当然,光发朋友圈是不够的。何况孩子不看父母的朋友圈,熟人不看你写的书都是很正常的。

于是带他们去了布衣塔,在19日的定南暮色中。我也是第一次去那儿,打车软件显示布衣塔在龙神湖边的南山之上。布衣塔为新建,不算古迹,但可算地标。定南"世一组"的介绍片第一个镜头就是布衣塔。此塔为纪念南宋堪舆大师赖布衣诞辰910周年而建,于12年前建成,是我国唯一一座以风水大师赖布衣名字命名的风水宝塔。赖先生7岁时已熟读诗书,9岁中秀才,南宋建炎年间被拜为国师,人杰也。

在地图上看,龙神湖布衣塔与赖布衣出生地定南县凤山冈、龙归湖呈等边三角形分布。凤山冈有定南老火车站,龙归湖就在定南南站门前。凤山冈和老火车站是定南的过去,一个守土的江西南大门。高铁南站和龙归湖则通往未来,一个开放的粤港澳大湾区的原点,地灵也。三角形是最稳固的,三点成面。融湾战略和开创文体商旅融合发展新局面,就是定南如今的基本盘。

2024年9月1日于里斯本

定南记：一会激荡三十年

2024年8月24日，作为环球杯网红打卡地的定南之窗迎来了国内外90余名足球界专业人士、媒体人员。定南之窗秒变世界之窗。首届"世一组"青少年足球学术交流活动在这里举办。嘉宾齐聚一堂，围绕青少年足球发展进行交流研讨，共话世界青少年足球的未来。本次学术交流由上海东方卫视主播周瑛主持，环球杯组委会主席翁贝托·曼内拉（Umberto Mannella）、意大利蒙蒂尼奥索市体育代表斯蒂芬诺·德·朱迪斯（Stefanno del Giudice）、足球名宿、前国足队员彭伟国、胡志军、郜林等120余人参加。

这次相聚非常神奇。欧洲七国、非洲一国和亚洲两国及东道主中国的足球专家因为"世一组"走到一起，而两个多月前，大家并不知道彼此此刻会在赣南之南的定南相聚，定南甚至还没有符合同传翻译要求的会场。连我本人作为策划者，也不知道哪些嘉宾最终会来，哪些人会遗憾错过。嘉宾的名单与会议内容修改了很多次，可能只有我自己是确定参加的。而我也是在学术交流结束之后复盘时才猛然发现这是一个时间跨度30年的会议。在不到两个月的时间里，定南之窗11号楼从毛坯起步完成了新型会议系统的搭建，并成为"世一组"的永久会址，成为吐纳青少年快乐足球风云变幻的美好空间。

1994年，中国足球甲A联赛登上历史舞台。彭伟国代表广州太阳神队夺得第一届甲A亚军，广岛亚运会获银牌，个人获得中国金球奖。彭伟国以足坛名宿、广东省足协副主席身份参加此次学术交流，一回首，30年过去了。我问彭主席现在中国的青少年足球培训为何成果小于八九十年代？他在2018年出任中国足协青少年培训地区总监，很有发言权。他回忆了当年自己在家长的带领下走上足球道路的情景，与一小时前瑞典尤尔根教练的发言中分享的家长教练的模式竟然十分相似。30年前在广东就普遍存在的家长教练现在还有吗？因为信息方面的局限，四五十年代出生的家长不可能比七八十年代出生的家长更了解足球，那么是什么让家长群体在足球之路的向导工作方面成效不如从前呢？

彭主席当年的最佳拍档胡志军是1994年甲A的最佳射手，后来在上海申花和上海中远都踢过球。《张迈评球》有一篇文章专门写徐根宝指导，徐根宝在评价胡志军的时候说："他是中国足坛少有的抢点型前锋，只要你给他一点机会，他就会让你后悔很久。"我问，这样一位天赋型球员现在从事青训工作，那么90年代的青训和现在的青训有什么本质不同呢？他也说如果出现好苗子，是需要走向世界高水平联赛的。而现在中国青少年加入世界高水平联赛的机会反而比90年代少了。

郯林是三位前国足中年纪最轻的，国青队出身，在中超俱乐部拿过很多冠军，也是少数战胜过韩国队的国字号球队的队员，战胜韩国队那一场还有关键进球。我问的问题是，如果回到20年前，你会选择去世界高水平联赛打拼吗？他的回答是肯定的。对于我引用此次女足环球杯冠军葡萄牙体育领队也是葡体俱乐部青少年女足部门的负责人弗雷德里科·贡卡尔维斯（Frederico Goncalves）在交流会上对于"世一组"体育联盟一步一个脚印、一步一步发展，将有力量改变未来的预言，郯林也表示赞同。一个开放的促进全球优秀青少年足球运动员流动的系统无疑是让人期待的。

1994年，温州日报开设了"张迈评球"专栏，我许多次写到彭伟国和胡志军。2022年卡塔尔世界杯前出版了《张迈评球——世界杯1982—2022》，由著名足球评论员张路老师作序，我和张路老师由此结缘。张老师现在还担任中国足协战略规划委员会委员、教育部校园足球专家委员会委员,定南县邀请他参加"世一组"青少年足球学术交流会。学术交流期间,举行了定南县政府聘请张路先生为定南足球发展首席顾问的仪式,县委副书记、县长陈钰滢为张路颁发聘书。张路老师为了学术交流会不惜放弃了当晚英超的解说,且提前一天到达定南和我一起解说了女足环球杯 U12 锦标赛决赛,并参加了闭幕式。在学术交流会上,张老师发表了干货满满的"中国青少儿足球发展的综合思考",数据翔实观点鲜明,极大地提升了交流会的学术价值。90 年代,张老师声情并茂地解说意甲,春风荡涤中国,我和许多同好得以初识高水平国际足球联赛的门道和意大利足球风情,此番会聚定南,当真一会激荡 30 年,梦回意大利之夏。

2024 年 9 月 2 日

定南记：舌尖上的"世一组"，跟着赛事去旅行

一日之计在于晨，定南是很有烟火气的县城，靠近广东，早餐也就特别讲究。不但食材新鲜，做法也独树一帜。早餐有猪肝汤、灰水粄、定南粉，甚至还有酒娘蛋……酒娘蛋浓香扑鼻，我小心地尝了一口，弱弱地问："这碗蛋吃下去，碰到测酒驾，是什么结果？"朋友很认真地答道："吹气显示验血不显示。"也就是说算酒驾不算醉驾。这都够酒驾标准了，硬菜啊！朋友说："当然不是一般的菜啦，毛角女婿上门，丈母娘必做此菜。"灰水粄是一种用草木灰（通常是柴火或特定树木的灰）水浸泡大米后蒸制的粄，带有独特的灰绿色或淡黑色，口感香糯，并带有淡淡的草木灰香气。和"羽扇纶巾"的"纶"一样，"粄"字也不能简单读边。中学课本中没有"粄"字，我也是到了定南才认识了"粄"字，得知与"板"同音，在客家话中，"粄"是"糕点"的意思。客家人的"粄"流传很广，南方客家城镇上都有这种东西。因为口味不同的原因，"粄"在北方基本上就没见到过。

粄因以板状面世，我觉得叫"灰水板"也很贴切。夹起来一整块，递到嘴边很有仪式感，又有嚼劲和香味。灰水中含有碱性物质，让灰水粄保留了古老的饮食习俗，变得有传承健康的意味。既富有地方特色，也有一定的文化底蕴。在江西的一些地方，通常是在特定节日或场合才制作灰水粄，但定南是早午晚三餐通吃，所以说定南能在全国第一个办夜间铁人三项比赛，不

是没有道理的,有原生魄力在。

当然定南第一名菜当为酸酒鸭。定南酸酒鸭的主料是新鲜的鸭肉,通常选用本地饲养的土鸭。土鸭的肉质紧实有嚼劲,经过味道微酸的发酵的米酒调制,具有独特的发酵香气。酸酒去除鸭腥味,增加了菜肴的风味层次,使鸭肉更加鲜美。定南酸酒鸭的制作既有江西菜系的香辣,又有岭南风味的酸爽,除土鸭配酸酒之外,佐之椒红蒜黄葱绿美色三项,遂成舌尖上的"世一组"。

上海早餐有四大金刚一说,即大饼、油条、粢饭、豆浆;温州小吃四大天王排座次,是猪脏粉、鱼丸面、灯盏糕、糯米饭。定南似乎没有这种归纳,以上种种皆可入选;但小吃里最脍炙人口的是汤皮,也叫烫皮,几乎成餐前的标配了,到了有掼蛋的地方就有烫皮的程度。烫皮是由纯米浆倒在竹簸箕上晒至半干,然后放在炒热的沙中加热至熟。成品金黄呈片状,入口脆酥,凉置则柔韧醇香,是客家人待客和自己食用的可口点心。

我在《平路易行》中较少写美食,看官有意见,说看惯了小红书和抖音,美食亦构成缤纷多维的世界,得补上。参加"世一组"运动季比赛的朋友还问定南有什么好吃的错过了?世一组体育联盟的抖音号都改名为"跟着赛事去旅行"了,吃了好多次酒娘蛋,也借此机会推荐给大家!日啖酒娘蛋两颗,不辞长做定南人。

2024年9月8日

定南记：世一橙

日前，凤凰网报道：2024 年，定南通过吸引国际知名赛事和自主 IP 活动的落地，逐渐形成了与体育产业紧密融合的地方经济模式。8 月 19 日至 25 日，第二届 UYC 女足环球杯 U12 锦标赛、中国首届夜间铁人三项国际公开赛以及首届"世一组"青少年足球学术交流等国际赛事和交流活动在定南联袂上演。这些活动将定南的体育文化发展推向新的高度，不仅带动了当地的经济发展，还有效提升了城市的知名度和美誉度。

我从凤凰卫视副台长黄海波先生处听来"大事看凤凰"一说。如斯，"凤鸣"在耳："世一组"作为一个新晋体育品牌，成功地将世界第一运动足球和世界第一个人综合运动铁人三项组合起来，延伸至各种蕴含世界第一概念的体育运动。通过本次活动季，"世一组"的文化底蕴与精神深入民心。在中国首届夜间铁人三项国际公开赛激情上演的同时，"世一组"体育联盟正式成立。这一创新的体育品牌不仅是对定南体育文化发展的重要推动力，更是对定南体育经济可持续发展的有力保障。

至此，我出任总策划的"世一组"运动季完美落幕。《江西日报》整版报道：8 月 24 日晚，来自全球各地的近 400 名铁人三项运动员和体育爱好者相聚龙归湖，在数万名市民朋友的加油助威中，完成了一场新颖、刺激的铁三赛事，度过了一个浪漫、温馨的难忘夜晚。外国运动员惊叹直呼："这里的体育场所建设标准高,设施完善,生态环境优美,民俗文化独具特色。"定南市民笑脸盈盈:"太精彩了,在家门口就能欣赏高品质的国际体育赛事。"有问:以足球为媒、以比赛传情,小县定南缘何在足球运动、铁人三项等赛事中精彩出圈,声名鹊起?

近年来,定南县聚力夯实基础、扬长补短、改革创新、重点突破,以青少年足球改革为突破口,深入挖掘体育赛事潜能,将赛事发展与提升城市能级、核心竞争力和城市软实力紧密衔接,努力实现踢好一个球、改变一座城、影响几代人的美好愿景。人民网引用定南县委龙小东书记在运动季开幕式的致辞作为标题:"足球是定南相约世界的绿色通道"——这一点,我感受颇深。"世一组"运动季联结了足球和铁人三项,对其他体育项目形成虹吸效应,源于这个足球新城伟大的开拓与创新。在运动季落幕后我回到里斯本不久,县委县政府要求在每年11月办一个脐橙丰收主题的铁人三项比赛,赛事经济初现端倪。

定南的独特地理位置和气候条件,非常适合柑橘类水果的种植,尤其是脐橙。定南脐橙以果肉鲜嫩多汁、甜酸适口、香气浓郁而闻名,深受消费者喜爱。定南脐橙的栽培历史悠久,经过多年的发展,种植技术和品种选择已经十分成熟。由于其优良的品质,定南脐橙在国内外市场上具有较高的知名度,并且常被作为优质水果出口到其他国家。我收到商务局长刘晓明发来的定南县脐橙采摘基地分布图,县域有九大脐橙采摘基地,皆在山水环绕处。这不都是很好的铁三运动场吗?体育是教育,体育也是文旅。

脐橙居然起源于足球王国巴西。19世纪初,巴西的巴伊亚地区(Bahia)出现了一种特殊的橙子品种,它的果实顶部有一个"脐"状结构,看起来像是一个小橙子嵌在大橙子上。这种独特的结构使得这种橙子被称为"脐橙"。脐橙的无核特性和甜美的口感让它在全球范围内迅速流行。1870年代,美国农业部从巴西引进了这种橙子,并在加利福尼亚州种植。这种脐橙品种经过多年培育和推广,逐渐成为全球广泛种植的橙类水果之一。如今,脐橙在包括美国、中国、西班牙和澳大利亚等多个国家都有大规模种植。看到这里,我不禁笑了,好想吃一个脐橙加一个酒娘蛋。原来每一次偶遇都是久别重逢,看上去的无中生有,却是早有关联。

"世一组"体育联盟的团队刚刚完成意大利和葡萄牙的铁人三项考察回到上海。我让他们休整一天马上到定南落实11月脐橙铁三的线路,并布局明年的苏区盐道和阳明文化两条铁三线路,将文体旅商融合做到极致,鉴于定南独特的创意格局和夜间铁人三项的卓越的执行力,中铁协初步同意主办脐橙丰收主题的铁人三项。一县半年内两国际A+,绝无仅有。如四线并举,可申请吉尼斯世界纪录,"世一组"当可引爆全球,定南赛事胜地当之无愧。大家在讨论起什么名字好,我就说叫"世一橙"吧。

2024年9月9日

后记

定南首届"世一组"运动季圆满结束后,我从江西的最南方定南县回到欧洲的最南方里斯本,一边整理《南方有昆仑》手稿,一边为"世一组"体育联盟的发展忙碌。9月5日,我去拜访获得第二届(定南)女足环球杯冠军的葡萄牙体育俱乐部,给葡萄牙体育青少年女足部门的负责人 Frederico Goncalves 先生赠送了《CR7 PDF》(英文版《C罗 PDF》),可能是因为"世一组"的标记是一个"1"字,他给我赠送了印有"MAI ZHANG"的葡萄牙体育新款1号球衣,着实让我惊喜。

C罗是葡萄牙体育的骄傲,葡体 U12 梯队的姑娘们在环球杯决赛中进球后做出C罗庆祝进球的招牌动作"Siu"让我惊呼:"'Siu'她们做过了,现在是冥想庆祝,她们还有机会做广告牌吗?"过去的8月,我在五星体育现场解说了两场比赛,一场是明日之星 U17 冠军杯揭幕战皇马对上海,另一场是女足环球杯 U12 锦标赛决赛葡萄牙体育对坦桑尼亚国少队,都有一方是C罗的母队,皇马 U17 的小伙子进球一样耍"Siu"。对于C罗的影响力我是非常有数的,他的影响力甚至到了巴黎奥运和美网。当我看到击剑、赛艇和网球运动员都做出"Siu"的动作时,不禁感慨体育归根结底还是教育,C罗用他的天赋、自律和顽强感染和教育了不同种族不同行业不同国籍的年轻人,甚至像我这样的中年人。

9月5日晚上,我带国内团队去里斯本光明球场看了欧国联葡萄牙对克罗地亚的比赛,现场目睹了年近四旬的C罗完成900球里程碑。而当天中午,中国队0:7输给日本,我理解中国球迷的痛苦,大家感受不到体育的正能量,当你不能从体育中获得快乐和提升时,无疑是沮丧的。每当这时候,我的建议是你得从负面的东西中获得教育。比如将贪污腐败、浑水摸鱼、懦夫浑蛋孱头的举止和自己做切割,痛恨无节制不自律低质满足的行为,因为这些都指向失败、崩盘和一事无成。

我曾安排定南少年在贝伦塔下练球,在地中海边比赛,我深深地为他们的纯粹而感动。他们都是第一次坐飞机,第一次出国,他们眼中的足球就是初心。在少年清澈的眼眸中,我看到振翅的本菲卡鹰,看到蒙蒂尼奥索的彩虹,看到了永恒的罗马城,看到了中国足球的希望,也看到了少年中国的未来。许多次泪水模糊我的双眼,我在想我们有这样好的少年,可以将大两岁高出两头的欧洲少年晃倒,可以传控N脚让对手摸不到球,为什么我们的职业足球那么不忍卒观?为什么奔跑的少年到了下一阶段就变成了拉胯的中青年?

《南方有昆仑》是一本讲中国的书,名山也好,名城也罢,主打一个大好河山。在行将付梓之时,我才悟到《南方有昆仑》也是一本讲少年的书,一本试论知行合一的书。那些时空流中的我和你,是朝气蓬勃的,是无所畏惧的,是当仁不让的,是有的放矢的,也是快乐奔跑的。奔跑的不都是少年么?没有了少年,大好河山便没了灵气。这个南方,是指有温暖、阳光和热爱,山河永不破碎的地方。如此,即使在地理意义的北方,也是南方。有一群奔跑少年的南方,才是真正的南方。

感谢在我书中出现的朋友和支持本书出现的朋友!感恩人生路上遇到的各位老师!师者昆仑,时空流中,你我皆少年。

2024年9月10日于里斯本